女王様のレシピ～異界の騎士と囚われの花嫁～

ととりとわ

Towa Totori Presents

fairy kiss

女王様のレシピ ～異界の騎士と囚われの花嫁～

第一幕　降ってきたおっさん

自分で言うのもなんだけど、今夜の私はやさぐれてる。理由は、昼間に起きたあの事件のせいだ。

「美里ちゃん、食材の準備しておいてくれる？　ナスは多めにあるから各テーブルともリストにプラス二個でいいわ」

「はい、了解です」

先生からテーブルごとの食材を書いたリストを受け取り、教室を足早に横切った。銀色に輝く大型冷蔵庫の扉を開けて身を屈めると、段ボール箱に野菜を次々と放り込んでいく。「カボチャ、ズッキーニ、ナス……あ、あった。八個×六テーブルは、と……」

私、吉川美里は主婦向け料理教室のアシスタントをしている。先生の指示に従って食材を準備したり、テーブルを見回って生徒さんたちの補助をするのが私の役目だ。短大卒業後、知り合いの紹介で先生のお手伝いを始めたのが三年前。元々料理好きだった私は食べることが好きなのも相まって、今じゃこの仕事を天職だと感じてる。

今日の課題はナスの料亭風煮びたしと季節の精進揚げだ。ナス、カボチャ、パプリカ、その他の野菜を始め、料理に使う調味料を用意してたところ、後ろから声が掛けられた。

「ヨシカワさん」

はーい、と振り返ってみれば、先週の教室ですったもんだのあった生徒さん。調理中に煮立ったブイヨンを被ってやけどしたのを、どうしても私のせいにしたいらしい。

前回の教室では野菜のテリーヌとジャガイモの冷製ポタージュが課題だった。六人ひとグループの各テーブルでは、鶏ガラと香味野菜を使ったブイヨンがぐつぐつと煮立っていて、エアコンの冷気が湯気で掻き消されていたっけ。狭い教室をみんながぐるぐると立ち回るから危険も伴う。だから『両手鍋を使って下さい』と先生が念を押したのに、オバサマのグループは言うことを聞かずに片手鍋を使っていたのだ。案の定、その巨体に鍋の取っ手が引っかかり、おいしそうに煮立ったブイヨンは全て床にぶちまけられ、それを引っ被ったオバサマがやけどを負ってしまった、という顛末だ。

悲鳴を聞いた私は別のテーブルから慌てて飛んでいった。そうしたらあろうことか、「あ、あなたのせいよッ」と頬っぺたをぷるぷると震わせながら、オバサマはいきなり私を指差したのだ。当然先生は「アシスタントに責任はない」と庇ってくれた。とはいえ教室内で起きた事故だからと、やけどの治療代だけは教室の運営費から出す、ということで話は丸く収まったはずだった。

それなのに――。

ああ、ちょっと嫌だなあ、まだ何か言いたいことがあるんだろうか、なんて思いながら立ち上がり、両手を前で重ねた。

「あの……なんでしょう」

ド派手な眼鏡をお召しになられたそのオバサマは、子分をぞろぞろと引き連れて私の前に仁王立ちした。そして、ふんっ、と鼻の穴を広げて大きく息を吐いた。

「前回の教室でのことですけれどね。アテクシがやけどを負ったのは、やっぱり先生の助手であるあなたがちゃんと見ていなかったせいだと思うの。ですからアテクシ、あなたを訴えることにしました」

一瞬何を言われたのかピンとこず、はあ、と言ってからオバサマを二度見した。

「えっ？　う、訴える!?　はあ？」

「裁判所から呼び出しの通知が行くと思いますから、よろしくね」

「あっ、ちょっ――」

くるりと踵(きびす)を返すオバサマを急いで呼び止めた――はずだった。けれど、私の顔に矢の如(ごと)く注がれる他の生徒さんの視線があまりにも痛くて、伸ばしかけた手を引っ込めた。来たときと同じように取り巻きを連れて大股でテーブルに戻っていく後ろ姿を呆然(ぼうぜん)と見送ることしかできなくて。

その後教室で何を話したのか、どんなことをしたのか、あまり思い出すことができない。そりゃそうだ、『訴えてやる!』なんてセリフ、テレビの中でしか聞かない言葉だと思ってた。それを言われたのがまさか自分だなんて――。

「……はあ」

本日何度目か分からないため息をダイニングの椅子に座って吐いた。こんなとき、優しく抱きしめてくれる恋人でもいればいい。だけど、女ばかりの職場じゃそんな素敵な出会いもないわけで。だから今夜はひとり寂しく飲んだくれてやるの。だって、明日からせっかくの夏休みなのよ？

『裁判ってどんなことをするんだろう』『負けたらいくら払わなきゃいけないんだろう』なんて、この先一週間悶々と考え続けるなんて馬鹿馬鹿しい。正体不明になるまで飲んで、ベロンベロンに酔っぱらって、全てを忘れてしまわないとやってらんない！

だんっ、と激しく立ち上がって、ずんずんとダイニングを横切った。冷蔵庫を開けてワインを取り出して——あ、その前にビールも飲むか。よし、今日はうるさい家族もいないことだ、こうなったら家にあるお酒、全部制覇してやるっ。まずはおつまみになりそうなものをチョイチョイっと作ってしまおう——と、チーズの箱に手を伸ばした瞬間だった。

ズドオオオォォォォォォ————————オオオン！！！！

大地を揺るがすような轟音とともに、家が縦に跳ねた。床に置いたワインが倒れ、缶ビールがごろごろと床に転がる。

「ぎゃああっ！　なにっ、一体なに——っ!?」

反射的にダイニングテーブルの下に潜り込んだ。四つん這いになってテーブルの足にしがみつき、大きな揺れを待ってみる。……けれども、待てど暮らせど何事も起こらず、あれきり大きな音もしない。地震じゃないとなると、近くに飛行機でも墜落したか、それとも近所の高架になっている高速道路から車が降ってきたんだろうか。

急いでツッカケを履いて外に飛び出した。途端に、むん、とした熱気とジージーという夏虫の大合唱に取り囲まれた。申し訳程度にある門の中から音のした方角に目を凝らしたけど、事件や事故の匂いなんてこれっぽっちもしない。

「あ、あれ……？」

ここはさびれた田舎町で、周りには荒れたまま放置された畑や用水路が多い。ポッポッと点在する古い民家に暮らすのも年配の人ばかりで、普段救急車が近所に止まろうものならみんな一斉に家から飛び出してくるような地域なのに。……おかしいな。あれだけ大きな音がしたのに、誰ひとりとして外に出てこないなんて。

道路をそろそろと歩いていき、音がしたあたりにある空き地を覗き込んだ。けれど、夏の盛りで雑草が高くはびこっていたし、暗くてよく見えなかった。もっと近くで見てみようと雑草の中に一歩足を踏み入れたとき——。

「ひゃあっ」

ガサガサッ、と音を立てて、生い茂った草の中からいきなり何かが現れた。

見ると、私の目線より大分高いところに燃えるようなふたつの目があった。暗くてよく分からないけど、やたらとでかい男のようだ。

とにかくその姿をひと目見て、私の頭の中の警戒スイッチがバチン！　と音を立てて入った。何せその人物、頭のてっぺんからつま先まで、まるで中世ＲＰＧの世界から抜け出してきた、屈強な戦士みたいな出で立ちをしてる。鋼でできた銀色の兜とか、鎧とか、籠手とか、脛当てとか……マジでシャレにならんつーの！

「貴様、なにやつ」

男——声からするとおっさんらしい——は銀色の肩当ての下からムキムキの上腕二頭筋をチラつ

かせて私に向かってにじり寄ってきた。

「うわ、いえ、なにって言ったらアレですけどどどど、ぁあ怪しい者ではごごございませんにょよーッッ」

パニックになってる自分の声を聞いて、更なるパニックに陥った。しかもよく見るとおっさんは、これまたとてもコスプレ用品とは思えないほどリアルに光る剣を右手に握ってる。

はわわ、ちょっとやばいって。こんな時間にこんな場所でひとりコスプレもあり得ないけど、模造刀でもお外で振り回したら銃刀法違反で捕まることもあるんでございますよ！

「ひいいっ！　お、お願いっ。命だけはお助け――ああっ」

後ずさりしていたら側溝の段差に躓き、まんまと尻もちをついてしまった。月をバックに迫りくる大柄な戦士。すっかり腰が抜けてしまった私は立ち上がることもできず、そのままアスファルトに蹲って身を硬くした。するとすぐさま、耳障りな金属音とともにおっさんが隣にしゃがみ込む気配が。ああ、私やっぱり殺されるんだ、そう思った瞬間背中に手が掛かり、ひいいいいっ、と素っ頓狂な声を上げながら飛び上がった。

「驚かせてすまなかったな。たった今まで戦いのさ中にいたせいで頭がカッとしていた」

そう言っておっさんは兜の面頬を跳ね上げた。

月明かりの中照らされた顔は、明らかに日本人のそれじゃなかった。彫りの深い骨格、すっと通った鼻筋に、きれいな形の二重瞼。その中にある瞳は、ブルーグレーのとてもきれいな色をしてる。歳は三十代の終わり頃だろうか、日に焼けた肌に少しの皺と、顎全体を覆う短い無精ひげがなんともワイルドだ。

「俺はグラウデンだ。そう怖じけるな、娘よ。さあ立つがいい」

おっさんの手を借りてゆっくりと立ち上がった。さあ、今すぐこの怪しい男から逃げるのよ！

……と思うのに、忌々しいことに足がガクガクしてまったく動いてくれない。おっさんはというと、ぎこちない立ち姿の私を前から後ろから、はたまた横から、じろじろと眺め回してる。

「な、なに？」

「いや。……しかし随分と破廉恥な格好をしているな。娼婦か？」

し、娼婦ぅ!?

思わず自分の格好を改めて見下ろした。

今夜は飲んだくれて寝るだけだったし、暑いからタンクトップにショートパンツだけっていうラフなスタイルではあった。けれど、スケスケランジェリーを着けてるわけじゃないし、胸を強調するような服でもない。人のことを娼婦だなんて、自分の格好を棚に上げてよく言う。

「えーと、あなたこそその格好は……コスプレか何かなの？」

「こすぷれ？　なんだそれは」

「うーん、仮装パーティーっていうか」

ビクビクしながらも言うと、おっさんはふん、と鼻を鳴らした。

「戦は遊びなどではない。国の威信を賭けた愛国心のぶつかり合いなのだ」

「そ、そう」

うん。見事に会話が嚙み合ってない。ホントにイカレちゃってるのか、それともコスプレのキャラにすっかりなりきってるのか。

と、視界の端で草の一部が小さく揺れて、また何かが道路に飛び出してきた。今度は人間ではなく、子猫か何かみたい。すると、おっさん戦士がまたスラリと剣を抜いて、それに向かって鋭く振り抜いた。が、黒い毛の塊に見える何かは間一髪のところで身をかわす。

「そうだ。俺は今の今まで城の近くに現れた帝国の賊どもと戦っていた」

ギィイン！　と剣の先がアスファルトを打ちつける。

「それがこいつのせいで！」

また振り下ろされる。けれど黒いモフモフしたものはボールのように跳ねて、すんでのところで回避した。

「逃げるな！　お前には仕置きが必要だ」

何度も何度も闇の中に火花が散った。鈍い金属音が鼓膜に突き刺さるたび、私の心臓はギュッと締めつけられる。

毛の塊はよく見ると手足がなく、直径十五センチくらいの巨大なマリモのようだ。ころころと目まぐるしく逃げ回っていて、なんだか目が離せない。そのコミカルな動きを見ているうちに、何かが思い出されてどんどん胸が切なくなっていった。そう、とても愛しくて、だけどもうこの世にはいない、とても大切だった存在。

「ちょっとやめて！　殺さないで」

私はマリモの元へと駆け寄った。

「チャッピー！」

剣が頭上に落ちてくる。ちょうど腕の中に飛び込んできた柔らかい塊を抱きしめてその場に蹲った。

——大した恋もしなかった。三ツ星レストランで食べたこともなかった。せめて結婚くらいしたかったのに、たったの二十四年間で私の人生終わりかようっ！　と、心の中で叫びながら。

マリモを抱きしめたまま運命の時を待った。……けれど、私とマリモは串刺しにはならなかった。しばらくして顔を上げると、腕を下ろしたコスプレ戦士が私たちをじっと見てた。その瞳はもう怒りの炎には燃えていず、ただただ驚いてる、そんな感じ。

「お前、そいつが見えるのか」

「え？　……このマリモのこと？」

腕の中の温かい存在は、私が身体(からだ)を起こすとふわりと空中に浮かんだ。ホント、でっかいマリモに見える。というか、二か月前に死んでしまった飼い犬、チャッピーのお尻にそっくりだった。

「そいつは俺のスピリットだ。普通は持ち主以外の者には見えないはずなんだが」

「スピリット……それって守護霊みたいなもの？」

「まあ、そんなところだ。俺たちの世界ではひとりに一体、必ずこいつらが憑(つ)いている。人がこの世に生を受けると同時に存在し、宿主である人間が死ぬまで命を失うことはない不思議な存在だ。人を守り、知らぬ言葉を勝手に通訳してくれる」

「じゃあ、外国の人とも普通に言葉が通じるってこと？」

「ああ、もちろんだ。その証拠に俺とお前の言葉が最初から通じているだろう」

「ええ、すごい！　え……ちょっと待って。そんなに便利でかわいいのに、どうして殺そうとするのよ」

少しムッとして言うと、おっさんは眉根を寄せてチャッピーを睨みつけた。

「かわいい？　こいつが？　……勘違いするな、スピリットは愛玩動物の類ではない。ものも食わなければ世話の必要もないが、ただ宿主の周りをふわふわと浮遊しているだけで人に馴れることもないのだ。おまけに今夜のようにシャレにならん気まぐれを起こすこともある」

おっさんは空を見上げて続けた。

「今宵はこちらも満月であろう。満月の夜にはコイツの霊力が極めて高まるのだ。それで、稀にちょっとした悪戯心を起こす。今夜の俺は城から二里ほど離れた草原で敵を迎え撃っていた。戦いを鎮めて城に戻ろうかというとき、突然ここに飛ばされたのだ。こいつの力で」

「えっ」

急に胸がざわついた。こんな時間にこんな格好で外をうろついてるだなんて、ただの変態コスプレ男だとばかり思ってたけど。

「それって……あなたはまったく別の世界の住人で、そこからここに飛んできたってこと？」

「そういうことだ。ここは俺が暮らす世界とは異質のものに溢れている。黒くて硬い地面といい、昼間のように明るいあの光といい。……スピリットのせいで、時としてこんなことが起こると噂には聞いていたが、まさか自分が異界に飛ばされるとはな」

おっさんはマリモを攻撃することを諦めたのか、剣を収めて不服そうに息を吐いた。

……ああ、びっくりした。真面目くさった顔して急に何を言い出すかと思えば、漫画やら小説の世界のネタだとばかり思ってた異世界トリップの話。しかもこんなおっさんがねえ。

「信じてない」

おっさんは私を睨みつけた。

「って顔をしてるな。今俺のこと、肚の中で馬鹿にしてたろう」

「えっ、いや。滅相もございません」

慌てて顔の前で手を振るけど、ビビりとは裏腹に鼻が膨らんでしまう。だって、普通に考えておかしいじゃない。いい歳した男が異世界トリップしてきました、だなんて。

「フ」

やばい。鼻息が洩れてしまった。

するとおっさんは眉間に皺を寄せて唇を真一文字に結んだ。かと思えば、次の瞬間には何を企んでるのかにんまりと笑ってみせる。

「よし、やはり決めた」

「決めたって、何を？」

「今からお前を俺の世界に連れて行く。きっとこれは天が決めたさだめなのだ。どう考えても、俺のスピリットが他人のお前に見えるのはおかしい。となると、今宵俺がここに飛ばされたのも、お前が俺の前に現れたのも、きっと何か深い意味があるのだ。神は理由なくして人と人とを巡り合わせない」

「ちょっ、何急にこじつけてんの⁉」

「信じてないんじゃなかったのか？」

おっさん、ニヤリと不敵な笑みを浮かべた。くっ……、確かに信じてなかったはず。ていうか、今でも信じてないけど、そんなに自信満々で言われたらちょっと怖くなるじゃない。それにこのマリモよ、マリモ。羽もないのにふわふわと宙に浮いてるだなんて、明らかに地球上の生物じゃない。こんなものを見せられたら、悔しいけれどほんのちょっとだけ信じたくなってしまう。

「えーと。えーと。そっちの世界だかなんだかに行っても、戻ってこられるのよねえ？　期間はどのくらい？　行って何をするの？」

「俺に考えがあるのだ。先のことは神のみぞ知る」

おっさんはマリモをむんずと摑（つか）んで私の胸に押しつけた。それが、キュッ、と鳴く声を聞いたかと思うと、突然意識が遠のいていった。

*

ふわふわと波間をたゆたう心地よさに身を委ねてた。それは眠りから覚める間際の気怠（けだる）く切ない甘美な誘惑にも似て。まどろみの中、私の身体を襲うのは、さわさわと太腿（ふともも）を撫（な）でまわされるような感覚と、胸の突起を突かれたときの甘い痺（しび）れだ。無骨な割に柔らかな手はちょっと汗ばんでるのか、膨らみの上でたいそう滑りが悪い。でも。うーん、悪くない……あ、ちょっと違う、さっきのがよかった。うんうん、そう……そんな感じ。

って。

なんとか自分を奮い起こし目を開けると、鼻先十センチの距離におっさんの顔が――。

「気がついたか」

「ほあああ――――――ッッッ！」

おっさんの顔があまりに近くて、声を上げて飛び退いた。

気がついたか、って。あんた今私の身体に何してた⁉

「よかった。死んだかと思ったぞ」

「あ、あんたねえ――」

言いかけて、はっ、と気づいた。周りに目をやれば、ここはもう雑草はびこる空き地の前でもなく、アスファルトの上でもない。ランタンの心許ない明かりに仄かに浮かび上がるのは、簡素な石造りの壁とそこに掛けられた剣や槍といった武器の数々。もうひとつの壁面に作られた暖炉の上には銀製の燭台と、床には猫脚の木製テーブルと椅子があって。――でもって、何故か私が正座してるのはキングサイズよりも大きなベッドの上だった。

「あ、あれ？　え？　ここ、どこ？」

自分の置かれている状況がさっぱりのみ込めない。

「ここはファルバード王宮の中にある俺の私室だ。因みにお前が前回目を開けていたときからほんの数分しか経過していない」

「は？　王宮⁉　嘘でしょ？」

慌ててベッドから飛び下りて窓に駆け寄った。木製の格子に嵌められたガラスの向こう、墨を流した空に浮かんでるのは、さっきまでうちの近所に見えてたのとそっくり同じ満月だ。ただし、明々と輝く球体の中にはウサギがいない。そして月の光にぼんやりと照らされているのは、だだっ広い草原と深い森、遠くに連なる黒い影は山々だろうか。それと、ファンタジー映画かゲームの中でしか見たことのない石造りの塔とか、建物とか、水車小屋とか――。

「ということで、ここはファルバード王国だ。ようこそ、我が祖国へ」

突然耳の近くでおっさんの声がして飛び上がった。見れば、おっさんはいつの間にか装備一式を脱いで下穿き一丁というあられもない姿になってる。

「あああのっ、そうだ！　私帰らなきゃ、玄関の鍵開けたまま来ちゃったし、エアコンも点けっぱなしで来ちゃったしいいーっ」

おっさんの横をすり抜けて急いで入り口の扉へ向かった――はずが、手首に痛みが走った途端に、ぐい、と身体が引っ張られ、すぐに捕獲されてしまう。そのまま両手を掴まれてぐいぐいと押されていき、ついには万歳の体勢で壁に背中を押しつけられた。

「は、放して！　私、帰るんだからっ」

力づくでもがいても、恐ろしいほどの力に身体はぴくりとも動かない。そうする間にもおっさんの顔はどんどん近づいてきて、私の目をじいっと覗き込む青い瞳が細められた。

「こんな時間にここを出てどこへ行くつもりだ。外にはお前のように非力な女を狙う賊どもがうようよしてるぞ」

「ひっ！　怖いこと言わないで。そそそうだ、さっきみたいにえいや、って元の世界に飛ばしてくれればいいじゃない」

あー残念、とおっさんは頭を振った。

「それはできない相談だな、お嬢さん。何せ、さっきから『毛』のやつがそこでぐうすか寝てやがる。ひと晩に二度も力を放出して疲れ切っているようだ」

おっさんが顎でしゃくった方を見ると、ランタンの置かれたテーブルの上には黒くて丸い塊が転かった。確かに長い毛も萎れ切って、精も根も尽き果てた様子だ。そういえば、あの子――確かスピリットと呼んでいた――の力でおっさんは私の世界に飛ばされたと言ってた。私もあれを胸に押しつけられた瞬間に気を失って、気づいたらこの部屋に……。仕組みは分からないけど、どうやらおっさんと私の世界を橋渡ししてるのはスピリットらしい。

「ス、スピリットが疲れて寝てるってことは分かったわ。で……それはつまりどういうこと?」

「今夜はもう帰る手立てがないってことだ」

「今夜は?　じゃ、明日には帰れるってことね」

いや、とおっさんは首を振った。

「スピリットの霊力は満月の夜に最大限まで高まる。つまり、次のチャンスはひと月後というわけだが……奴らは気まぐれだからな。必ずしもお前を元の世界に送り返してくれるというわけではない」

「はあっ?　そんなっ!　それじゃ、もう二度と帰れないかもしれないってことじゃない!」

「まあ、その可能性もあるが。……とにかく覚悟を決めろ、もう来てしまったんだからな。今夜からお前にはこの部屋で俺と一緒に暮らしてもらう」

と、おっさんはニヤリと口の端を上げた。

……はああっ?　な、なんですって!?

「ちょっと待って。それってどういうことよ」

「あいにく王宮の中にはお前を泊められるような部屋がないのだ。その点兵舎であれば娼婦が連れ込まれたとしてもなんら不自然なところはない」

そう言うとおっさんは急にトロリとした目つきになって、息が掛かりそうなほど顔を近づけてきた。

「戦のあとの興奮冷めやらぬまま街へ繰り出し、若い女を買って帰る。俺は今晩お楽しみってわけだ」

耳元をくすぐる低い声に思いがけず顔が上気した。腰をぞわりとしたものが這い上がり、とても落ち着かない気分になる。

「ひっ、人を呼ぶわよ」

おっさんとの距離が近くて近くて、石壁にめり込むんじゃないかってほどに背中を仰け反った。手首を掴んでたはずの無骨な手はいつの間にか私の手を恋人繋ぎに握ってて、胸だってお腹だって今にもくっつきそう。まっすぐに覗き込んでくる青灰色の瞳が、怖いような、艶っぽいような、とても深いものを秘めてるように煌めいて、私を射抜いた。

……やばい、なんだこのドキドキ。そもそも、こんなガラス玉みたいな目をしたガイジンさんと話すのも、薄暗い密室でふたりきりというのも初めての体験なのだ。どだい平常心でいろっていう方が無理な話。しかもおっさんてば、兜を取ったら思いのほかセクシーで男らしい顔立ちをしてる。分厚い筋肉を纏った裸の胸から発せられる体温までが、ほんのりと伝わってくるようだった。

鎧の下に隠された身体なんて神をも嫉妬させるほどの肉体美で。

ああ、なんだかもう勝てる気がしない。この圧倒的な敗北感、まるで恋の酩酊のさ中にいるようなーーきっと何もかも、この昏くけぶる神秘の泉みたいな瞳のせいだ。

と、突然肩口にふっと息が掛かり、我に返っておっさんを見てみれば。

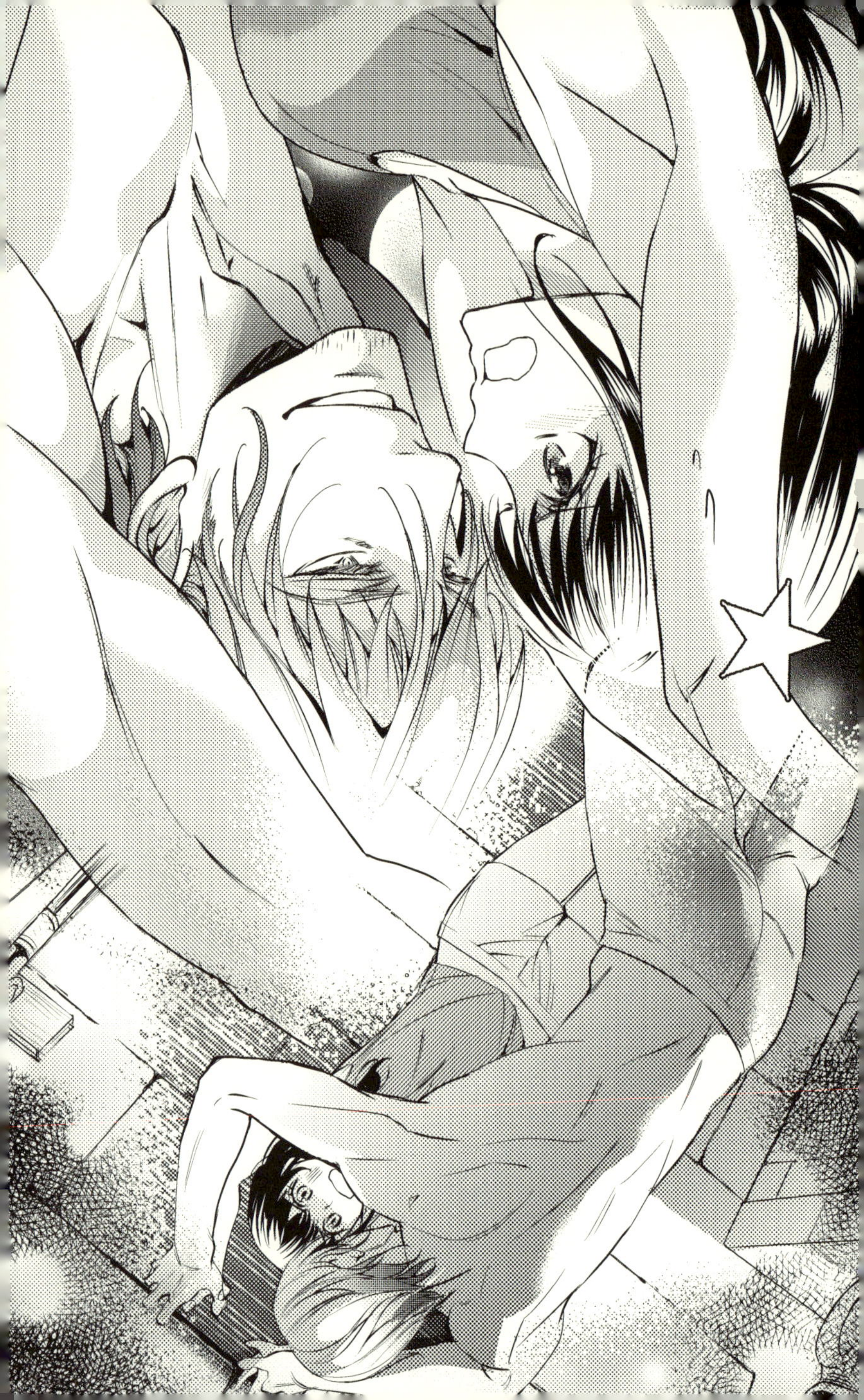

「面白い女だ」

くっくっという笑い声が次第に大きくなっていく。ついには身体を折って笑う姿をねめつけながら、震える息を吐いた。

「……なんかすっごい腹立つんですけど」

「期待を裏切って悪かったな。キスのひとつもした方がよかったか？」

目元に笑いの余韻を残しつつも、再び身体を寄せようとしてくる。は、はうっ。だからその瞳はずるいんだってば！

「わ、分かったからちょっと離れて。とりあえず、お水。お水くれない？」

息も絶え絶えになって言うと、おっさんはようやく私から離れていった。アンティーク調のシンプルな椅子を引いて座り込んだら、どっと疲れが押し寄せてくる。間もなく、目の前でくたりとしてる黒い毛玉の横に手びねりのグラスがふたつ置かれ、ガラスのデキャンタから赤みがかった琥珀色の液体が注がれた。

「何これ、お茶？」

「酒だ。二年物だから大して熟してはいないがうまいぞ」

ということで、おっさんと差し向かいになり、今晩飲もうと思ってたお酒にやっとありついた。こっちのお酒は私の世界のものと比べて遥かに口当たりが良く、アルコール純度が高い。麦のような穀物を蒸留したものだというけれど、やけにフルーティーで香り高くするすると入ってしまう。

ここでやっと、自分の名前は吉川美里だとおっさんに名乗った。

「あなたはえーと、なんだっけ。ぐら……ぐら……」

「グラウデンだ。そしてここはファルバード王国。他にも今夜のうちにお前に説明することがたくさんあるからな。あまり酔っぱらうなよ」

「はい、分かりました。えーと、グラウデンにファルバード王国ね」

……と、返事をしたのは覚えてる。いや、覚えてた。少し前までは。ところが、気づけばいつの間にか記憶が飛び飛びになっていて、自分でも分かるくらいにどんどん怪しくなっていった。

酩酊の中、ぼんやりと頭に浮かんでたのはやっぱり家族のことだ。友達と旅行に出掛けてたお母さんはもう帰ってる頃だろう。家じゅうの電気を点けたまま娘が忽然と姿を消したことにさぞかし驚いて、今頃は警察に捜索願を出してるかもしれない。それから、私が仕事から帰るのと入れ違いでバイトに出掛けた弟の隆也は……まあいいか、あいつのことは。とにかく、面倒な考え事は朝に回すとして――。

何がなんだか分からないうちに突然やってきてしまったこの世界。だけど、まるで旅行に来た夜みたいでとてつもなく解放的な気分だ。どうせ向こうの世界にはしばらく帰れない。連絡手段だって何ひとつないんだし、このまましばらく現実を忘れていよう。

もう一杯、あともう一杯だけ、と続けざまにお酒を煽ったら……ああ、全てがまどろみの中に落ちていく。溶けていく。もう……何も考えられないや。

＊

ふと目が覚めたのは夜中のこと。私はいつの間にかベッドに寝ていて、何故かだぼだぼの白いシャツとズボンを穿いてる。……なんだこれ。どういうこと？

身体を起こして目をしばたいてみた。

不思議だ。あれだけ飲んだのに、もうすっかりお酒が抜けてるみたい。

「ちょっと、グラウデン。起きて」

「んっ……んああ？　なんだ？」

エロいおっさんがひとつのベッドで隣に眠ってたということはこの際不問にするとして。

「ねえ、おしっこ！　トイレ行きたいの。どこ？」

「……ああ、一番近い便所は外にある。扉を出て右側へまっすぐ行くと赤い門があるから、衛士に言ってそこから出ろ。真っ暗だから松明(たいまつ)の火をランタンに移して持ってけよ」

「ちょっと、一緒に来てよ。怖いじゃない」

部屋の中にはすっかり傾いた月の明かりが少しだけ差し込んでるけど、街灯があるわけじゃないから外は大分暗いはずだ。それに恐らく、ここは日本みたいに治安のいいところじゃない。確かグラウデンの話じゃ、非力な女を狙う賊どもがうようよしてる、ってことだった。武器を持った野盗とか山賊なんかがうろうろしてるのだとしたら、女ひとりで外に出るなんて恐ろしすぎる。

軽く身震いを起こしながら、グラウデンの厚すぎる裸の胸板をガシガシと揺すった。うん、おしっこに行きたくなければこのまま揉(も)み続けていたいくらいに硬い胸だ。

「ねえ、お願い」

「子供じゃないんだからひとりで行けよ」

「だめ！　じゃ、ここで漏らす！」

ちっ、と舌打ちしながらグラウデンは起き上がった。

「この代償は高いぞ」

「いいから早く！　漏れる！」

グラウデンにピタリと着いて部屋を出た。廊下は中庭をぐるりと囲む石造りの回廊になっていて、ひっそりと静まり返ってる。壁に掛けられた松明から移した炎がランタンに宿り、あたりを小さく照らした。

トイレは城の裏手の、グラウンドのようなところに五つほど並んであった。よかった、ちゃんと個室で扉もある。

「ここで待ってて。絶対覗かないでよ」

音を聞かれたら恥ずかしいから、少し離れたところでグラウデンに待ってもらうことにする。彼の手からランタンを受け取って、一番離れた個室に入った。

絶対に水洗式ではないだろうと思ってたトイレは、思ったよりも画期的な造りをしてた。板張りの床にただ穴が開いただけに見える便器の下には、絶えず水が流れてる。ある意味水洗、というわけだ。そのまま川に垂れ流すのではないことを祈って――とりあえずさっきたんまりと飲んだお酒の水分を一気に放出した。

はああ、スッキリ。よかった、間に合って！

爆発的な解放感に安堵（あんど）しながら思ったのは、パッと見中世ヨーロッパ風に見えるこの世界だけどトイレは和式なんだなってこと。こっちの世界の女性が日常的にドレスみたいなものを着ているんだとしたら、トイレは相当不便そうだ。

立ち上がって慣れない服を整えてると、外で微かに草を蹴る音がした。グラウデンが心配して様子を見に来たのかもしれない。

「ねえ、グラウデン。明日何か着るものを買ってきてよ。この服はいくらなんでも私には大きすぎるもの」

外からは何も返事がない。確かに気配はするのに。

「グラウデン？」

私は体の左側にある扉の方を向いていた。なのに何故かその反対側の、てっきり壁だとばかり思ってた板が外に向かって開く。

そこに立ってたのは逞しい上半身を晒したグラウデン、ではなかった。開け放たれたドアの向こうにいるのは全身黒ずくめの男。けれど、じっくり見てる余裕なんてなかった。突然後ろから羽交い締めにされ、同時に口を塞がれたからだ。

「むぐぐぐ！　む――――っ!!」

無理やりトイレから引きずり出された。後ろから自由を奪われる体勢はまったく力が入らない。

何!?　なんなのこの男！　助けて、グラウデン!!

このときほど、『音が聞かれたら恥ずかしい』なんてくだらない理由で彼を遠くに置いてきてしまったのを後悔したことはない。こんなことならもっと近くにいてもらえばよかった。ていうか、なんで反対側が壁じゃないわけ!?　両面ドアとか、普通に考えてあり得ないから!!

声が届いたのかどうかは分からない。けれど、殺される、もしくは手籠めにされる、そう思った次の瞬間、トイレの陰からものすごい勢いで走ってきたグラウデンが、目の前で何かを振り上げるのが視界に入った。彼は私のすぐ左脇をスルリと通過した。と思ったら、何かが思いっきりぶつかる音がした。同時に、私の身体にも強い衝撃が走る。両脇を締めつけてた男の腕が一気に脱力して、急に自由になった。

「わっ」

すっ転んだけど、すぐに立ち上がった。戦えもしないのに、振り返ってファイティングポーズを取ってみる。

黒づくめの男はすでにその場に伸びてた。一メートルほど離れたところには、板切れをぶら下げたまま無表情で立ち尽くすグラウデンの姿が。……なんだなんだ、何があった？　おっさんがこの板切れか何かでこいつをぶっ飛ばしちゃったってこと？

とにかく。

もう安全だ――そのことが分かった途端、急に立っていられなくなった。全身の力が一気に抜けてその場にへたり込んでしまう。……怖かった。まさか本当に襲われるだなんて。

「遅くなって悪かったな」

同じ目線までしゃがみ込んだグラウデンはそう呟(つぶや)いて私の髪を撫でると、脇の下に手をあてがい、ゆっくりと立ち上がらせてくれた。

呆然としたまま、グラウデンに腰を強く抱かれて城の中の回廊を歩いていく。簡素だけれど、きちんと整備された広い中庭には柔らかな月の明かりが降り注いでる。仰ぎ見れば満点の星空もさぞかし美しいだろう。けれど今の私にはそんな余裕はない。

「また汗をかいてしまったな」

私室に戻ると同時に彼は言った。テーブルに置かれたランタンが、ぽう、と石造りの室内に再び明かりを投げかけると、安堵感とか、怒りとか、ビビッて損した、とかいろんな気持ちが溢れてきて胸が爆発しそうになる。グラウデンが引いてくれた椅子に支えられながら腰を下ろした。

「まだ震えてるな。大丈夫か？」

「うん。……ねえ、あの黒ずくめの男、もしかして……死んじゃったの？」

グラウデンは無精ひげに覆われた顎をざらりと撫でた。

「ああ、延髄に思いっきり叩き込んでやったからな。恐らくは」

そして人を殺したっていうのにニヤリと笑った。

……ちょっと。怖いから、そういうの。こっちでは当たり前かもしれないけど、死んじゃうほど懲らしめるってのは正当防衛にしちゃやりすぎな気がする。

なんだか急にグラウデンが怖くなった。いや、怖くなったのはこの世界だ。やられる前にやる、自分の命を守るために人の命を奪うことが正当化される恐ろしい世界。こういうの、平和な日本の平和な時代に暮らしてる私にはちょっと理解できない。

いくらやさぐれてたとはいえ、なんて大胆なことをしちゃったんだろう。生きて帰れる保証なんてこれっぽっちもないのに、見知らぬ怪しいおっさんにのこのこ着いてきたりして。そもそも、まさか本当にトリップするだなんて思ってもみなかった。いつの日か元の世界に帰れるんだろうか？

「どうした？　怖気づいたか？」

「……ううん。大丈夫」

するとが彼は幾分皺の刻まれた目元を綻ばせた。

「俺と一緒にいれば大丈夫だ。必ず守ってやるから安心しろ」

と、私の気持ちを知ってか知らずか優しい慰めの言葉を寄越してきた。うう……。だったらなんでひとりでトイレに行かせようとしたのよう、襲われるところだったじゃないかーっ！

ベッドに入ったものの、まんじりともしなかった。

最初の数十分は、月明かりに照らされてぼんやりと浮かび上がる調度品なんかを眺めて過ごした。けれどそれも次第に飽きて、横になってること自体が苦痛になってくる。

大体、この部屋に物なんてほとんどなかった。今寝てるベッド、さっきお酒を飲んでたテーブルと椅子の他に、壁際に水瓶がいくつか。それと、戦いに使うらしき剣や戦槌、矛が何本かと、盾、甲冑、兜の数々。それくらいしかない。ここはグラウデン専用の部屋のはずなのに、個人の趣味や趣向を窺わせるものなんてひとつもなかった。こういう職業軍人には自由時間なんてないんだろうか。住まいも王宮の中にあるだなんて、プライバシーも何もあったもんじゃない。

時たま隣で身じろぎしてたグラウデンが、生あくびを噛み殺した。

「ああ、すっかり目が覚めてしまったな」

「ほんと。……で、なんでまた隣に寝てるの？」

「ベッドがひとつしかないんだから仕方ないだろう」

「こういうときは女の子にベッドを譲るものじゃない？」

「石の床は案外冷えるんだぞ？　この部屋の主は俺だってのに、床に寝かそうとは薄情な奴だな」

その言いぐさにはつい笑ってしまった。グラウデンのやつ、初めは怖いだけのいかついおっさんかと思ったけど、案外会話も軽妙で面白い。これでセクハラがなければ悪くない存在だと思うんだけど。

目が冴えてしまったというグラウデンの言う通り、あんなことがあったせいでどうやら興奮気味だ。今が一体何時なのか、気にはなるけど時計のないこの部屋では見当もつかない。

こっちの時間の概念は偶然にも私の世界とまったく同じだった。一日は二十四時間で構成され、人は朝起きて夜になったら寝る。空には地球にあるのとそっくりな月が浮かび――ただし、中にいるのは兎でも蟹でもない――朝になれば日が昇って、夕方になれば日が沈むというわけだ。似通ったところが多いからこそ、間違って人が行き来してしまうのでは、とグラウデンは言う。

「寝つけないとなると暇だな」

「そうね」

「……するか？」

グラウデンが首を傾けたから、私も横目でチラリと見た。送られてくる流し目はやたらとセクシーで、何故か甘い。

「するって、何を？」

「セッ――」

バチン、と音がした。だけど、別に引っ叩いたわけじゃない。言わせてなるものか、とグラウデンの口を塞いだ手に思いのほか力が入りすぎただけだ。

「いってえな。そういうときはキスだろう？　どうせなら唇で塞いでくれよ」

睨みつけたらグラウデンは、クックッ、とおかしそうに笑った。どこの世界でもおっさんの脳内はセクハラと下ネタの宝庫らしい。

「あ、そうだ」

しつこいのでスルーする。

「なんだ？　その気になったか？」

「ねえグラウデン。眠くなるまでの間、この世界について説明してくれない？　王様とか、王女様とかいるんでしょ？　あと、食べ物についてとか」

ああ、と彼は頷いた。

「そうだな、少しそのことを話してやろう」

軽い気持ちで尋ねたこの世界のことだったけど、グラウデンの話は案外長かった。この国の歴史に始まり、過去の戦争、戦歴、領土の拡大と縮小について。それから、近隣諸国との関係なんかがつぶさに語られる。もうかれこれ……小一時間？　しかも、まだまだ終わりが見えない。

「ファルバード王は半年前から病床に伏せておられるのだ。それ故、今は王女であるセレスティア殿下が政を行われているが、何分経験が少ないからな。実質政務官と元老院の年寄りたちが仕切っているようなものだ。加えて、最近では南方に領地を持っている公爵どもが何かと騒がしくて王室との小競り合いが絶えない。実のところ、宿敵であるレ帝国の脅威よりも内政を鎮める方が急務といったところだ」

「じゃ、王国と公爵たちとの間で戦争になるかもしれないってこと？」

「その可能性は十分にある。公爵たちが連合を組み、万が一にも帝国と手を組んでファルバードへ攻め込んでこないとも限らないしな。そうならないよう努力するのが我々国を守る立場の者の務めだ」

「ふうん。……ね、王女様ってどんな人？」

「王女殿下は」

グラウデンは何故かニヤリと笑った。

「とても潔い方だ。まだお若いというのに思慮深く、忍耐強くもある。そしてこの国の女性にしては大分背が高い。ちょうどお前くらいの背丈だ」

「へえ」

大柄なグラウデンからしたら男女問わず高身長なのかと思ってたけど、百六十センチ程度で大きい部類なのか。

「若いっていくつなの？」

「今年で十七になられた」

「……十七歳！」

何それ!?　私が十七の頃といったら、友達とファッションの話をしたり、覚え始めたメイクの研究をしたり、食べ物のこととか、誰と誰がつき合ってるとか、毎日が馬鹿騒ぎの連続だったのに……！　大体、人生において一番楽しいはずのその年頃に国の重鎮たち――多分年寄りばかり――と難しい政治の話ばかりしてるだなんて、不幸せにも程がある！

パカーといつまでも口を開けてたことに、まじまじと見詰められていて気がついた。

「な、なに？」

「いや。……やはり似ても似つかんか。これは苦労しそうだ」

「は？」

聞いてみたけどグラウデンは返事もせず、私の横で寝たふりを決め込むのだった。

第二幕　花嫁修業

穏やかな日の光を瞼の裏に感じていた。朝を告げる鳥が、格子の嵌(はま)った丸窓をコンコンとつついては飛び立っていく。それが、一羽。二羽。まどろみの中では、荘厳ながらも爽やかな鐘の音が遠くに響いていた。

「ん？」

ふと、お尻に当たる硬いものの感触で目が覚めた。同時に、太腿の外側から内側へと、ねっとりとまさぐり続ける手の温かさ。指が秘めたる部分をかすめそうになるたび、びりびりとした心地よい痺れが身体の奥にもたらされる――。

「ぅうわあっとぉ――う!!」

がばり、と飛び起きた。……つもりが、腰をがっちりホールドされてて身動きが取れない。

「ちょっ、何何してんの！」

「もうちょっとだけ」

ずんずんとお尻の割れ目あたりを、硬い、硬い、硬いものがつつく。

「もうちょっとって、子供かっ！　ほら、鐘が鳴ってたよ。国王陛下の謁見とかなんとか、あるんじゃないの!?」

と、適当なことを言ってみたけれど。

「おお、そうだった」とグラウデンはベッドから撥ね上がり、「しかし眠いな、結局俺は一睡もできなかったぞ」と赤い目を擦った。

「え⁉　ひと晩じゅう起きてたの？」

「当たり前だ。眠れるわけなどあるものか、女と一緒にひとつのベッドで寝ていて」

見てみろ、とばかりに腰に手を当て仁王立ちしてるグラウデンの股間は、激しく下穿きの真ん中を衝き上げてる。……だからなんだっていうのよ、私に一体どうしろと？

「はいはいご立派。元気で何よりね」

そう言ってやると彼はニヤリと笑って、

「じゃあな、俺は朝湯を浴びる。ちょっと『毛』の様子を見ておいてくれ。もうじき起きる頃だと思うんだが」

と、部屋をあとにした。扉の外では彼が誰かに話しかけられて、人が通過する足音が複数聞こえる。この部屋が面している中庭の吹き抜けを通って、音が反響しているようだった。

そういえば。

スピリットはあれからどうなっただろう。ベッドに入る前に見たときには、まるで打ち捨てられた巨大なケータイストラップのように、テーブルの上に転がっていたけれど。

ベッドから立ち上がってそろそろと近づいた。丸い毛玉は昨日見たまま、未だにテーブルの上で眠ってる様子。私が間近で凝視しても身じろぎひとつしないし、呼吸に合わせて身体が上下するわけでもない。

「おーい、チャッピー」

　動かない……死んじゃったんだろうか？　試しに体をつついてみる。と、しばらくして黒い毛の塊はテーブルの上でころりと一回転したのち、くるくると回りながら空中に浮かび上がり、私の目の前まで来るとピタリと止まった。

「チャッピー！　元気になったの!?」

　当然返事はなく、ただ目の前でふわふわと浮かんでるだけだ。だけど昨日の夜に比べて大分毛艶も良くなったし、張りも出たみたい。手を出したらすぐにその中にポトリと落ちてきた。よく耳をそばだててみると、小さな声で繰り返し、キュッ、キュッ、と鳴いている。

　か……かわいい。

　きゅううん、とハートを射抜かれてしまった私は、びっしりと毛の密生したなんだか分からないものに思いっきり頬ずりした。

「うわああー、チャッピー！　お前はなんてモッフモフなんだぁー！　この際だから、私のスピリットになりなさいよう！　おっさんなんかより若い女の方がいいでしょう？　ねえ、チャッピーぃいぃ！」

「声が普通に外まで洩れてるんだが」

　扉の方から声がして、チャッピーにスリスリしたまま固まった。いつからいるのか、ほぼ全裸に近いグラウデンがそこに立っている。

「……っということで、チャッピーは今日から私のスピリットになりましたとさ」

　へっ、とグラウデンは笑った。

「そうしてやりたいところだがな。あいにくそいつらは人が生まれながらにして背負ってきた業みたいなものだ。何があっても、死ぬまで離れちゃくれないのさ」

彼は部屋を横切って隅へ行き、ハンガーから鮮やかな紺色の服を取った。腰に巻かれてた手ぬぐいが取り払われ、キュッと引き締まったお尻がお目見えする。

グラウデンが着替えてる間、当然私は後ろを向いていた。それでもちょっとだけ彼の筋肉を鑑賞したくて、ちらちらと振り返ってみる。

彼の引き締まった背中は脊髄に沿ってまっすぐに割れていて、肩の筋肉は動きにつれてぐぐっと盛り上がり形を変えた。プロテインの力を借りたまがい物の筋肉とは違い、日々の鍛錬によってのみ手に入れることのできる完璧な肉体美という感じだ。そして――。

「さてと、行ってくるか」

くるりとこちらを振り返った姿を見て、ドキン、と心臓が撥ねた。

彼は今や、近代ヨーロッパの軍人が着ていたのとそっくりな服に身を包まれていた。目の覚めるような鮮やかな紺色の生地に首を高く覆う詰襟、金色の肩章と金モールの刺繡（ししゅう）、胸にはたくさんの勲章が眩（まばゆ）いばかりに煌めいてる。下半身には真っ白な細身のズボンを穿き、それを皮のブーツの中にたくし込んでいた。

こ、これは……。

なんというか、グッジョブだぞ、グラウデン！　いや、褒めるべきはこの衣装か。

「……なんだかグラウデンじゃないみたい。まるで騎士様みたいよ」

「そいつはよかった。俺の仕事は元より騎士だからな」

「あれ？　グラウデン、騎士だったの？」

昨日と打って変わってきっちりと後ろに撫でつけられた髪を彼は手櫛で整えた。燕尾服のように長く垂れた裾を翻して部屋を横切っていく。

「昨夜全て話したつもりだったが。大方うつらうつらしながら聞いていたんだろうな。これでも王国騎士団長として、国の安全のため日夜鋭意努力している」

「騎士団長？　へえ、偉いんだ」

「まあ、少なくとも俺をグラウデンと呼び捨てにする女はお前ぐらいだろう」

「ところで、王国騎士団……って何？　近衛隊みたいなもの？」

私の頭にはとある名作漫画の主人公で男装の麗人、近衛隊長の美しい姿が浮かんでる。

「いや、近衛隊は別にいる。奴らは王室をお守りするだけの小規模の組織に過ぎん」

……むむ、なんだか言い方に棘があるな。グラウデン、もしくは王国騎士団って、近衛隊と対立してるんだろうか。

彼が扉に手を掛けると、チャッピーは私の手の中からふわりと浮かび上がった。そのまま空中を浮遊して、左の肩章のあたりでピタリと止まった。

「謁見が済んだら食事を持ってきてやる。あまり外をうろつくなよ、人に姿を見られると面倒だからな」

私を振り返ってそう言うと、彼はチャッピーと一緒に朝日の差し込む回廊へと出ていった。

ひとり残された私はまずベッドを直し、昨日の晩使ったグラスとグラウデンの浴用手ぬぐいを洗った。調度品や武具の類をひと通り見て回ったら他にすることもなく、窓から見える外の景色を眺めて過ごす。

昨日は暗くてよく見えなかったけど、朝日に照らされた雄大な景色は目を見張るばかりに美しかった。一面緑に覆われた大地と大気汚染を知らない青々とした空とのコントラスト。遥か遠くの山々に施された雪化粧はスイスの連峰を思わせたし、ところどころにある風車や水車はそのまま絵本やおとぎ話の挿絵のようだ。……ああ、なんという自然美だろう。外に出てこの異郷の空気を肌で感じたいところだけど、まさかこのままずっと部屋の中に軟禁状態ってことはないよね？

しばらくして、中庭に面してる扉の向こうがやたらと活気づいてきた。人が慌てて走っていく足音や、がやがやと大声で話しながら通り過ぎる人々の声が吹き抜けに響いてる。

扉を細く開けて廊下の様子を覗いてみた。すると、ひっそりと静まり返ってた昨晩とは打って変わって至るところを人が行き来してる。どうやらお城に勤める人たちが出勤してきたようで、その姿は甲冑を着けていたり、調理服らしきものを着ていたり、手に掃除用具を持っていたりといろいろだ。みんな生き生きとした顔で、きびきびと動いている姿は見ていてとても面白い。

と、突然。

「騎士団長殿！」

叫び声とともに扉が開いて、勢いよく身体が外に引っ張られた。顔面が誰かの胸にぶち当たる。そのまま転んでしまいそうになるのを、すんでのところで抱き留められた。

「これは失礼――」

グラウデンが着てたのと同じような、金モールの縫いつけられた赤い服地が目の前にある。顔を上げてみたところ、声の主は若い男だった。白い肌が美しい細面の、かなりのイケメンさん。

「ごめんなさい」

なんて言ったらいいのか分からず、とりあえず謝っておく。

「いいえ、こちらこそ。ノックもせずに失礼しました。ところで……あなたは？」

「私？　えーと、私はグラウデンの――」

と、言ったきり言葉が続かなくなった。グラウデンの……なんだろう？

するとしばしの間に、何故か男の人の頬がゆっくりと染まっていった。私の身体から目を背けたきり、額の汗を拭ったりと落ち着きがない。ついには「いいえ、いいのです」と言って頭を下げて行ってしまった。そういえば、借りた服がだぼだぼすぎて動きづらかったから、昨日洗って干しておいた生乾きの服に着替えたんだった。多分また娼婦か何かと勘違いされたんだろう。にしても、この程度の肌の露出で真っ赤になっちゃうなんて随分うぶだこと。

それから数分ののち、やっとグラウデンが帰ってきた。

「待たせたな」

と、両手に木製のお盆を持ったまま、足で扉を器用に蹴った。

「また淫らな格好をしおって。それはなんなんだ。俺に襲ってほしいのか？」

「ちっ、違うっ」

お盆を受け取ると、彼の腕に何かが掛かってるのが見えた。

「……これは？」

「お前の服だ。あとで着替えるといい」

「わあ、ありがとう！　メイク道具も買ってくれた？」

グラウデンは腰に結んだ革袋の紐を解いて渡してくれた。なんだかずしりと重い。こっちの化粧品はどんなだろう、ってワクワクする。

「俺ではよく分からんから店の者に見繕ってもらった。こんな朝っぱらから化粧品を買いに来る男などそうはいないからな。『昨夜はお楽しみでしたのね』と店主にからかわれたぞ」

と、無意味にハグしてこようとする。その腕をかいくぐってテーブルに着席した。振り返ってみれば、おっさんはコアラを抱っこするような体勢のままニヤリと不敵な笑みを浮かべてる。はい、ご愁傷さま。私としてはとにかくさっさとご飯を食べて、お風呂に入って、化粧をしたいの。そろそろスッピンでいるのも限界だもん。家にいて誰にも会わない、っていう休日ならともかく。

「わーい、ご飯だ！　いただきまーす」

待ちに待った食事にやっとありつける。夜中に起きてたし、考えてみたら晩ご飯だって食べてない。もうお腹が空きすぎて気持ち悪くなってきた頃だったから本当に嬉しかった。

ところが。

「どうした？　進んでないじゃないか」

グラウデンに聞かれたのは食事が始まってからものの数分後の話だ。がつがつとフォークを口に運んでく彼を尻目に、食指がほとんど動かなかったのは事実だ。豆と魚のスープは表面に冷えた油の膜が張ってたし、炒めたご飯は油っぽいのにパサついててまるで蠟みたい。メインの肉料理に至っては、これまた朝からこってりした揚げ物という油づくし。しかも味つけがどれも薄く油の匂いが勝ってしまい、とりわけ飲んだ翌朝には辛いものがあった。

「ううん。なんか思ってたほどお腹空いてなかったみたい。昨日飲みすぎたかな」

シンプルな白い器に盛りつけられた料理は見た目こそ日本のレストランで出されるそれに近い。ただし、味つけと調理法は恐らく日本人の好みとはかけ離れてる。単に味覚が違うという話なんだろうけど、これをおいしいと思って食べてる人に、まずい、だなんて私には言えなかった。食文化はその国の歴史であり、誇りであり、暮らしの根底を支えるものだ。もしも私が昨日今日出会ったばかりの外国人に『日本食はまずい』と言われたら、あまりいい気はしない。

結局、スープもご飯もお肉も、半分も喉を通らなかった。私が残したものはグラウデンが全部平らげてくれた。

「さて、着替えるか？」

ナプキンで口元を拭いながらグラウデンが聞く。

「その前に私、お風呂に入りたい。もう身体がべったべたで」

「そうか？　ベッドに入れる前に俺が拭いてやったけどな」

「え？」

……それってどういうこと？

「一応起こしたんだがな。すっかり酔っぱらっちまって目を覚まさなかった。そのままベッドに入れるのもなんだからそうしたんだが。まずかったか？」

ぐあああっっ！　だから服を着替えてたんだ。拭いた、ってどこからどこまで拭いたんだよっ。

「何考えてんのよ、このエロオヤジ！」

椅子から立ち上がって抗議するも、グラウデンはへらへらと笑うだけ。くうーっ、この余裕たっぷりなところが小憎らしい！

「風呂に入るなら騎士団の訓練が始まってからにした方がいい。ここは温泉が湧いてるんだ。いい風呂だぞ」

「なにっ、温泉⁉」

そのひと言で怒りも吹っ飛ぶ。そんな素敵な話聞いてない。早く教えてよ、もう！

グラウデンの話通り、本当に温泉は最高だった。湯量も豊富だし、泉質も滑らかでピリピリしたりしない。ただし、男女分かれたお風呂じゃないからゆっくり浸かることができないのは残念だった。みんな仕事中でこんな時間からお風呂に入る人はいないだろうけど、回廊を行き来する人の足音や声が終始聞こえてたら、落ち着いてお湯に浸かるなんてことができるはずもない。

人に見られないように部屋に戻り、グラウデンに買ってきてもらった慣れない化粧品と三十分ほど格闘した。さあ、次はいよいよ着替えだ、とタンクトップの裾に手を掛けたとき、待ってたんかい！　というタイミングでグラウデンが戻ってくる。私が今まさに服を脱ごうとしてたと見てとると、おっさん、口の端をニッと上げてみせた。

「どうしてこうジャストなタイミングで戻ってくるかなあ」

腰に手を当ててグラウデンの方を向く。期待通りのコメントだったのか、おっさんは声高らかに笑った。

「女が第六感を与えられた代わりに、男にも特殊な感覚を神が与えたもうたのだ」

「エロに関する？」

「まあ、そんなところだ」

そりゃどんな神様だよ。

「団長様の仕事はいいの？　訓練があるんでしょう」

「これから用があるんでな。副官に指揮を任せてきた。ここで人と待ち合わせをしているのだ」

「ふうん。だけどちょっとだけ外に出てくれない？　着替えたいのよ」

「だめだ。俺は今重大且つ秘密裡の用件で動いている。廊下にいると目立つからな」

と言って、グラウデンはどっかと椅子に腰を下ろした。動く気はないらしい。

「だったら後ろ向いててよ。絶対見ないでね」

ああ、と言うのでチラチラと振り返りながらタンクトップを脱ぎにかかる。そうだ、すっかり忘れてたけどお風呂に入ったついでにパンツを洗ってしまったんだった。これは絶対に……グラウデンに見られたらまずいぞ。

着替えに貰った服はかわいらしい感じのドレスだった。ただ、丈が膝上十センチとすごく短い。全体は白のシルクとボヘミアンレース、それと、なかなか凝ったデザインの手刺繍でできていた。大きく開いた襟ぐりの端にふんわりとした六分丈くらいの袖、胴の部分はコルセットが内蔵されていて、背中を紐で締め上げるようになってる。見た感じ大分細身で窮屈そうだけど……これ、私に着られるんだろうか？

「着方は分かるか？　なんなら俺が着せてやるが」

ドキッとしてグラウデンの方を見たけど、ちゃんと約束を守って後ろを向いてるようだ。ただ、声の感じからして相当ニヤニヤしてる。一体何を想像してるんだ、おっさん！

しかし、さっきパンツを洗ってしまったのは失敗だった。もちろんまったく乾いてなんかいず、一日ノーパンで過ごすことになりそうだとガッカリする。しかもまさかのミニ丈だよ。スカート部分の内側にチュールで何重にも嵩が増してあるのがせめてもの救いだったけど。

袖を通してみた。なんとかお尻が通過して着られそうな感じだけど……当然背中の紐に手が届かない。しかも編み上げなんて複雑なもの、ひとりじゃ着られるわけがないっての。グラウデンのやつ、わざとこんな服を買ってきたたな。

「ちょっとグラウデン、紐締めてよ」

ほいきた、とばかりにおっさんは立ち上がる。澄ました顔してるけど実は意気揚々なのは分かってるんだからね。

グラウデンはちょいちょい関係ないところにタッチしつつ、容赦ない力でろっ骨を締め上げた。

「うう、息がぐ、苦しい」

「この服はだな、胸をこうやってカップの中に押し込むんだ」

ひょいっ、と後ろから手が回ってきたと思ったら、胸元にそれがぐっと押し込まれ、あろうことか鷲掴みされた。

「ぎゃっ!!」

な！　な！　な！　こ、このおっさん、ナマ乳触ったっっ！　最低っっ！

こんな不遜な輩はグーパンチで殴ってしまえ！

ぶん、と拳を振ったけど、軽い身のこなしで難なく避けられてしまう。かと思った次の瞬間、逆に強い力でぎゅむうっっと抱きしめられ、完全に動けなくなった。ホントにホントに、すっごい近くに、射るようなブルーグレーの瞳がある。

「夜中に起こした代償をまだ払ってもらってない」

やけに低く、吐息交じりの艶めかしい声が耳元で囁かれた。同時にふわりと息が掛かり、一瞬何かが吹っ飛びそうになる。首筋に優しく口づけを落とされたらば……あら、意外にも嫌じゃない。それどころか、布きれ一枚すら被ってないあの部分までが、とくん、とくんと温かく疼き出す。

……い、いやこれはきっと下半身がノーガードのせいだ。大体こんな、出会って二十四時間も経ってないおっさん相手にエロい気持ちになるなんてあり得ない！　……や、やめてっ。実は今ものすごく無防備なんだから！

そこへ救いの手が差し伸べられた。扉が数回ノックされて、間髪入れずに開く。

「騎士団長殿、お呼びですか。……あっ、こ、これは！　お取込み中失礼しました」

見れば、さっき部屋に来た若者だ。すぐに踵を返して部屋を出ていこうとしたけど、グラウデンがそれを制した。

「いや、いいんだチェイン。入ってくれ」

ふう……おっさん、やっと離れたか。今頃さぞかし股間が立派に――いや、その辺は考えないでおこう。

チェインと呼ばれた男は真っ赤な顔をして、先程は、と私に向かって頭を下げた。

「なんだ、もう会ったのか？」

「実は、先程騎士団長殿を捜してこの部屋に参ったのです。そうしましたら、あの方が部屋に。……まったく、驚きました。まさか神聖なる宮殿内部に女性を連れ込むなどと。今回は内密にしておきますが、くれぐれも王国を守る騎士の長として、その名を穢(けが)しませんよう――」

「チェイン。何か勘違いしてるんじゃないのか？」

「はい？」

「この女、いかがわしい格好をしていたかもしれないが、娼婦ではないぞ。俺が昨夜異界から連れ帰ったのだ。これから大いに役立ってもらうつもりでな」

「と、仰(おっしゃ)いますと……では、例の件ではこの方を？」

ふたりは軽く目配せをしてから私のことを見た。

……何この雰囲気。このフラグ。大いに役立ってもらうって、嫌な予感しかしないんですけど。

「何よ」

「いや」

グラウデンは意地の悪そうな笑みを浮かべた。対するチェインは、繊細そうに見える細い眉を寄せて明らかに動揺してる様子。

と、中庭の方で幾度か高らかに鐘の音が鳴り響いた。それを合図にしたかのように、ふたりは無言でドアの方へと向かう。

グラウデンが振り返って私に声を掛けた。

「どうした。早く来い」

「えっ？　は、はい」

突然の誘いに小走りで着いていく。チャッピーがグラウデンの肩から、私の肩へと飛び移った。

……一体どこへ行くんだろう。なんで私まで？　うろうろするなって言ったくせに。

初めてこの部屋からまともに出られるっていうのに、私の心は弾んだりしない。だってなんだか様子がおかしいんだもん。まるで生け贄の祭壇へと連れて行かれるみたいじゃない。

するとその気持ちを察したのか、グラウデンがもう一度扉の前で私を振り返ってこう言った。

「これからお前をこの国の王女殿下の元へ連れて行く。大変高貴な方だから、粗相のないようにな」

「えっ」

「来て早々王女殿下にお目通りが叶うとは、お前は幸せ者だな。神に感謝しろよ」

回廊の隅にある門を潜ると外は穏やかな日差しに溢れてた。まるで高原のような爽やかな風に乗って、濃い草の匂いと僅かばかりの潮の匂いが鼻腔を衝く。と同時に、下半身を通り抜けるいつもとは違った感覚に身震いを起こした。

——そうだ、私ノーパンだった。

そのことに気づいたら、もう景色なんて堪能できなくなった。私の前にはグラウデン、後ろにはチェイン。もしもこんな状況で転んだらどうなっちゃうんだろう、こんなミニ丈のドレスでお辞儀なんかしたら……？

「着いたぞ」

「えっ」

パンツのことで頭がいっぱいになってるうちに目的の場所に着いたらしい。なるほど顔を上げてみると、目の前には尖塔がいくつも聳え立った大きな建物がある。

「ここは……王女様の居城？」

「いや、ここは大聖堂だ。セレスティア王女殿下はこの時間、必ずここで歌を歌っておられる」

確かにさっきから、どこからともなく讃美歌のようなものが聞こえていた。教会でミサでも行われてるのかと思ったけど、まさか王女様自らが歌ってらしたとは。

「入るぞ、気を引き締めろ」

「は、はいっ」

装飾の施された重たい扉をグラウデンが開けると、耳をつんざくほどの歌声が洩れてきた。グラウデンに続いて私が中へ入り、私のあとにチェインが続く。

聖堂の奥の一段高くなったところに、声の主はいた。遠くて顔はよく見えないけど、白くて裾の長い、落ち着いたデザインのドレスを着た細身の女性だ。その周りにはグラウデンの言ってた近衛隊なのか、白い布地に金モールをあしらった軍服に身を包んだ男の人たちが何人も立ってた。

王女は私たちが中へ入っても歌うのをやめなかった。その声量はマイクなしでも聖堂全体に響き渡るほどで、歌が上手くなかったら聞いてるのが辛いくらいだ。けれども王女の歌声は清らかで、心が震えるほど美しく、とてつもなく気高いオーラを感じさせた。人の心を動かすには、たったひとりの声さえあれば足りるのだということを、身をもって証明しているかのようだった。

聞きほれてた歌声がやんで、はっと我に返った。足早に舞台から下りた王女は、軍服の男たちを従えてつかつかとこっちに近づいてきた。

「御前だ。敬礼しろ」

は？　敬礼っ？

日本人なら当然そうするように、私はお巡りさんよろしく右手スラッシュを頭に掲げた。ところが、チラリと見たグラウデンは深く頭を下げてる。右にいるチェインだって。

……ちょっ。敬礼ってこれじゃないんかい！

慌てて彼らと同じように、右手をお腹に、左手を腰に沿わせてお辞儀をした。

私たちのところから数メートルほど離れたところで王女は立ち止まり、いきなり不機嫌そうな声を張り上げた。

「面を上げなさい。一体なんの用です」

両脇のふたりが顔を上げるのを待ってから、私も敬礼を解いた。こういう貴い身分の人の顔を直視したら失礼かと思い、目を合わせないようこっそりとその姿を窺ってみる。

光沢を抑えた白いドレスは肌触りの良さそうなシルクでできていた。裾を中心にところどころに薔薇を模したジャガード風の刺繍があしらわれていて、全体的には落ち着いたデザイン。目線が腰の位置に達すると、私と同じような背の高さなのに、ものすごく細い人だということが判明した。コルセットで締め上げられたウエストは私の半分くらいしかなさそうに見える。この身体の一体どこからあんな声が出るのかと、不思議に思ってしまうくらいだ。

王女の顔はとても小さかった。今にも倒れそうなくらいに白い肌の中に、日本人には馴染み深い黒くて大きな瞳があり、高い位置で纏められた黒髪には小さなティアラを載せていた。

「セレスティア王女殿下にはご機嫌麗しゅう」

グラウデンはうやうやしく言って王女の右手にキスをした。それを苦々しく受けながら、王女は私のことを横目で睨んだ。

「ふん、おべっかなどよい。ところで、どうしてそのような卑しい女をわたくしの前に連れてきたのだ？」

げっっ、『卑しい女』って私のこと⁉

王女はとても冷たい目で私を見てる。視線を合わせなくたって分かるくらいに。空気さえも凍るほどに。ううう……痛い。

するとチェインは、わざとそうしているということが分かるくらいに、明るい声を出した。

「王女殿下、騎士団長殿が仰るには、こちらが例の件でご協力いただける女性だということでございます」

「ほう。ではその者が……？」

王女の声もワントーン上がった。けれどチラと見た顔の表情は相変わらず険しくて、私はまた下を向くしかなかった。

そこへグラウデンが、

「王女殿下、近衛隊長殿を残してお人払いを願います」

と言い、王女はすぐ隣にいる口ひげを生やした男に何かを話した。白い軍人の集団は一糸乱れぬ動きで隊列を後ろへ下げた。

と、左にいたグラウデンが再び一歩前へ出た。

「ご無礼を承知で申し上げます。セレスティア様は何か勘違いされていらっしゃるご様子。この女は娼婦ではありませんぞ」

王女の顔がもっと険しくなった。そればかりか、近衛隊長と思われる口ひげの男までが色めき立つ。落ち着きをなくしたチェインが隣でおろおろし始めた。

口ひげの男を手で制した王女が冷たく言い放った。

「ではなんなのです。そのような品のない格好の、礼儀作法も知らぬ女が、娼婦以外のものであるはずがない」

グラウデンは私に一瞥を寄越して、それから王女を見た。そして仰々しく首を垂れると、「異界の女にございます」と言った。

「……なに？」

「急場しのぎに街にて服を調達いたしましたゆえ、このような品のないドレスしかなかったのでございます。何しろ、こちらの世界の一般的な女とはサイズが違いすぎます」

王女は、きっ、とグラウデンをねめつけた。

「それはわたくしへの当てつけか」

「滅相もございません」

グラウデンは頭を下げたままニヤリと笑った。

「ただ、女に関しては誤解のないようにしておきたいのです。この者は王女殿下にとって命の代わりにもなろうという者。これからおそばに置いていただき、王女としての品格をもご教授されようという相手に、そのような先入観をお持ちになられては事が悪しく運びかねません。どうか、異国にて育った生き別れの姉王女とでもお思いの上、近しくおつき合いいただければと存じます」

「では、この女を血を分けた姉妹同様に敬い、慕えと？」

「そこまでは申しておりません。ただ、やっと探し出しました貴重な人材でございます。あまり不遜な扱いを受けてこの者がおかしな気を起こしましても、代わりになる者はもう見つからないかと。王女殿下ご自身のためにも、どうかお分かりいただければと思うところでございます」

王女は限界まで寄せてた眉の緊張を少しだけ解いた。

「背に腹は代えられぬということか……仕方があるまいな。ではわたくしが不快な思いをせずに済むよう、その者に侍女としてふさわしい身なりを用意するように」

「は、御意に」

と、グラウデンが再び敬礼をした瞬間だった。これまでも紙のように白かった王女の顔から生気が抜け、身体がぐにゃりと傾いた。王女の正面にいた私は咄嗟に飛び出してその身体を支えようとした。が——。

「無礼者！」

王女は持っていた扇で思いっきり私の手を跳ねのけた。

「わたくしに触れるでない！」

吐き捨てるように言った唇は青く震えてる。額に玉のような汗を浮かべて、床に片膝を突いて。だけど、その場に立ち尽くした私を睨みつける眼差しは依然刃のように鋭く、氷のようなプライドを放っていた。

近衛隊の若者たちに支えられるようにして、王女は聖堂をあとにした。横を足早に通り過ぎたチェインはグラウデンと私に一礼すると、王女を送る列に着いていった。

「はあっ……」

聖堂の扉が閉まるのを見届けたら、自然と深いため息が出た。緊張からやっと解放されたっていうのと、卑しい女だの娼婦だのと罵られて、心がすっかり疲れてしまったのと。……それにしても酷(ひど)い。私は別に卑しい人間でもなく、娼婦でもないけど、あんなにあからさまに悪く言われたら事実でなくてもショックを受ける。身分制度がとうに廃れた現代日本からしたら考えられないことだわ……。

グラウデンが近づいてきて私の肩を叩いた。

「気にするな。王女殿下は元よりプライドの高いお方だが、レ帝国との政略結婚が決まって以来、とりわけ気が立っておられるのだ」

「そう……大変ね」

政略結婚って本当にあるんだ。まだ若いのに気の毒な。

「だがこれで王女も安心なさることだろう。お前には感謝しなければな」

「私に感謝？　何言ってんの、グラウデン」

口にしてから、はた、と気づいた。それってもしかして。

「えっ、まさか――」

「今頃気づいたか」

「わ、私⁉　私がレ帝国にお嫁に行くの⁉」

＊

はあっ……。

何がなんだか分からないうちにトリップしてきて半日。自分が一体何をしにこの世界にやってきたのか、ようやく分かったわけだけど。知らない方がいいことってやっぱりあるもんだ。世界自然遺産と見紛うほどの美しい景色に抱かれて、ついでにおっさん騎士にも抱かれて、楽しいお気楽異世界ライフを満喫……なんて思ってもないけどさ。まさかこの私が王女様の身代わりとして敵国に差し出される替え玉要員とはね。

「でな？　お前には王女殿下の侍女として日中を過ごし、しっかりと立ち居振る舞いやこの世界の歴史や作法を学び、来るべきときに備えてほしいのだ」

グラウデンはテーブルを挟んで向かいに座り、私のことを懇々と諭してる。悪戯をけしかけてくるときとは違って、王国の話をするときはいつだって真面目な顔。憂国の士、愛国心たっぷりの軍人さんってやつか。

政略結婚を和平に利用しよう、ということに至った経緯は聞いた。簡単に纏めるとこういうことらしい。

ファルバード王国は、王国の南側に位置するいくつかの公爵領と、ここ何年も小競り合いが続いていた。それとは別に、西側の『壁』を越えた向こうにある強大な国、レ帝国とは昔からの因縁の仲で、そちらとも国境付近でのトラブルがたびたび勃発する。ところが最近になって、いよいよ公爵たちが同盟を結び、王国の転覆を狙って兵を集めているという噂が聞かれるようになった。小国のファルバード王国としては、宿敵レ帝国と手を組んで公爵連合を迎え撃ちたいところだ。けれど、帝国とは国交がない。したがって、手っ取り早くファルバード王の第四王女、セレスティアを輿入れさせ、一気に深い絆を結んでしまおうという算段だった。

レ帝国に関しての情報は、王室や内政についてはおろか、人々の暮らしぶりのことさえもほとんど入ってこないらしい。帝国は長きに亘ってほぼ鎖国状態にあり、金属や資源に恵まれた国だということ以外、『壁』の向こうは未知の領域だという。

「レ帝国は痩せた大地に国土を覆い尽くされていると聞く。大国ゆえ常に食糧難との戦いらしいが、金属の類はよく採れるのだ。だから、戦によって西側へと次々に領土を拡大していった。今、帝国は我々の肥沃な大地を喉から手が出るほど欲しがっている。国交ができれば国土の租借が可能だし貿易もできる、王女輿入れは帝国にとっても悪い話ではないと思うのだが。……おい、聞いてるのか？」

頬杖をついてた腕を揺すられて、やっとテーブルから目を上げた。

「……聞いてる。だからってなんで部外者の私が。王女様が自分で行けばいいじゃない」

「何度も言っているが、王が床に臥せておられる今、セレスティア王女がこの国を離れるわけにはいかんのだ。それにな、あんなにバタバタと倒れるお方が長旅に耐えうるわけがなかろう。身代わりを捜すも、殿下のように背の高い女はこの国にはいなかった。そこへたまたま昨晩、俺がお前の世界に飛ばされた」

「で、『俺に出会ったのが運の尽き』とでも言いたいの？」

「あー……お前と俺が出会ったことは確かに運命的な巡り合わせかもしれないけどな。しかし殿下の替え玉になることが不運だと決まったわけではないぞ。考えてもみろ、一国の王妃になれるんだ。贅沢な暮らしも思うがままじゃないか」

は!? 言うに事欠いて何言ってんの、このおっさん！

「好きでもない人と結婚することが不運でなくてなんなのよ！ ……もういい、私帰る」

テーブルを叩いて立ち上がろうとしたら、むんず、と手首を掴まれた。昨日の晩、闇の中で初めて彼を見たときのような恐ろしい顔で睨みつけてくる。

「……どこへ行こうというんだ。ここを出てひとりではとても生きていけないぞ」

瞬時に、私の脳内で昨夜暴漢に襲われたときのことがリアルに再現された。コンビニも街灯もない闇夜。人通りなんてまったくない夜の草原。武装した男――。確かにここを飛び出したとしても、女の私が安全に暮らしていける可能性なんてないに等しい。元の世界に帰る術もなければ、知り合いのひとりだっていないんだもの。きっと悪党に捕まって散々に犯された挙句、売春宿にでも売られるのがオチだわ。

座れ、と手を引っ張られても素直に従うしかなかった。

「……で、輿入れはいつなの？」

「ひと月後だ。満月の夜、月明かりを頼りに西へ向かう」

「ひと月!? は、早すぎない!?」

「それだけ状況は差し迫っているということだ。ついさっき、レ帝国へ向けて王女殿下を輿入れしたいとの旨の親書を持った早馬が出た」

一か月……その間に、王女様の替え玉にふさわしい表情も、仕草も、立ち居振る舞いもマスターしろってか。中流サラリーマン家庭に生まれ育った、セレブには程遠い私に向かって。しかも、一か月後の満月といえばスピリットの霊力が最大限に高まる日だ。おっさんが眠ってる間にチャッピーを盗んで再トリップを試みようと思ってたのに、一緒にいるんじゃそれもできない。

「あぁー、やっぱり私には無理よグラウデン。悪いけど他を当たってくれない？」

急に投げやりな気持ちになって椅子にへたり込んだ。そのまま『伏せ』の体勢になってテーブルに突っ伏すと、その周りをチャッピーが遊んでほしそうにくるくると回り始めた。……ごめんねチャッピー、今はとてもそんな気分にはなれないの。

と、いつの間にかそばに立っていたグラウデンに、頭をそっと撫でられた。

「お前の言うことも分からないではない。さぞかし俺を恨んでるだろうこともな。だがな、事はもう動いているのだ。今さら後戻りすることなどできない」

「――だけど！」

テーブルを叩いて起き上がった。

「それを私に押しつけるなんておかしくない？　自分たちの国の運命なのに！　私はこの世界の住人じゃないのよ？」

「ああ、その通りだ。だが、それでもお前には任務を全うしてもらう」

「……嫌だと言ったら？」

「言わせない。他に方法がないからだ。それに時間もない」

「そんな……！　もう私を元の世界に戻すつもりはないってわけね」

「そうは言ってない。国の秩序が安定したら本物の王女殿下とすり替わればいい」

「それがいつになるか、約束できるの？」

自分でも意地悪なことを言ってると分かってた。案の定グラウデンは黙ってしまい、あとには気まずい沈黙がやってくる。もう何もかもが嫌になって、しまいには泣きそうになった。元の世界には戻れない、ここから逃げてもひとりで生きていけないっていうんじゃ、グラウデンの言葉に従うしかない。今となっちゃ遅いけど、あの夜外に出なければよかった、おっさんの姿を見た瞬間に家に逃げ帰ってればよかったと、意味のない後悔をするばかりだ。

項垂れる私の前に、グラウデンは突然跪いた。そして私の両手を取り、さっきまでとは違う、崇めるような目つきで見上げてきた。

「……訓練に戻らなくていいの？」

「構わない。俺には今お前と話すことの方が大事だ。……手にキスしても？」

「……う、うん」

な、何よ。そんな風に見たって騙されないんだからね。

チュッ、と軽い音を立てて、意外にも柔らかい唇が押し当てられた。無精ひげの当たる指先がなんだかくすぐったくて、すうっと怒りが冷めていく。

グラウデンはゆっくりと顔を上げた。その表情は軍人然とした険なんかまるでなくて、穢れのない子供のようにすっきりと晴れやかだ。まっすぐに向かってくる瞳は、敬虔な信者が聖堂の天井に描かれたキリスト生誕の絵でも見上げるときのように、穏やかな、透きとおった眼差しで──。

「ディアナ……月の落涙、大地に落ちた美しき女神よ。神はこの小さな、赤子のように若い王国を守るため、あの夜お前を俺の前に遣わされたのだ。その女神を、命を賭して守る使命を与えたもうた神に心から感謝する。……分かってくれるな？　お前はただの旅行者ではない、この国を破滅から救う救世主なのだということを」

「なにっ」

美しき女神⁉　救世主って‼

ちょちょちょちょちょ！　……重い！　重すぎるよ、グラウデン！　ていうか、ディアナって誰⁉

それだけ言ってしまうと、彼はすっと立ち上がった。私の頭に手を置いて、子供に向かってするように椅子に座ってる私の目線まで顔を下げた。

「さてと。俺は練兵場に戻らなければならない。昼に一度戻ってくるからそれまでここで大人しくしてろよ」

「……もっと」

「あ？」

「もっと頭撫でて」

グラウデンはクスリと笑って、扉へ進みかけてた足をこっちへ戻した。髪が乱れない程度に私の頭を撫で、そっと抱きしめてくれる。

「俺は元々敵の多い人間だから、恨まれることには慣れている。怒りをぶつけたければ受け止めてやるし、泣きたければ胸を貸す。俺のような男でよければ今後はいくらでも力になろう」

思いがけず優しい言葉を掛けられて、今度こそ涙腺が緩みそうになった。だけど、一度泣いてしまったら毎日を泣いて過ごすことになる。包み込むくらいに大きく温かい身体は離れがたいほどの安らぎを与えたけど、このままじゃ本当に危ないからと、引き締まったお腹を押して自分から離れた。

「さ、訓練に行ってらっしゃい。団長が怠けてると部下が着いてこなくなるわよ」

グラウデンは軽く声を立てて笑った。

「そうだな、きっと副官が上手くやってくれていると思うが。……しかし、女に送られるのもいいもんだな。キスはないのか？」

「ありません」

きっぱりと言うと、グラウデンは楽しそうに笑いながら部屋を出ていった。

＊

お昼ご飯を食べながら聞いたグラウデンの話は、おいしくない食事に更に拍車をかけるような内容だった。

「ねえ、レ帝国の王様っていくつなの？」

「帝国のバイドゥル王は年寄りだ。確か今年で七十三」

「ええっ！　そろそろ要介護って歳じゃない！」

「なんだその『ヨウカイゴ』というのは。とにかく、歳は歳だが王は未だ現役だぞ。ただいま第二十八番側室が懐妊中という噂だ」

「二十八番側室」

いやはや、ご立派。そしてやっぱり一夫多妻制らしい。……まあ、愛のない政略結婚には妻が何人いようと関係ないけど。

「だがお前は正室扱いだ。何しろ、一国の王女が嫁いでいこうというのだからな。それにかつての正室も側室たちももういい加減な歳だ。帝国のバイドゥル王は若い女が好きだからそっちには見向きもしないさ」

「じゃあ私もいつかは見向きもされなくなるってことじゃない」

「そういうことだな」

それはいいような悪いような。というより、その頃には王様の方が棺桶(かんおけ)行きかもしれないけど。

そして午後になり、部屋で待っていろ、というグラウデンの言葉通り、私は今大人しく椅子に腰かけて身じろぎもできずにいる。さっきから探し物が見つからなくてたいそう落ち着かない気分なのだ。何って、バイドゥル王の歳のこととか、一夫多妻制のことがショックだったわけじゃない。さっきから探し物が見つからなくてたいそう落ち着かない気分なのだ。何って、洗って隅っこに干しておいたはずのパンツが見当たらないから。……むう。一体どこいった?

と、そこへ。扉をノックする音がして、静かに開いた。

「こ、ん、に、ち、は」

「……はい」

両手に大荷物を抱えたご婦人がいそいそと入ってきた。膝下丈のタイトめなドレスにド派手なメイク。つけまつげを三枚は重ねてる。どこが、とは言えないけれど、なんだかちょっと変わった人だ。

ご婦人は扉をお尻で閉めると、部屋の中にずんずんと入ってきた。ちょっとガニ股、足がやたらとデカい。

「あなたがディアナ？」

「そう、ですけど」

ディアナ、とはさっきグラウデンがつけてくれた名前だ。ミサト、という名前はこちらの言語には合わないらしく、グラウデンの案で偽名を使うことにした。私が異界から来た人間ということはみんなには内緒。グラウデンとチェイン、セレスティア王女、近衛隊長しか知らないことだ。

「ちょーっとごめんねえ」

ご婦人は機敏な、やたらとクネクネした動きで近づいてきた。そしておもむろに私の顎を摑んであちこちに動かす。かと思えば、髪を束ねて後ろへやってみたり、前髪を上げてみたり。はたまた正面に回ってまじまじと顔を眺めたりと忙しい。なんなんだ、一体。

しかしこのご婦人、部屋に入ってきた瞬間からどことなく違和感があったけど、近くに来たらますますそんな思いが募ってくる。顔の前を行き来するごつごつした手といい、女の人にしてはいかついパーツが集まった顔といい。……あれ？　もしかして、この人――。

じっと見られてることに気づいたご婦人は、ボリュームたっぷり盛りまくりの睫毛を激しくしばたいた。

「あっ。あ、やあーだ、アタシったら！　ごめんなさいねえ、ご挨拶が遅れちゃった。アタシ、化粧士のアナベルと言いますぅ。ア・ナ・ベ・ルね。騎士団長様に言われてやってきたの。よ、ろ、し、くぅ」

「はあ、……よろしくお願いします」

やたらとしなっとした動作と妙なハイテンションと、ハスキーな声に圧倒される。そういえばさっきグラウデンが、あとで『けわいし』が来るって言ってたっけ。『けわいし』なんてピンとこなかったけど、なんでもこのお方、『変身メイク』の有名アーティストでセレブがお忍びで火遊びするときの御用達らしい。で、やっぱりこの人、オネエのようだ。あっちの世界でもメイクアップアーティストといえばオネエだったけど、そういうのって異世界でも共通のものだったのねえ……。

「じゃ、早速やっていくわね」

そう言ってアナベルさんはまず私のメイクを落とし始めた。こっちじゃコットンの代わりに柔らかい綿の布を使う。紙は高価らしく、使い捨てることなんかできないらしいのだ。布はもちろん洗ってまた使う。アナベルさんのも使い込まれてはいたけど、職業意識が高いらしく、布だけでなく他の道具まで清潔に保たれてた。

メイクが始まってすぐに、私はうつらうつらし出した。窓からの強い日差しと一緒に吹き抜ける草原の爽やかな風も気持ちよすぎたけど、やっぱりどう考えても寝不足がたたってる。外の練兵場からは剣が擦れ合う音とか、馬の蹄の音なんかが忙しなく聞こえてきて、昨日一睡もできなかったというグラウデンは私より辛いだろうなあと少しかわいそうに思った。

……あ、だめだ。寝そう。

「そういえば！　聞いたわよぉ」

「うわっ」

女とも男ともつかないアナベルさんのダミ声に、あっという間に現実に引き戻される。

「あなた、ここでグラちゃんと一緒に生活してるんですって？」

グ、グラちゃん!?

「え、ええ……まあ。今のところ、そうね」

生活ったって、まだ一日も過ごしてないいんだけど。

「いやーん、エッチ！　もしかしてベッドも一緒なの⁉」

「……い、いやあ、それはさすがに」

本当のことなんて言えやしない。昨日はひとつのベッドで一緒に寝て、朝起きたらお尻をナニでつつかれてただなんて、世間にばれたらいろいろとどうなることやら。

おっさんの言うことによれば、和平条約締結計画に絡む一切が全て最重要国家機密であるらしく、国の重鎮以外の人には王女殿下の輿入れも、身代わりの存在も秘密なんだそうな。となれば、全ての事情を知っている異世界からふらりとやってきた女が外部と接触を持っていいはずがない。それでトイレと風呂以外はこの部屋から一歩たりとも出るな、とのお達しなんだけれど。……結局は、貴重な替え玉要員が逃げ出さないように監視したいだけなんだろう。なんだか私ばかりが理不尽なことを強いられてる気がする。

アナベルさんはフェイスブラシを手に、頬を染めながら遠い目をした。

「はあっ……グラちゃん、素敵よねえ。強くて、セクシーで、どっちかっていうと強面なのに、案外優しいとこもあるのよ。で、あの刺すような青灰色の瞳よ。服の中から心の中まで見透かされちゃいそうで。……ああ、いつかあの逞しい胸に抱かれてみたい、って女だったら誰だってみんな妄想してると思うの」

いやあなた女じゃないから。それに正直今の私にはグラウデンのいいところなんて何も見えない。

と、突然の素早い動きでアナベルさんが私の両肩をがしりと掴んだ。

「ねえ、ディアナは彼とどこまでいったのよ。まさか最後まで？　そうよね、そうよね、だってグラちゃんとひとつ屋根の下で過ごして無傷なはずがないもの！　ね、彼どうだった？　やっぱりすごかったっ⁉」

全てにおいて大きく、ごついパーツがぐぐっと目の前に。

ちょ、近い近い！　顔怖いから‼

「ア、アナベルさん、勘違いしないでほしいの。私はグラウデンとそんなんじゃないのよ。だって彼とは遠い親戚なんだもの。そのつてで王宮で働かせてもらえることになったんだから」

「えっ。そうなの？」

「う、うん」

「なあーんだ、つまんないのぉ」

私がグラウデンの親戚だと聞いて突然興味がなくなったのか、アナベルさんはさっさと作業に戻った。なんなんだ、一体。グラウデンとエッチしてほしかったのかほしくなかったのか、どっちなんだっての。

話してみるとアナベルさんはとても面白い人だった。オカマちゃんといえば、男女両方の感性を持ち合わせた頭の回転が速い人ってイメージがあるけど、彼女もホント、そんな感じ。次々と飛び出すトークはチェインやひげの近衛隊長の物真似(まね)から、激しい毒舌や下ネタまで、一体どれだけの引き出しがあるのやらと恐れ入る。

「さあ、できたっ」

あれから喋（しゃべ）ってばかりでなかなか進まなかったメイクがやっと終わった。アナベルさんは私の髪を結い上げ、鏡を渡してくれた。

「え？　嘘っ……」

鏡の中に映る自分を見てびっくりした。アナベルさんのゴッドハンドに掛かった私の顔は、午前中に見た王女セレスティアそのままだったから。……ああ、なんだかこの顔を見たら怒りまでが復活してくるようだ。とはいえ、ここまで似てれば身代わりを任されたのも納得がいく。多分骨格が似てるんだろう。私の方が大分丸いけどね。

この出来栄えにはアナベルさんも満足したらしく、

「ほぉーんとぉー！　マジそっくりー。やぁっだあ、もう、アタシったら天才なんだからっ」

と、ばしばしとどつきまくる。かなり面白くて頼りになる、ちょっとウザい存在のアナベルさん。これからもたびたび王宮に来てくれるってことだから、先が見えない異世界ライフもちょっとは楽しいものになりそうだった。

＊

とっぷりと日も暮れる頃になってグラウデンは帰ってきた。朝はきっちりと撫でつけられてた髪は、昨日の夜と同じでボッサボサに乱れてる。だけどその顔からは、疲れた様子は微塵（みじん）も感じられなかった。ああなんだか……おっさんの顔を見たら、早速午前中の怒りがよみがえってきたぞ。

「待たせたな。そら、晩メシだぞ」

トレーを両手に、例によって足でドアを蹴った。まったく、酷い言い方する。ご主人様を家で待つ飼い犬じゃないんだから。

「ちょっとグラウデン」

「あ？　なんだ」

「採寸があるならあるって、ちゃんと言っておいてくれない？」

腰に手を当て仁王立ちする私に、おっさんは冷たい目つきで返した。

「俺は言ったつもりだったが。お前が聞いてなかっただけじゃないのか？」

そして次々と装備を外していく。いや、採寸するなんて話聞いてない！　えーと、……た、多分。

アナベルさんとお腹がよじれるほど楽しい時間を過ごした私だったけど、実はあのあと酷い目に遭った。化粧士としての彼女はあくまでも裏の顔。城下町にあるお店ではドレスのオーダーメイドが本業らしく、メイクのあとに身体の寸法を採寸されたのだ。もちろん、ドレスを脱いで。

「大体採寸くらいどうってことないだろう。どうせ相手はオカマだ。身体を見られることになんの抵抗がある？」

「だってねえ、私パンツ――」

「……パンツ？」

はっ、しまった。グラウデンにノーパンだということがバレたら大変なことになってしまう。相手がオカマちゃんとはいえ、一糸纏わぬ姿を見られたことは相当恥ずかしかった。だけどおっさんにノーパンがバレて、あんなことやこんなことをされまくる方が、もっともっと恥ずかしいに決まってる。悔しいけれど、ここはなんとしても秘密を守らなければ……！

しばらく黙ったままでいると、グラウデンは突然ニヤリと青灰色の目を細めた。

「パンツとは、これのことか？」

ひょい、と後ろに回って戻ってきた手が握ってたのは紛れもない私の――。

「ぎゃあ!!　ちょっと返してよ、なんであんたが持ってんの！」

「おおっと」

「あっ」

奪い返すべく駆け寄った瞬間、裸の胸に捕まってしまう。

うごああっ、なんたる失態！　これじゃあ飛んで火に入る夏の虫じゃないか！

高々と掲げた私のパンツを、グラウデンはしげしげと眺めた。

「しかし随分と色気のないデザインだな。俺はもっと布が小さい方が好みだ。それか、紐。あるいは……レースだけというのもいいな」

「ちょっ、返して！　あと、……放してっ」

もがいてももがいても、これっぽっちも歯が立たない。……片腕だけで！　くそう、なんて力なんだ！

グラウデンは私のパンツをぞんざいに床に放り投げた。その手が今度はスカートの中に――。

「いぎゃあああ」

「ああ……。下着よりも、女は生身が一番だ」

い、息が荒いっ！　しかもお腹になんか硬いのが当たってるっっ！

「や……やめ……」

力が入らない。ナマ乳とナマ尻と。揉まれるならどっちがマシだろう、なんて思いながら策を巡らす。身体は密着してるから身動きが取れない。かくなる上は——。

ちょうど口元には、おっさんの分厚い胸が当たってる。ようし、筋肉上等！　どうせ硬そうだし、手加減なんてしてやるものか！

ガブリッ、と思いっきり噛みついてやった。

「ぃいってえっっ！」

おっさんはついに私を解放した。かわいそうに、立派な胸板には咀嚼で鍛えた点々とした歯型と、真っ赤なうっ血が残ってる。ふふふ、参ったか。女を舐めるとこういうことになるのだよ。

やや大げさに痛がってたグラウデンだけど、徐々にクックッと笑い出し、最後には大笑いになった。テーブルの向こうに座って、へっ、と笑う。

「今日のところは五分と五分といったところだな。まあ、仕方あるまい。輿入れ前にお前を傷物にするわけにはいかないからな」

そしてフォークを取っておもむろに食事を始めた。

……ふん、何が五分と五分よ。もうこの先一切、あなたには指一本触れさせませんて。何せ、本当は政略結婚の身代わりにすることが目的だったくせに、『神のみぞ知る』なんてそれらしいことを言って騙したこと、私はまだ怒ってるんだから。それに傷物にするわけにはいかないって言う割には酷い扱いを——。

「あ」

「……なんだ？」

グラウデンが顔を上げる。

「う、ううん、なんでもない」

慌ててスプーンを取ってスープをひと匙口に含んだ。けれど、さらりとした液体ですら簡単には喉を通ってくれない。何故なら、たった今気づいてしまったからだ。私のこの世界における存在意義をも脅かす、ものすごく重大な事柄がどうやらスルーされてしまってることに。

普通一国の王女というものは、結婚するまで純潔を貫き通しているはず。恋愛なんか自由じゃないし、そもそも行動だって自由じゃない。そしてグラウデンは『お前を傷物にするわけにはいかない』と言ってる。それってもしかして、もしかして――。

……私のこと、処女だと思ってる⁉

*

次の日のこと。今日は非番だというグラウデンと一緒に、初めて街にやってきた。当座のものを買いたいという私の願いに、では俺も着いていく、とグラウデンが合わせてくれた格好だ。「お前は今や王女と等しく貴重な身なのだから、外出する際には、必ず俺と一緒に行動するように」――ということらしい。

喧騒で溢れる城下町はお城のまっすぐ南側にあった。道路は全て石畳でできていて、ゴミひとつ落ちてないきれいな街並みだ。端が見えないほどの大きな広場の真ん中には噴水が流れていて、ここが水の豊かな国だということを印象づけていた。

歩いてきた方向を振り返ると、いくつもの砲塔を備えた頑健な城が目に入った。グラウデンの私室のある兵舎は宮殿と繋がってはいても、壁も床もシンプルで地味なデザインだ。けれど正面から見れば、豪奢（ごうしゃ）とは言いがたいながらもデザイン性に富んだ美しく立派な建物であるということが分かる。

大陸の東側を統べるファルバード王国は、かつては小さな貴族たちが群雄割拠する荒れた地域だったらしい。その中でも飛び抜けた兵力で諸侯をなぎ倒し、ひとつの国に纏め上げたのが先代のファルバード王なんだとか。王は国を平定したあとも、再び諸侯たちに攻め入られるのを恐れていた。それで城を築くときにも、煌びやかさよりも質実剛健を取ったのだ、とグラウデンは教えてくれた。

商業地区は朝から賑（にぎ）わっていて、八百屋のテントの下で野菜を物色してるご婦人から、散歩がてらにあたりをうろうろしてる年配のおじさんまで、みんながみんな私たちを見る。そりゃそうだ、王国騎士団長といえば、知らぬ者などいない国の英雄。それが娼婦の格好をしたうすらでかい女と朝から連れ立って歩いているのだから、見ないふりをしろという方が酷な話だ。街を行く人はグラウデンを見るとお辞儀をしたり話しかけないと気が済まないらしい。グラウデンの方もそれにいちいち立ち止まっては応えていた。

「街の人にも随分気さくなのね」

石畳の上を歩きながらグラウデンに聞いた。彼も久しぶりの非番でリラックスしてるのか、表情がとても穏やかだ。

「ああ。何十年も暮らしてるとそうなる。それに、街の東西と南には城郭と外部とを隔てる門があってな。それぞれに騎士団の詰所があるのだ。俺も若い頃は街に詰めていたこともあった」

「へえ。……で、娼婦の元を夜な夜な渡り歩いてたと」

はた、とグラウデンは足を止めた。

「……なんだ？　言い方に棘があるじゃないか。俺の過去に妬いてるのか？」

日を受けた色素の薄い瞳がスッと細められた。途端に胸がざわついて、何故だか急に顔が熱くなる。ホントだ、これじゃあまるで嫉妬してるみたいじゃない。私ったら、なんでそんなこと言っちゃったんだろう。


今日はなんでも買ってもらえる約束だったから、いるものは片っ端からお願いした。手ぬぐいやハンカチ、ブラシに洗面用具に生理用品、お菓子まで。それから、街を行く女の人たちが身に纏ってるシフォンのケープのようなものが欲しかった。

「ねえねえ、あれは何？　みんなが頭からすっぽり被ってるもの」

「あれは日よけのケープだ。だがお前には丈が合わないぞ」

「そうか……せっかくこの恥ずかしい格好を隠せると思ったのに」

街の女たちは聞いていたようにみんな小柄だった。そして、どの人も露出の少ない膝下丈のドレスを着ている。これは王女様が私を罵りたくなるのも無理はない、と街へ来てやっと分かった。

ちょっとがっかりしてると肩に大きな手が置かれた。

「もしかしたらアナベルに言えば作ってくれるかもしれん。店に在庫の生地があれば、の話だが」

「えっ、アナベルさんのお店!?　行く行く！」

ということで、街の中心地にあるアナベルさんのお店兼工房までやってきた。扉に下げられたべルがカランカランと鳴るなり、店にいた全員がこっちを見る。すると奥から、けたたましいハイテンションボイスを上げながら、本日もメイクバッチリのアナベルさんが駆け寄ってきた。

「あらあー、グラちゃん！　来るなら来るって言ってよお。もっと念入りにお化粧したのに」

……いやアナベルさん、それ以上は危険物になる可能性があると私は思うよ。

「こんにちは。昨日はありがとう」

「あぁらディアナ、アンタもいたのね」

素っ気なく言って大きな口をニカッと広げる。だけど実はこれ、彼女なりの愛情表現なのだと私はもう知ってる。アナベルさんにとって女はある意味敵。だけど王女様を始め、長いこと女性向けのファッションを王国内に提供し続けてる彼女は、誰よりも女性を愛してもいるらしい。彼女の工房にはいつだって人が溢れているし、彼女の人柄を慕って仕事を求めにやってくる人が多いのだとグラウデンが言っていた。

「こいつに合うケープがないかと探しに来たんだ。もしも既製のものがなかったら急で申し訳ないが作ってもらえないだろうか」

「やあっだあ、そんなこと？　騎士団長様のお願いを断れるわけがないじゃない。そうね、吊るしでディアナみたいなサイズのものはないから——ちょっと生地があるか見てくるわね」

と、アナベルさんは奥へ引っ込もうとした。そこを追いかけていって捕まえた。

「ちょっとアナベルさん」

なに？　と彼女は振り返る。

「聞きたいことがあるんだけど……少しだけ時間いいかしら」

「手短ならね」

「う、うん。えーと、あの。……あのね」

「何よ。早く言いなさいって」

「あのー。この国の女の人って、その……みんな結婚するまで純潔を保つものかしら？」

「はあ？」

私の顔をまじまじと眺めて、ぶわっはは、とアナベルさんが噴き出す。

「ちょっと、何言ってんのよ突然に。独身の女がみんな処女だなんて当たり前じゃない。アンタどんな田舎から来たのよ」

「ちょっ！　大きな声出さないで」

「まさか……アンタは処女じゃないっての？」

「ちっ、違うわよっ。……あー、あれよ、あれ。王女様がもしも市井のことを知りたがったら、嘘を教えるわけにはいかないじゃない？　みんな私と同じで処女なのかなあー、なんて……。だって、他の人のことは分からないでしょう？」

しどろもどろだし、変な汗まで出てくる。アナベルさんはとんでもお間抜けギャルを見るような目つきだ。

「王女殿下がそんな下世話な話を聞きたがるかしら。しかしオカマのアタシに女の体のこと聞くなんて、アンタって変態ね！」

アナベルさんはガハハハと笑いながらカーテンが引かれた向こうへと入っていった。

店へ戻ったら早速、腕組みをしたグラウデンに睨みつけられた。鮮やかな紺と金に彩られた大柄な男は、人台に掛けられた煌びやかなドレスやレースの中では非常に不釣り合いで、且ついかつい。

「何を話してた」

「別に」

「処女がどうとか聞こえたが？」

そこだけを聞き分けるとはさすがグラウデン。だけど会話の内容を知られるわけにはいかない。

「全然違うわよ。私の身体がこんなに大きくなったのは、何かの病気の症状かしら、ってね。着るものは全部オーダーになるだろうから、これからもお世話になりますってお願いしてきたの」

グラウデンは信じてないのか、片眉を吊り上げて小馬鹿にするように頷いた。

昨日の夕食の最中、『王室の女は処女であって然(しか)るべき』ということに気づいた私だけれど、あれから寝る間も惜しんで考えて――単に考えすぎて眠れなかった――結局しばらくの間グラウデンには黙ってることに決めた。

もしも私が処女でないことがバレたら、あの部屋に置いてもらってる意味がなくなってしまう。満月は過ぎたばかりで、元の世界に強制送還も無理。かといって、外に放り出されて悪党の餌食になるわけにもいかない――となれば、嘘をついてでもグラウデンに囲われ続けるしかないわけで。

どうせ私も騙されたんだもん。ここはお互い様ってことで、チャッピーの霊力が強まる次の満月までの間、のらりくらりとやっていきたいところだ。そして帝国への道すがら、グラウデンの隙をついてチャッピーを盗み出し、元の世界に戻る！

アナベルさんが工房から出てきた。

「さあ、ディアナ。できたわよ」

ふわりと頭から掛けられたのは、パウダーオレンジのケープ。たっぷりとしたシフォンの生地が肌に気持ちよくて、全身が包まれるように感じた。

「うわあ、素敵！　ありがとう、アナベルさん！」

「請求はあとで俺宛に回してくれ」

「了解。ドレスは明後日(あさって)には一着できると思うの。夜も縫い子さんを雇って急ピッチで進めてるから、もうちょっと待ってね」

ケープのお陰で街の人の視線も日差しも大分遮られたから、やっぱり無理を言ってよかった。なんだかんだ言ってもグラウデンと街を歩くのは楽しかったから、まだまだここにいたいもの。この世界に来て初めての外出だし、専属ボディガードもついてるし。それになんでも買ってもらえる買い物なんて初めてだから、ちょっとしたお姫様気分を味わえて嬉しかった。大人の男の人とデートするって、こんな感じなのかもしれない。

「なかなか似合ってるじゃないか」

「え？　このケープのこと？」

「ああ」

「……ありがとう」

グラウデンの目が妙に優しくて、落ち着かなくなった。

この人は私がなんの用もなさない女だと知ったらどうするだろう。部屋から追い出すだろうか。それとも、このまま一か月の間だけは守り続けてくれるのだろうか。……なんて。

感傷に浸ってもみたけれど、グラウデンの考えはまったく予測もつかなかった。愛国心の塊だから、仕事の鬼だとは思う。だけど、悪党ではない。でもそれは、私をあの部屋に置いておくことの理由にはならないわけで。

そんなことをぐるぐると考えてたら、何故か料理がしたくなった。やっぱりざわついた心を落ち着かせるには好きなことをするのが一番だ。

と、グラウデンが突然、「腹が減ったな」と言い出した。

「うん、お腹空いた。おいしいものごちそうして」

「よし、ではこの街で一番いい店に連れて行ってやろう」

「やったあ、デザートつきでお願いします!」

*

街へ出掛けた日から三日が経ち、昨日届いたドレスを身に纏って今日からいよいよ宮仕えが始まる。セレスティア王女殿下の居城である白蓉宮(はくよう)は、名前の通り白い石を積み上げた美しい宮だ。ファルバード城の敷地内、王宮から徒歩二分くらいのところにあり、長い螺旋階段を上った最上階に殿下はおられるらしい。

「まずは俺が挨拶をする。次がお前だ。練習のときのように落ち着いてやればいい。いいな」

「イエッサー、騎士団長殿」

政務官室の白い扉の前で、私とグラウデンは目を合わせて頷き合った。敵は目前、異常はない。

グラウデンが政務官室のドアをノックした。

「王国騎士団長グラウデンにございます。侍女ディアナを連れて参りました」

ややあって、扉が開く。目の前にいたのは政務官のチェインだ。生真面目な若者はまずグラウデンにファルバード式の敬礼をし、私に向かってにこやかに微笑みかけた。

「お待ちしておりました、ディアナ様。セレスティア王女殿下が先刻よりお待ちです」

「はっ」

カチコチになってる私をグラウデンが肘でつつく。あ、そうか、教わった通りチェインにも挨拶をしなけりゃならないんだ。

特に急かすわけでもなく、柔和な表情で待ってくれているチェインに向かって、コットンドレスの端を摘んでお辞儀をした。

「おはようございます政務官閣下。お待たせいたしまして申し訳ございません」

するとチェインは楽しそうに笑って、

「硬くならなくてもいいんですよ。あなたはこれから一日の大半をここで過ごされるのですから、あまり緊張していては疲れてしまうでしょう。どうかご自分の部屋だとお思いになって、寛いでお過ごしいただきますよう」

と言ってくれた。

「あ、ありがとうございます」

うわ、チェインさんてば、なんていい人なんだろう。柔らかい物腰といい、優しい気遣いといい、おっさんとは大違いだ。きっと高貴な生まれの人なんだろうなあ、その身体全身から、気品が溢れてるもの。

「ではな、ディアナ。分からないことがあったらなんでもチェインに聞くといい」

「はい。お送りいただきありがとうございました」

よろしく頼んだぞ、と若者の肩に。次いで私の背中にそっと手を置いて、グラウデンは去っていった。

一緒にいると文句を言ってばかりの私だけれど、半分保護者であるおっさんと離れるのはやっぱり不安があった。大聖堂で初めて王女様に出会ったときのように、守ってくれる人が今日はいないのだと思っただけで、胸がざわざわして口の中が干上がってくる。

どうやら私にとっては処女バレ云々(うんぬん)の話よりも宮仕えに対する不安の方が大きかったらしく、この数日間は夜も眠れないほどだった。この前みたいな調子で毒づかれながら、十七歳の女の子相手に平身低頭の日々を過ごすのかと思うと……ああ、だめだだめだ。こんな気持ちじゃあの氷のような目をした王女様には負けてしまう。相手はたかが十七歳の小娘なんだってば！　七つも年上で社会経験のある私が何を怖がることがあるっていうの？

チェインの案内で執務室を通り、ついに王女様の私室へとたどり着いた。チェインが扉をノックし中から返事が聞こえると、私の心臓はドラムのように音高く鳴り響いた。『おはようございます。本日より侍女としてお仕えすることになりましたディアナと申します。至らぬ点は多々あるとは存じますが、どうぞなんなりとお申しつけ下さいませ』と、何度もグラウデンと練習した言葉を頭の中で繰り返す。

胸を押さえながら、鮮紅色の背中に着いて扉を潜った。

「殿下、ディアナ様がお越しです」

チェインが左に避けると、明るい窓際に立った王女セレスティアが振り返るのが見えた。彼女のドレスは今日も白。それに負けないくらいに白い肌——寧（むし）ろ少し青い——が、大きな黒い瞳を際立たせてる。

「あ、あの。……じっ、侍女としてお世話申させていただきますディアナでございます」

うわ、なんか言おうとした言葉と全然違う。そう思った瞬間に頭からセリフが飛び、口を開けたまま棒立ちになってしまった。えーと続きは……ああ、だめだ。本当に真っ白。何も思い出せない。

すると王女は背筋をピンと伸ばしてつかつかと近づいてきた。また何かキッツイことを言われる、そう思ったけれどどうやら違ったらしく、チェインを執務室に下げるとゆっくりソファに腰かけた。

膝の上で両手を組み、ほう、と王女はため息をついた。

「今日はまず、あなたに先日の非礼をお詫（わ）びしなければなりません」

思ってもみなかった言葉に、ドキン、と心臓が撥ねた。なんと言っていいのか分からず、目をパチクリと瞬かせるばかりだ。

王女は落ち着いた様子で話し始めた。

「実はあのあと、騎士団長にこっぴどく叱（しか）られたのです。自分の身代わりとなって国交もない国へ嫁いでくれようとしている人に向かって、なんたる言いぐさかと。彼には珍しく、とても冷たい目でした」

「はあ」

おっさんがそんなことを……？　やだグラウデン、意外といいとこあるじゃない。

王女は幾分俯き加減で続けた。

「……あれにはわたくしも参りました。まさか王家の者が、家臣からあんな手厳しい言葉を浴びせられるとは。ですがそれも、騎士団長に王国を思う強い気持ちがあってのこと。国を統べる立場の身としては、何より心強いことだと思っています」

王女は歳に似合わない疲れた笑みを浮かべ、目尻に浮かんだ涙を指で拭った。

「……わたくしも深く反省いたしました。ごめんなさい、ディアナさん」

ソファから立ち上がって腰を折った。

「あっ、いえ、そんな。こちらこそごめんなさい」

相手は十七歳の小娘、負けないつもりだった。けれど、よりにもよって王女様にこんな風に素直に頭を下げられたら、なんとも居たたまれない気分になる。結局、権力ってやつには弱いのよね、日本人は特に。

「ですが、それと作法や王国の歴史を学ぶこととは別問題です。ディアナさん、覚悟はよろしいですね」

「は、はいっ」

顔を上げた王女の目にはさっきまでとは打って変わって強い光が宿ってる。いやこの人ホントに十七歳？　怖いくらいに貫録ありすぎなんですけど。

「チェインと相談したのですけれど、これからわたくし、あなたのことをこの部屋では『殿下』と呼ぼうと思うの。人というものは肩書で呼ばれると、その肩書にふさわしい人間になろうと態度まで変わるそうよ。時間は短いわ。遠慮しないで、分からないことはなんでも聞いてちょうだい」

王女は部屋の端にある衝立の向こうに向かって、「リグリット、あなたも分かりましたね」と言った。すると美しい透かし彫りの施された衝立の向こうから、ひげの近衛隊長が姿を現した。例によって苦虫を噛み潰したような表情だ。立派な太鼓腹に合う尊大な態度といい、見るからにふてぶてしい顔といい。……むう、この人どうも苦手だわ。

「ディアナです。よろしくお願いいたします」

うやうやしくお辞儀をした。けれど近衛隊長はにこりともせず、私の頭のてっぺんからつま先までをじろじろと無遠慮に眺め回した。

「まったく、騎士団長殿も随分と野暮ったい娘を連れてきたものです。王女殿下とはまったく似ても似つかぬ田舎娘の体。これが短期間でどれだけ化けられるのか、見ものと言えましょうな。しかし殿下、このような下賤の者をおそばに置かれる際にはぜひお手回り品にご注意下されよ。目を離された隙に、ひとつずつ何かが無くなっているやもしれませぬ」

……な‼

カッチーンときたぞ、カッチーンと。田舎娘は合ってるかもしれないけど、さすがに人を泥棒扱いするとは許せぬ！　と、奥歯をギリリと噛みしめたときだった。隣に立っていたセレスティア王女が、ずい、と前に出た。

「リグリット、言っていいことと悪いことがあります。あなたは今『殿下』に対していわれのない疑いをかけたのですよ。ディアナが本当に王家の者であったら不敬罪もいいところです。とても汚らわしい恥ずべき行為だと反省なさい」

ぴしゃりと言われ、御意、と衝立の向こうにリグリットは引っ込んだ。ウハッ！　グッジョブ、セレスティア王女！　竹を割ったような性格とはこのことを言うのかもしれない。ちょっと気が強いし十七歳にしては貫録がありすぎるけど、とにかくこの国の王女は悪い人ではなさそうだった。

＊

「あのー、殿下？　私――」

「『わたくし』と言いなさい。話し始めを、『あの』『ええと』などともたつかせないように。気の利いた会話こそが高貴な者の証(あかし)です」

「はあ。……あ、じゃなかった。はいっ。……それで殿下――」

こんなやり取りが一体何時間続いてるんだろう。もうお腹が大分減ってるから昼に近い頃だと思うけど。

セレスティア王女は大分厳しい先生だ。それで、頭がいい。何年にどんな原因で戦が起きて、軍人と民間、どれだけの人が亡くなったとか、戦功を上げた武官の名前、増えたり減ったりした領地の面積、戦に掛かった費用まで、資料を見ずとも事細かに言えるようだ。そしてちょいちょい、さっきのように言葉遣いを注意される。ただでさえ歴史の勉強は苦手なのに、口の利き方すらなってない私のせいで授業は一向に進んでいかない。彼女は若いのにすごい忍耐力の持ち主だ。私だったらこんな落ちこぼれ生徒、とっくのとうに投げ出してる。

ドアがノックされて、チェインが顔を覗かせた。

「殿下。ディアナ様も。昼食が届きましたので少し休憩されてはいかがでしょう」

「そうね、では食事を運んでちょうだい」

するとすぐさま、見たことのない男たち数名が入ってきてふたり分の食事をセッティングし始めた。私の世界にあった食材にそっくりな、色とりどりの料理が次々と並んでいく。

今日のメニューは白いチーズを散らしたギリシャ風のサラダと、銀製の甕(かめ)に入ったスープ。アンティパストには茸(きのこ)とドライトマトか何かのキッシュ、ラタトゥイユ的なもの、ヒレ肉の一口ステーキマッシュポテト添え、カプレーゼ、アーティチョークに似た野菜のグリルにディップを添えたもの、スプーン型の葉の上に香草と貝のミンチを載せ、その上にイクラのような魚卵をあしらったもの、獣肉の香草焼きピンチョス、見た目はホワイトアスパラガスそっくりな野菜のフリット。そしてメインである巨大な塊肉の揚げ物は新鮮な食材らしく、給仕が目の前で切り分けたものは中がレアの状態だ。どれも見た目はおいしそうに見える。味は……どうだろう。

祈りの言葉を一緒に唱和して、「ではいただきましょう」という王女の言葉で食事を始めた。ところが、参考にしようと思ってた食事マナーはあまり見ることができなかった。王女の手も口も、すぐに動きが止まってしまったからだ。

「あの……お食事はもうお済みなんですか？」

私が聞くと、王女は目の前に並べられたとりどりの皿から顔を上げた。給仕が盛りつけていった食事のほとんどに手をつけていない。

「ええ、いつもこんな感じなの。わたくしの分の食事はほんの少しでいいと言っているのですけれど」

王女が手をつけたのは、サラダとキッシュを少しずつと、グリッシーニに似たスティック状のパンを一本の半分だけ。私の四分の一も食べてない。

「失礼なことを申し上げるかもしれませんが、それでは体に悪いと思います。それに……」

「それに？　なあに、仰って」

「あの……作った人に失礼だと思います」

王女はきょとんとした顔をしている。僅かに眉間に不快そうなものを漂わせながら。

「殿下は野菜を育てるのに、どれだけの時間と手間が掛かるかご存知ですか？　畑の土づくりから始まって、暑い日も寒い日も雨の日も、農家の人々は手にあかぎれを作りながら肥料をやったり間引きをしたり、害虫や水害や日照りから作物を守ってるんです。お肉になる家畜も同じでしょう。そうして大切に育てられて、料理人が一生懸命作ったものがやっと私たちの口に入るんです。どうか、あとちょっとだけで構いませんから――」

バン、と大きな音がして王女が立ち上がった。瞬間、身体がびくりと震えて凍りつく。王女の顔は今にも倒れそうなくらいに青ざめて、唇も肩も、わなわなと震えていた。

しまった。私ったら王女様に対してなんてことを――。

今度こそ何かある。捕まって牢屋に入れられるか、それとも拷問か。一瞬のうちにいろいろ考えたけど、恐怖を感じるより先に、王女の身体がふっとテーブルの下に消えた。

「殿下!?」

テーブルの向こうに回る間に扉が忙しく開いて、チェインと近衛隊長リグリットが飛んできた。

「いかがなされましたか!?」

と、リグリット。端から私が何かした、とでも言いたげな表情だ。けれど、食べ物を粗末にしたことをたしなめられたことがショックで倒れたんだとしたら、確かに私のせいかもしれない。初対面に近い高貴な生まれの人に、あんなことを言うんじゃなかった。

「あの、私がいけな――」

ぐっ、と何かに腕を掴まれた。見れば、私の二の腕をか細い指が食い込むほどに握ってる。

「……なんでもありません。いつものことですから心配しないで」

近衛隊長に向かって力なく王女は言った。その顔はまさに顔面蒼白、唇は紫色で額に汗まで浮いている。腕の中にある身体は女の子が当然持ってるはずの柔らかい脂肪も、重みもなく、まるで鶏ガラのようにごつごつしていて……ああもう、痛々しくて見ちゃいられない。

と、王女が座っていた椅子の座面に、濃い色のシミがあるのを見つけた。これはちょっと……男の人には見せたくないシロモノだ。

「あの、あとは私がお世話いたしますので、おふたりは部屋をお出になっていただけますか。それから、他に女性のお世話係の方がいらしたら呼んでいただきたいのですが」

「あいにく、侍女のようなものはいないのです」

チェインが申し訳なさそうに言う。

「えっ」

「話せば長くなりますが、現在は王家に女性が仕える慣習はないのです。何か御用がありましたら男性のお世話係をお呼びいたします」

いや……こんなの見せられないわ。女にとって、生理のときの粗相を男の人に見られるほど恥ずかしいことはないもの。

「それじゃあ、あとは私がひとりでいたしますのでおふたりはお引き取り下さいますか」

「しかし」

リグリットはあからさまに不服そうな顔をした。けれど、そこへ王女が助け舟を出してくれた。

「わたくしからもお願いします。少し横になっていれば治りますから、どうかおふたりはご自分のお仕事をなさって」

ふたりは顔を見合わせると渋々部屋をあとにした。隣の執務室にいつでも控えている、とだけ言い残して。

私とふたりきりになると王女はしくしくと泣き始めた。怒ったり泣いたり、まったく忙しい人だ。情緒が安定してないいんだろうか。

「あなたには酷いことをしているのに、優しくして下さるのね。そもそもこの国にもう少し力があればあなたに迷惑を掛けることもなかったのに」

「……あー、今はそういうの気にしないで。あの、王女殿下？　もしかして今……月のものでは？」

私が言うと、王女ははっとして自分のドレスや座っている床の上を確認した。彼女の紙のように白い顔は、粗相をしたことに気づいても朱く染まらなかった。

「まあ、それで彼らを遠ざけてくれたのですね。ありがとう」

「ううん。あの……その具合が悪いの、月のもののときに、より悪くなる感じ？」

「そうよ。何故分かったの？」

「ちょっと失礼」

セレスティアの頬に手を当てて、下瞼をめくってみた。普通は毛細血管の色で赤いけれど、貧血の人はここの色素が薄いことがある。王女のはごくごく薄いピンクという感じ。それから、爪も。健康な人と違って彼女のは色が悪く、少し反り返っているようだった。

グラウデンの話では、王女は子供の頃から身体が弱く、思春期を過ぎてからはよく倒れるようになったという。だけどそれって、生理が始まったから貧血になった、というだけのものなんじゃないだろうか。食生活もさっき見たのが普段の様子だとしたら酷いものだ。とにかく食べる量が少なすぎるし、三品ほど並んでた肉料理には手をつけたものはひとつもなかった。これで私と同じような身長の身体を維持できるとはとても思えない。

「ねえ王女殿下」

「なに？」

「ここはひとつ、私を信じてみない？」

「信じる、って……何を？」

彼女らしくない、呆けたような顔で見ているセレスティアの手を、ギュッと握りしめた。

「あなたに健康な身体を取り戻すの。それを私が手伝ってあげる」

*

夜を通して鳴く夏虫の、ジージーという羽音が闇の中に沁み渡っている。月は高く、それが窓の外から煌々と明かりを投げかけていて、石の壁には広葉樹の黒いレースが映し出されていた。時間は分からないけれど、もう日が変わった頃ではないかと思う。身じろぎすると、頭の下にある逞しい腕の主は微かに寝息のリズムを狂わせた。

腕枕から頭を上げて、グラウデンの寝顔を眺めてみた。こうしてよくよく見ると、おっさんはとてもきれいな顔立ちをしてる。意外にも長く濃い睫毛といい、目を閉じたときだけに分かる、はっきりとした二重といい。

若い頃はどんなだっただろうと想像もしてみるけど、やっぱりおっさんはおっさんだからいいのだと思った。人間の顔には歩んできた経験が出る。いぶし銀でいい男のおっさんは、それなりにいい人生を送ってきたんじゃないかと思えるから。

ベッドを揺らさないよう、のそりと起き上がった。……よし、グラウデンはよく眠ってる。

回廊はすっかり静まっていた。ランタンを持ってはいるけど、部屋の外に掛けられた松明からは明かりを取らず、わざわざ暗闇を選んで進む。ひとりで歩く夜の城内はやっぱり怖かった。中庭に芝が生えてるせいでいろんな虫がいたし、蛇だってたまに迷い込んでくる。できるだけ地に足をつけないよう、音を忍ばせつつ走った。

しばらくして目的の場所にたどり着いた。松明から明かりを移してドアを開ける。鍵は掛かっていない。中に入った瞬間に油の匂いが鼻を衝いた。

「食材、食材……」

電気のない世界に冷蔵庫があるわけがない。だけど朝食を作るわけだから、きっとどこかに食料が保存してあるはずだ。ランタンをかざして探し回った結果、更に扉を潜ったもうひとつの部屋の床下に、小さな氷室があるのを発見した。中を探ってみると、どうやら鶏肉のようなものがある模様。あとは調味料とコンロに火を点ける方法を発見しなければ。

ところが、鶏肉を持ってはしごを上がってきたところで――。

「捕まえたぞ、この泥棒猫め！」

突然怒号が聞こえて両脇に圧痛が走る。そのままものすごい力で身体が地上へと引っ張り上げられた。

「ぎゃあああ！」

どすん、と自分を持ち上げた男の上に圧し掛かり、一緒に倒れ込んだ。まあるいお腹は中に何が入ってるのかと思うほど弾力があって、弾き飛ばされそうになる。

「お、女か⁉」

男――これまたおっさんらしい――は素っ頓狂な声を上げた。相手が怯んでる隙に脇をすり抜けようと駆け出す。けれど向こうも間抜けじゃなかった。丸太のような腕がぬっと飛び出してきたかと思うと、腰回りをがしりと摑まれた。それからはもうあれよあれよという間だった。男が持っていたロープのようなもので両手を後ろ手に縛られ、床に跪かされ、お尻の方から脚の下を潜って胸の下で縛り、って……なんだこれ、緊縛プレイか‼

ベッドから着の身着のまま抜け出してきた私は、薄いシフォン生地で作られた夜着一枚という格好だった。それでボンレスハム状態にぎっちぎちに縛られれば、自分がどんな姿になっているかは想像がつく。ランタンの明かりの中にぼうっと浮かび上がるおっさんの顔は興奮に輝き、濃いひげの生えた鼻の下がこれでもかってくらいに伸びてた。

「ううむ、これはなかなかいい縛りができたもんだ」

おっさんは黒々とした顎ひげを満足そうに撫でた。目の前にしゃがみ込んで顕わになった太腿を鑑賞したり、形のはっきりと出た胸のあたりを眺め回してる。

「ちょっと、ジロジロ見ないで！」

「いや、普通見るだろう。お前のような肉々しい身体の女は珍しいから、縛り甲斐があるな」

肉々しいって……！　キーッ、そのビヤ樽みたいな腹に、回し蹴り食らわしてやろうか！

だけど、そんなことも心の中で思うしかできない。手首から延びたロープが足に引っかけられて身動きなんて取れないから。

と、入り口の方に人の気配がして、突然暗闇に別の男の声が響いた。

「確かにいい絵面ではあるが」

「グラウデン！」

「グラウデン！」

私とビヤ樽のおっさんは同時に声を上げた。太い方のおっさんがギョッとして私を振り返る。

闇の中を悠然と進んできたグラウデンはビヤ樽おっさんの横で立ち止まると、やれやれ、といったう表情で私を見下ろした。

「こんな夜中にどこへ消えたかと思えば。おいたはいかんぞ、おいたは」

「そんなこと言ってないで早く助けてよグラウデン。あとちょっと見物してたらお金取るからね！」

それを聞いたビヤ樽のおっさんはお腹を揺らして笑った。

「随分威勢のいいお嬢さんだな。あんたが部屋の中に若い女を飼ってると聞いて、さしもの騎士団長様もついに年貢の納め時かと思ったが。なるほど、こんなじゃじゃ馬はあんたのような男でなけりゃ乗りこなせないかもしれん」

「それがな、この俺でも手を焼いているのだ」

「……もう、何ふたりで勝手なこと話してるのよ。今や私は王女殿下の侍女なんだから、あまり侮辱すると殿下がお許しにならないわよ。さ、グラウデン。さっさと縄を解いて」

ニヤニヤしながらグラウデンは近づいてきて、首の後ろの結び目に手を回した。ぶほっ、その立派な股間を顔に押しつけるのはやめて下さいぃぃ！

縄はすぐに解かれ、自由になった身体がグラウデンの手で立たされた。ビヤ樽のおっさんは丸いお腹の上で毛むくじゃらの腕を組んで、ちょっと残念そうな顔だ。

「なんだ、もったいない。だが残像だけで一週間はいけるぞ。ところでな、俺も鬼じゃない。神聖なる王宮の台所へ忍び込んだ罪は重いが、わけをきちんと話せば無罪放免としてやらんでもない」

「えーと、その、王女殿下においしいものを作って差し上げようと思って」

「王女殿下に？　鶏肉を使ってか？」

「ええ」

頷くと、ビヤ樽男は半分馬鹿にしたように笑った。

「お前さんが何者かは知らんがな。殿下に肉料理を召し上がらせるのは至難の業だぞ。何せ俺がいくら試行錯誤したってひと口も召し上がってくれたことがないんだからな」

「そんなの……やってみなけりゃ分からないじゃない」

「なに？」

「まあまあ」

不穏な空気が流れ出した頃、グラウデンが割って入った。

「サヴァン。この娘――ディアナはな、遠く離れた異国の地で料理人のような仕事をしていたのだ。どうだろうか、ここは俺の顔を立てて少し台所を貸してはもらえないだろうか」

サヴァンと呼ばれたおっさんはグラウデンを訝しむように見上げた。

「料理人……？　まあ、騎士団長様のたっての願いじゃ断れねえな。それに異国の料理とやらに興味もある。よし、火を点けてやるからこっちに来い、ディアナ。あ、と。俺は王宮料理長のサヴァンだ。よろしく」

「よろしくな」

差し出された肉まんみたいな手をギュッと握った。

「……できた！」

厨房いっぱいに、香ばしい匂いが充満してる。ああ、私は今幸せだ。こんなに待ち焦がれた、『しょうゆ』の香りに囲まれて……。

「これは……なんという料理だ？　やたらと食欲をそそる匂いだが」

サヴァンは後ろから覗き込んでゴクリと喉を鳴らした。これだけの量を作るには大きすぎるフライパンの底で、一口大の鶏肉たちがじゅわじゅわと音を立てている。ああ、この鼻腔を衝く芳しい香り！　褐色のタレが肉の表面できらきらと躍る様子はまるで宝石のようだ。少し焦げ目のついた皮がパリッと軽やかに、柔らかくジューシーなお肉を包んで――。

「焼き鳥！　焼き鳥よ！　これが焼き鳥なのっ。どうしてもこれが食べたかったのっ！」

「お前さんが？　……王女殿下に召し上がってもらうんだろう？」

はっ。

「そ、そう。これは試作品だから。この国の調味料で同じものができるか、先に試さないとね」

「ま、そうだな。味見しても？」

「もちろん。こう、串に三つ四つ刺して……はい、どうぞ」

「うむ」

ぎこちなく串を受け取ったサヴァンは、豪快に鶏肉三つ分は口に入れた。グラウデンにも同じものを渡し、自分の分も作る。まさか私も、異界へやってきて最初に作る料理が焼き鳥だとは思ってもみなかった。

「んんんん――!!　これはえらくうまいな！　酒が欲しくなる」

最初に雄叫びを上げたのはサヴァンだった。目を真ん丸に見開いて、鼻の先っちょにタレをつけて、なんだか子供みたい。

「でしょう？　私の国ではこれを嫌いな人なんていないもの。きっと王女殿下も気に入って下さると思うの」

よく言うわ。ホントは自分が食べたかったくせに。それにしても、異界の料理人に日本国民の味が分かってもらえたのはとても嬉しい。なんだかものすごく幸せな気分だ。

「確かにうまい食い物だな。だが殿下は頑固だぞ。上手くいくといいが」

「もう、グラウデンたら、そういうことを試す前に言わないで。大丈夫、これがダメなら別の料理。それがダメならまた別の料理。おいしいレシピはたくさん知ってるから心配いらないわ」

それから二時間ほどが経った頃、やっと会はお開きになった。あのあとサヴァンがお酒を飲むと言って聞かなくて、結局三人で大きな銀製の甕ひとつ分を空けてしまった。私とサヴァンとで氷室から持ってきた食材で野菜炒めを作ったり、焼きチーズだのカナッペだのを作ったり。これ以上飲むと城じゅうの朝飯がなくなる、というグラウデンの鶴のひと声が掛かるまで、厨房はまさに日本の居酒屋状態。ジョッキに注いだビール片手に、おつまみを摘みつつ、いろいろと語り合ったのだった。

「じゃ、次回は俺が食を求めて各地を渡り歩いたときの武勇伝を話してやろう。団長は野戦食講座、な」

サヴァンは酔ったそぶりも見せず、上機嫌で扉へ向かって歩いていく。

「楽しみだわ。明日また、厨房を使わせてもらってもいい？」

「ああもちろん。我らが騎士団長様の恋人だってんならいつでも使わせてやらないとな」

「ありがとう。今夜は楽しかったわ、おやすみなさい」

サヴァンにお礼を言って扉の前で別れた。

回廊へ出て天を仰ぐと月はもう大分傾いていて、中庭の吹き抜けからは見えなくなっていた。虫の声さえも、心なしか小さくなったような気がする。

「今日はどうだった？　王女殿下のお相手は首尾よくできたのか」

グラウデンが尋ねる。

「うん。詳しくは話せないけど、いろいろあってね。私たち、とても仲良くなったのよ」

「そうか。それはよかったな」

ふっ、と表情を緩ませたグラウデンに、ちょっとどきりとした。ランタンの明かりに仄かに照らされた横顔も声音も、作戦が上手く運んでるということ以上に、私の心が満たされてることが嬉しい、と言ってるように感じた。

「……あ、そうだ。あなたにお礼を言わなきゃね。ありがとう。本当に助かったわ」

「なんのことだか分からんが」

「大聖堂で初めて王女殿下に会った日のことよ。あのあと殿下を叱ってくれたんでしょう？　そのお陰で今日は本当にやりやすかった。朝起きたらお礼を言おうと思ってたの」

「さあ、そんなことあったかな。もう忘れた」

彼はクスリと笑ってそっぽを向いた。またまた、とぼけちゃって。

「それはそうと、いつから俺の恋人になったんだ？」

「……さあ、そんなこと言ったかしら。忘れたわ」

グラウデンの真似をして切り返した。別れ際、サヴァンが言った言葉を否定しなかったことについて、彼は言っているのだ。

ゆっくりと歩き続けたまま、彼は私のことをしばらくの間見詰めていた。瞳から、頬から、唇から。全てのパーツをひとつひとつ観察するように、私がドギマギしてしまうほどにじっくりと見ている。けれど回廊の角を曲がると少し苦そうに笑って、こう呟いた。

「お前が王女の身代わりなんかでなければな」

……え？

それはどういう意味だろう。身代わりじゃなかったら……何よ。

気になったけど、それ以上彼が何かを言うことはなかった。それから私たちはひと言も話さず、いつもより長く感じる夜の回廊を、ただひたすらに並んで歩くだけだった。

＊

とても淫らな夢を見てた。

森の中。磨かれた石の祭壇の上に、私はいる。

樹々の呼吸と、汚れなき泉の水に研ぎ澄まされた、清らかな空気。鳥の声を聞くに、今は恐らく朝だ。

硬く冷たい祭壇の上、私は生まれたままの姿だった。けれど、寒くはない。何故ならひとりではなかったから。一糸纏わぬ私の身体を燃えるような肉体で包み込む、男の存在があったからだ。

つい、と胸の膨らみを何かがかすめた。かと思うと、次の瞬間、左の突起を軽く啄まれる。それだけで、くすぐったいような、体の中から何かが湧き起こるような痺れが足の指の先まで走ってく。

「あ……は」

思わず太腿を合わせた。

男の唇は。舌は。指は。

あくまでも優しく、柔らかく、触れる程度の圧力で胸の中心を弄ぶ。

甘く、何度も吸われ、甘噛みされて。腰に秘められた蕾の部分は、じんわりと温かい蜜を次々と吐き出していった。

閉じた瞼の向こうには、重なった葉の隙間から光が零れるのが見えるよう。樹々の青い香りに混じって、鎖骨のあたりにある柔らかな髪からは、どこかで嗅いだことのある懐かしい匂いが立ちのぼっていた。

誰だろう？　この愛しい匂いの持ち主は……。

我慢できず、男の手を取り自ら誘った。

「ね、お願い。……ここに触って」

（ちがっ……！　私はそんな風に甘えてねだったりしないっ）

「あっ……、そこ……んっ。……ああ、素敵よ」

（ぎゃーっ、そ、そんな歯の浮くようなセリフ、よう言わんわ！）

「あ……あっ、あんんっっ……」

（…………）

ゆらり、と愛しい男の影が頭上を覆い、瞼の向こうの木漏れ日が遮られた。同時に、しとどに濡れた入り口を硬い、鉄の塊のように熱いものがつつく。けれども私のそこは、巨大すぎる男のものを当然すんなりとは受け入れられなかった。

……いくらなんでも大きすぎる。

太すぎる。

それに、硬すぎる。

（だ、だめっ。そんなにぶっといの入れたら切れちゃう!!）

私は息を止めて身を硬くした。それでも男は強く強く、その滾ったものを捻じ込もうと執拗に押しつけてくる。そして強烈に官能を揺さぶる、吐息交じりの低音が耳元で囁かれた。

「ミサト、力を抜くんだ」

……この声？

胸の中に突如としてざわめきが広がっていく。

夏の草原のような髪の匂い、軍神マルスのような体軀、渋くまろやかなこの低音は――。

はっとしてついに目を開けた。視界に飛び込んできたのは、金茶色に輝く濃い睫毛にかたどられた、ブルーグレーの瞳。無精ひげに囲まれた薄めの唇が、ニヤリ、と歪む。

圧し掛かってきた男の顔はグラウデン、その人だった――。

「いぃゃあああああああああ」

まるで悪漢に襲われたかの如く、叫び声を上げた。そうでもしないといつまでも目が覚めないいんじゃないかと思ったから。

案の定、ベッドに横たわる私の上にはグラウデンが乗っかってた。断末魔の叫びを聞いてもものともせず、耳元に熱い息を吹きかけながら腰を擦りつけてくる。まさか本当にそんなものを押しつけられてたなんて。つか、なんで私も股おっぴろげちゃってんの!?

「ちょっ、やめて！　うぅぉお重い！　痛いっ！」

「……お前が、おかしな声を出すからだ」

「ち、ちがっ。夢よ、夢見てたの……！」

ぺちぺちと硬い背中を叩く。

「どんな夢を……？」

甘い声で聞かれても、そんなの言えるわけがない。あなたに抱かれて喘いでる夢見てました——なんて言ったらこの男、このままイノシシのように突っ込んできそうだ。

「とっ、とにかく、おっさんは趣味じゃないのよっ」

と、心にもないことを言ってなんとか身体から引き離した。

……ん？　なんだ、心にもないことって。一瞬浮かんだ考えに心の中で首を振る。

私の身体からのそのそと離れたグラウデンは、ベッドに胡坐をかいて項垂れた。

「ああしかし」

と、顔を擦る。

「俺も変な夢を見た。森の中の寝台でお前と……いや、ちょっと俺もどうかしてるな。風呂でも行って目を覚ましてくるか」

おっさんは疲れたように立ち上がった。チラリと盗み見た下穿きの真ん中は気の毒なくらいに押し上げられていて、その先っちょはどうもちょっぴり濡れてるような。

夢というのは深層心理が反映されるものだというけれど。だとしたら私は、おっさんに抱かれたいと思ってるんだろうか。そしてまさかグラウデンが私と同じような夢を見ていたとは。

認めたくはなかったけれど、身体はやっぱり正直だった。夢のせいなのか、リアルでおっさんにいろいろされていたせいなのか、下半身がしたたかに濡れていることに気づかないほど、私もお子ちゃまではなかった。

落ち着かない気分でベッドを直してると、中庭で起床時刻を告げる鐘が鳴った。今日も今日とて一日が始まる。朝ご飯を食べたらすぐに白蓉宮に出向き、今日から昼食は私に作らせてもらえないかと王女殿下に進言もしなきゃならない。……よし、美里。今こそこのモヤモヤを料理で吹き飛ばすのよ。見てなさい、ファルバード王国にレ帝国。料理は世界を救える——かもしれないってこと、今に証明してやるんだから！

＊

「——で、わたくしの二番目の姉、リアーナはバラクロフ公爵の第一子、レディケ公子の元へ。三番目の姉、アリエッティはリグレイ公爵の元へ嫁いだの」

「うんうん」

なんて。相槌だけは打ってみるものの。

異界の人の名前ってなんでこうも覚えづらいんだろう。聞いても聞いても右から左へと情報が抜け落ちてくだけで、記憶にまったく残らない。あくびを噛み殺すのがやっとだわ。

昨日王女を介抱した一件で、私たちはすっかり打ち解けていた。以前より女性の話し相手が欲しかったというセレスティアのたっての願いで、『稽古』のとき以外は敬語すら使ってない。それを近衛隊長リグリットだけはとんでもないことだと憤慨したけれど、チェインと王女に諭されて結局最後には折れてくれた。

詳しく話を聞いてみると、宮殿に女性が働いてない理由はいくつかあるようだった。そのひとつが、王宮と城下町で働く人々のほとんどが王国騎士団の団員をも兼ねているということだ。いざというとき、力のない女には国を守れない。ゆえに、要塞の役目も兼ねている城で働くのは男に限られる、そういうことらしい。もとより農耕民族であったこの国では、国民のほとんどが農業か酪農に従事している。城の外に居を構え、サラリーマンの如く毎朝王宮にやってくる者たちは比較的城の近くに住んでいる者で、女たちは家を守りつつ、農業に精を出しているということだ。

それにしても、年頃の王女が身の回りの世話まで男の手でされるというのはいかがなものか。身体的にも気の毒だけど、何より孤独だろう。実際セレスティアは私が傍づきになったことがよほど嬉しかったのか、私のいた世界での女の子の暮らしぶりをあれこれ聞きたがり、昨日はなかなか帰してもらえなかった。そのときの様子は王国の歴史を語っているときと違って、溌剌(はつらつ)と輝くばかりの表情で。王女殿下のときにはしっかりしてそうに見えるけど、ひとたび仮面を外せば普通の若い女の子と変わらないようだった。

「レディケ公子は騎士団長のいとこに当たる人なのよ。バラクロフ家は代々騎士団長を生み出している家系なの」

「えっ、騎士団長？　……バラクロフ家がなんて？」

眠気も考え事も、何故か突然吹っ飛んだ。セレスティアだけでなく、今日は王女の助手ということで同席してるチェインまでがクスクスと笑う。

「ディアナは騎士団長の話になると興味津々ね」

王女は笑いながら言った。

「えっ、そっ、そんなことないわよ」

どういうわけか、王女の隣にいるチェインの顔が赤くなる。若者は俯いて咳払い（せきばら）をした。

「いいわ。あの方は自分からは何も話したがらないでしょうから、わたくしが話してあげます」

セレスティアは半分歴史のお勉強を交えながら、バラクロフ家について、グラウデンについて語ってくれた。

そもそもバラクロフ家はファルバード王国を平定した先代国王の軍師だった男に、王が公爵の爵位を授けたのが始まりらしく、王国同様歴史は浅いのだという。現在公爵家を継いでいるのがバラクロフ二世で、第二王女が嫁いだのはその長男のレディィケ公子。グラウデンは初代バラクロフの孫ということになる。

「それじゃあ、グラウデンも爵位を持ってるってこと？」

「ええ、だけど――」

「詳しくは、『元』ですな」

リグリットが衝立の向こうから突然現れた。今日も偉そうに、突き出たお腹を更に反らして将軍ひげを指先で撫でている。

「いくら名門の出とはいえ、あの男は現在は爵位を持たない卑しい身分の者。どうして騎士団長などという過ぎた権限を与えられているのかさっぱり分かりかねます」

「リグリット。『騎士団長』は職務であって権限ではありませんよ。それに爵位がなくとも彼は立派な人です。その証拠に皆に慕われて、団員たちからの人望も厚いではありませんか」

王女の言葉にチェインが大きく頷く。そして「彼の爵位については私が説明いたしましょう」とテーブルに身を乗り出した。

「ディアナ様、数年前から王国の南にある公爵たちと小競り合いが続いているのはご存知でしょう。その『御三家』と呼ばれる中にバラクロフ家もございます。騎士団長殿は代々王国を守ってきた立場のご自分の家系が、国に楯突くことを許せなかったのです。それで、二年ほど前に突然爵位を返上されました。代わりに、王国に対して変わらぬ忠誠を誓われたのです」

セレスティアは力なくため息をついた。

「父王もお止めになったのですけれど。騎士団長の決意はとても固かったのです。あんな薄暗く、狭い兵舎に住んでまで……。命を懸けて国を守り抜いていただく大事な身、せめて城内に住まいのひとつも作って差し上げたかったのに」

「つまりグラウデンは、爵位も家も捨てて、職務を取ったと？」

「騎士団長殿のことを美化して言うならそういうことになりましょうな。だがしかし、あの『荒くれ者』の兄者です。私は最後まで騎士団長殿を信用しませんぞ」

バン、と激しい音を立ててチェインが立ち上がった。彼には珍しく眉を逆ハの字に吊り上げて、拳を関節が白くなるまで握ってる。

「近衛隊長殿、同じ国を守るお立場の身としてどうしてそんなふうに仰ることができるのですか！イライアスが過去に何をしても、騎士団長殿とは関係がございません」

こ、こわっ！　チェインでもこんな風に激高することがあるんだ。

なんの話かさっぱり分からないけど、とにかく空気を変えろとの指令が脳内で起こってる。こういうのはきっとどこまで議論しても平行線に違いないわ。かくなる上は――。

すうっ、と胸いっぱいに息を吸い込んだ。

「ああ――――っっ!!」

わざと大きな声で言って立ち上がると、みんなが一斉に私を見た。

「お話に夢中になっていたら、もうこんな時間だわ。私そろそろお料理しに行かなきゃ！　ねえ、セレスティア、よかったら私が料理するところを見ない？」

セレスティアは一瞬鳩(はと)が豆鉄砲を食らったような顔をして、それからクスクスと楽しそうに笑った。

「見たいのは山々だけど、厨房まで行って帰ってきたらクタクタになってしまいそうだわ。お誘いはありがたいのだけれど、また次の機会にお願い」

「ふう」

思わず声が出た。

バタバタと逃げるように王女の部屋を飛び出して、なんとかトラブルに巻き込まれるのを回避した。重臣同士の言い争いなんて私じゃどうにもできないから逃げるに限るわ、と清々してたら。

「ディアナ様」

「チェイン」

声を掛けられて振り返ったら、言い争いの一方が追いついてくるのが見えた。もうあの話は片がついたのだろうか。

「私もこれから下に用がありまして。ご一緒してもよろしいですか？」

「もちろん」

そう言って階段を下りるスピードを落とすと、チェインはにこりと微笑んだ。さっきは鋭かった目つきも、いつもと同じで穏やかになってる。

「先程は失礼しました。近衛隊長の仰りようがあまりにも酷かったもので」

「いいえ、何も気にしてないわ。ちょっとびっくりしたけど」

若者は頭を掻いた。

「お恥ずかしい限りです。子供の頃から騎士団長殿に剣の稽古をつけてもらっていたので、あんなことを言われると……つい」

「聞いてるわ。とても優秀な生徒さんだったんですって？」

「いや、そんな大したものでは。……騎士団長殿はそんなことは話されるのですね」

「あの人が話したがらないのは自分のことだけよ。もしかして、さっき名前が出てた荒くれ者の弟のせいかしら」

「イライアスのことですか？」

「ええ。その人はまだこの国に？」

「いいえ。もう十年以上も前に追放されました。今はどこでどんな暮らしを送っているのか、生死さえも分かりませんが、吊り責めの上鞭(むち)打ち千回の拷問にも耐えた者ですから生き延びているやもしれません」

「吊り責めに鞭打ち……！　随分悪いことをやってきたのねえ」

「ええ、暗殺に窃盗、詐欺や汚職の類まで、犯さなかった罪はないというほどでしょう。彼も騎士団にいたことがありますが、遠征に行く朝に全部の馬の目が抜かれていたこともありました。もはやその所業は半分伝説です。何せ未だに身分ある者が殺害されると彼の仕業ではないかという噂が立つくらいですから」

「……はあ」

恐ろしいことを聞いてしまった。まさかグラウデンにそんな激しい気性の弟がいたとは。

と、背中にそっと手が置かれた。見上げると、私を安心させるように微笑んだ端正な顔があった。

「大丈夫ですよ。騎士団長殿は弟君とはまったく人が違って温和な方です。ただ、国のことを思うあまりたまに暴走してしまうことが。政略結婚のことだって――」

チェインは急に口をつぐんだ。

「どうしたの？」

「いえ……この話はよしましょう。ディアナ様、いえ、殿下、王女殿下のためにぜひともおいしい料理を作って差し上げて下さい」

そこはちょうど白蓉宮の出口だった。強い日差しの中へ出ると、チェインは一礼して王の住む宮殿へと向かっていった。

食事を作りながら、まだグラウデンのことを考えてた。それから、追放されたという弟、イライアスのこと。

厨房は今まさに戦場の体で、調理人の怒号とも取れる声があちこちで飛び交ってる。

私がここへ入ってきたときにはすでにみんな忙しそうだった。ろくに挨拶することもできなかったから、今日はちょっとだけ肩身が狭い。バタバタと慌ただしく立ち回る彼らに迷惑も掛けられないし、さっさとコンロを空けてあげたいのに、グラウデンのことを知りたいと思う欲求と、彼の見えない過去について、私の頭は囚われたままだった。それに、政略結婚がどうとかっていう、チェインが最後に言いかけてやめた話も気になってる。何かグラウデンが関わってるような感じで——。

ああ、だめだだめだ。こんなんじゃせっかくの料理を焦がしちゃう。無理言って厨房も食材も使わせてもらってる身で失敗作なんて作れないのに。

隣のコンロにサヴァンがやってきた。彼の厨房服の脇には大きな汗染みができて、額から流れた汗が次々と濃い顎ひげの中に吸い込まれてく。王国は温泉が湧くだけあって天然ガスが豊富だから、窓という窓を全開にしても厨房はサウナのように暑いのだ。

「ねえ、サヴァン」

「あん？　なんだ」

眉間に皺を寄せながら、彼は巨大な銅釜の中身をぐるぐるとかき回した。

「イライアスって、知ってる？」

途端に周りの男たちの目が一斉に私の方を向く。

……な、なに？　特別大きな声で言ったわけでもないのに。そんなに変なこと言っちゃったのかしら。

サヴァンは手を動かしたまましばらく黙ってた。

「みんな急げよ、もう早番の給仕まで時間がないぞ！」

彼が調理師たちを一喝すると、みんなはすぐさま作業に戻った。けれど私を振り返ったサヴァンの視線はとても厳しいもので、普段気のいいおっさんもこんな顔をすることがあるんだと恐怖すら感じるほどだった。

小声で彼は言う。

「その名前はこの国じゃ禁忌だぞ」

「……ごめんなさい。もう聞かないわ」

「騎士団長のことを知りたいのか？」

「べっ、別にそういうわけじゃ」

「へっ。女心の分からない御仁だな。男が何も話さないと女は不安になるもんだ」

私をグラウデンの恋人だと勘違いしてるサヴァンは見当違いのことを言ってる。このままだといらぬ世話を焼かれてしまいそうだ。

「サヴァン。今私が聞いたこと、グラウデンには内緒にしてね。あの人を苦しませたくないの」

「ああ。俺もあの『荒くれ者』には関わりたくない。とにかく奴は騎士団長とはまったくの別物だから気にしないこった」

「……うん」

*

食べたいものが食べられるって幸せ。

そんな当たり前のことが本当は素晴らしいなんて、これほど実感したことはないわ――。

テーブルにずらりと並べられた食事を前に、私は今ものすごく満足してる。銀製のプレート、ガラスのボウルや白いお皿に盛りつけられた料理の数々。それは私が元いた世界でよく作ってたお気に入りのものばかりだった。

本日のランチメニューはというと。

前菜には、白身魚の燻製香草ソース添え、ミニパプリカのマリネにバルサミコ風ソースを散らしたもの、スパニッシュ風オムレツ、アスパラガスと淡水小海老のソテー、ヤリイカのバジルとチーズのフリット。メイン料理がスズキに似た魚のチーズソテーとハーブのリゾット添え、スープとバゲットは今日の王宮食から分けてもらった。

そしてそして！　今日は西洋風の料理ばかりだけど、そこに敢えて焼き鳥を投入してみた。王女様に串で食べてもらうのはアレだからと、ピックに軽く炙った葱と一緒に刺したピンチョス風。塩とタレと、両方作ってみたけど食べてもらえるかしら。

「これを全部ディアナが？」

セレスティアは大きな目を更に見開いて、きらきらと輝かせてる。

「そうよ。サヴァンにも手伝ってもらったけどね」

慣れない調味料は使うのに少し苦労した。見た目ではそれがなんなのか分からないから、匂いを嗅いだり実際に舐めて味を確かめたり。そうしながら次々と鍋に投入していくのを、王宮料理長のサヴァンは興味津々の体で見ていた。

地球にある調味料はこっちの世界にも大抵似たようなものがある。ただし、使用方法が違ったり、香りや塩分の濃さが違ったり。昨日焼き鳥を作るときに使った醤油に似た物だって、調理には下に沈んだ澱を使うのであって、上澄み、すなわち醤油の味がする液体の部分は本来染料に使うものだとサヴァンが驚いていた。

「チェインも、近衛隊長様もどうぞ召し上がって」

給仕と入れ替わりに入ってきたふたりに声を掛けた。

「これはおいしそうですね。見たこともない料理ばかりです」

「ふん、王宮食を断ってしまったのならこれを食べるより仕方ないでしょうな」

「……またそんなこと言って。近衛隊長様は少しくらい食べなくてもお腹に貯えがあるからどうにかなりそうですものね」

私の辛辣な意見にお腹を押さえたリグリットを見て、王女がクスクスと笑う。

「しかし、ディアナ様。こんなに作られてどうするのですか。せっかくあなた様が手ずから作られた料理ですが、確実に余ってしまうのではと思うとうっかり手もつけられません」

と、チェイン。

「大丈夫よ。余った分は持ち帰って、チンしてグラウデンと夜に食べるから」

「チン、とは……?」

あ、そうか。こっちには電子レンジがないんだった。

「チン、ってあれよ。私の世界の言葉で『温め直す』って意味。さ、いただきましょう」

今日は練習ということで私が祈りの言葉を捧げる。こっちの神様のことはよく分からないけど、食事のたびに思い浮かべる顔はある。それは私のことをきっと心配してるだろう、お母さんの顔だった。

「どうなされました？　食が進まないようですが」

食事開始から十五分ほどが経って、隣に座るチェインが心配そうに尋ねてきた。

「あー……んと。調理中に味見をしすぎてもうお腹がいっぱいなのよ。夜にまたたくさん食べるから心配しないで」

「そうですか」

チェインはいそいそと食卓に向き直るとデザートのパルフェに手をつけた。

はあ。……いいなあ、デザート。私も本当はもっともっと食べたい。やっと自分が食べ慣れてるおいしい料理にありつけたんだもの。お腹が膨れるほど食べたいわ。だけど――。

セレスティアの細すぎる身体が、私に『痩せなさい』って警告を与えるの。いくらアナベルさん監修の物真似メイクを練習しようとも、髪型や服装を似せようとも、やっぱり体型が違いすぎたら別人だとバレてしまう。私もダイエットに励むつもりだけど、セレスティアにもどうにかしてもう少し太ってもらわないと。そしてあわよくば、私でなく本人にレ帝国へと行ってほしいもんだわ。

＊

丘陵地帯に出掛けてたグラウデンはいつもより遅く帰ってきた。

「どう？　大事な大事な救世主様の手料理の味は」

目の前に立ってる私を、数々の食器を前にしたグラウデンがチラリと見上げた。昼の残りのフリットを口に放り込みながら眉を吊り上げる。

「ふむ。まあまあだな」

「あー、その言い方。みんなおいしいおいしいって食べてくれたのに。あのセレスティアだって焼き鳥を食べたのよ？　王国始まって以来の一大事！　素晴らしい功績！　そうは思わない？」

「随分と張り切っているようだが。俺には何かきな臭さを感じる」

「……何よそれ。文句でもあるの？　我らが王女様に健康な体になってもらいたい、ただそれだけじゃない」

「嘘だな。何か企んでるだろう」

ギロリ、と鋭い眼光に射抜かれた。

「なっ。……あ、あなたこそねえ――」

「なんだ？」

「なんでもない。……もっと食べる？」

「ああ」

ダイエット目的でまたもや『お残し』の私の分を、グラウデンのお皿にあけた。なんだかんだ言って彼はいつもの王宮食の一・五倍は平らげてる。おっさんがこんなに食べて太っちゃわないかしら。

「素直じゃないのね。おかわりするくらいだから本当はおいしいんだ」

と、茶化すつもりで言っただけなのに。

「ああ、うまい。お前を嫁にしたいくらいだ」

おっさんは素っ気ない態度でこう言った。

お、お嫁に……！

想定してなかったその言葉に全身がカッと熱くなる。やだグラウデン、急に何言っちゃってんの。そっちも冗談で言ったんだと分かってはいるけど、そういう軽はずみなことを年頃の女に言っちゃいけないんだからね！

そこへ扉を激しくノックする音が鳴った。入れ、とグラウデンが言うや否や、バッとドアが開く。やってきたのは王国騎士団の下士官のようだ。敬礼のポーズを取ってブーツの踵を打ち鳴らした。

「申し上げます！　アックスヒル砦(とりで)より、騎馬五十、歩兵百の公爵連合隊が北上しているとの伝達です」

「すぐ行く」

グラウデンは素早く立ち上がると部屋を横切り、慣れた動作で再び甲冑を装着し始めた。私も駆け寄って、ぎこちない手つきながらもそれを手伝う。マントを着け、兜を持ったら壁に掛かった剣を差し、足早に扉の方へ。

「食事は取っておいてくれ。またあとで貰う」

「分かった。気をつけてね」

ところが、そのまま行ってしまうかに見えたグラウデンは扉の前で立ち止まり、ゆっくりと私の方を振り返った。籠手の嵌った手が伸びてきたかと思うと、するすると優しく髪を撫で、そのまま頬に当て、じっと私を見詰めて……なっ、なに？　このタイミングでまさかのキス!?　ちょっ、待って、心の準備が――。

「俺の食事、絶対に食うなよ」

瞳の奥まで覗き込んで、グラウデンは言った。そしてスッと身を引くと、ガチャガチャと激しく音を鳴らして走り去ってしまった。

……はあっ。な、なんだ、期待して損――いやいや、してない！　期待なんかしてないから！

何血迷ってるんだ、私はぁっ！

＊

「背筋を伸ばせ。ほら、そんなに力が入っていたら疲れてしまうぞ」

「だって、怖い！　怖いよおーっ！」

「大きな声を出すな。馬がびっくりするではないか」

「ひぇあ！　もうちょっとゆっくり！　ゆっくり行ってぇえええ」

――あれから数日が過ぎ、私がこの世界に来て十日目の朝。

今日は帝国へと旅立つ前の最後の休日ということで、グラウデンが一日私につき合ってくれることになってる。怖くて怖くて、本当に嫌で堪らなかった、馬の練習のために。

『レ帝国までの道のりは、お前にも自分で馬を駆ってもらう』――初めて白蓉宮に上がった日の晩、突然グラウデンにそう言われた。あれから大分日が経ってたから忘れてしまったのかと思ってたけど、先延ばしになってた理由は単に忙しくて教える時間がなかっただけのことらしい。

このところ、城の周りでは何やらきな臭い事件が頻発していた。公爵連合の斥候と思われる男が近くで捕えられたり、帝国のスパイらしき男が城下町で発見されたりと、そのたびにあちこちへ出動してるグラウデンは休む時間もないほどに忙しくしている。小さなトラブルくらいで何も騎士団長自ら動かなくてもいいんじゃないかと思うけど、夜中だろうが食事中だろうが、兵に呼びに来られると自分が行かなきゃ気が済まないみたいだ。愛国心の塊というか、仕事の鬼と呼ぶべきか。一生懸命なのはいいことだけど、こうも休みなく働いてたら身体の方は大丈夫だろうかと心配になってくる。

「よし、準備完了だ。ん？　どうした」

「だって……これ、本当に馬？」

手慣れた様子で馬具をセッティングしていくのをひと通り眺めて、いざふたり乗りの鞍(くら)に跨(また)ることになったけれど――グラウデンの愛馬、レンフロはとにかく大きすぎた。想像してたサラブレッドのような馬とは全然違ってやたらといかついし、背中は私の身長よりも高く、首は太くてどこからどこまでが首なのか分からないほどだ。漆黒の毛が、筋肉が張ってるところは黒を通り越して青光りするように見えたし、胸といいお尻といい、肉づきがすごい様子はまるで装甲車。だから鐙(あぶみ)の位置が高すぎてつま先くらいしか引っかからない。私の身長では鞍に手を掛けるのだってやっとなのだ。

「む、無理……！　これって本当は踏み台を使ってよじ登るものなんじゃないの？」

「戦場に踏み台なんか持っていけるか。みんな鎧を着けたまま馬に飛び乗るんだぞ。仕方がないな、

「俺が先に乗って引っ張ってやる」

そう言うや否や、グラウデンは鐙すら使わずに革製の鞍の後部にひらりと飛び乗った。

「ほら」

差し出された腕にしがみつくと、すぐに体がふわっと浮いた。片腕一本でなんという怪力。身体に当たる筋肉という筋肉がゴリゴリ言ってる。

しかし。

馬の背に跨ってみて驚いた。……高い、高すぎる‼　これ普通に二階並みの高さだよ！

「怖い！　助けて、グラウデン！」

鞍のグリップにしがみつく。

「何をしてるんだ。まだ動いてもいないじゃないか。ほら、手綱はお前が握れ。適度に弛ませて、引っ張らないように軽く握るんだ」

「む、無理っ。ここから手が離せないっ」

「腰を立てろ」

後ろから回ってきた左手がむぎゅっ、と胸を摑んだ。

「ぎゃっ。そこおっぱい！　おっぱい揉まない！」

「揉まれたくなかったら背筋を伸ばせ。遠くに目を向けないといつまで経っても馬になど乗れんぞ」

「わ、分かったから」

散々揉みしだいた挙句、おっさんの手は名残惜しそうに離れていった。そろそろと震えながらも背筋を伸ばすと、早速馬は動き出す。

「ゆっくり！　ゆっくり行ってね！」

「ああ。その代わりちゃんと前を見ろ。どうだ、高みから眺める王国は素晴らしい景色だとは思わんか？」

「う、うん。……そうね。本当に素敵」

兵舎の脇に建てられた厩舎は城の裏手にあって、そこから望む景色はまさにヨーロッパの古城のある風景を彷彿させた。だだっ広い緑の絨毯に、点在する田畑や牧草地といった長閑な田園風景。王宮と城下町とをぐるりと囲む城壁が建っているところはなだらかな丘陵になっていて、リモチーヌというシロツメクサに似た花がびっしりと覆っている。その白い花がまるで、散りばめられた砂糖菓子のよう。排気ガスを知らない、真っ青な空とのコントラストに見事に映えていた。

すうっ、と胸いっぱいに草原の空気を吸い込んだ。……ああ、ファルバード王国は本当に素晴らしいところだ。成熟した文明を持つ地球人が忘れた自然の営みが、この世界では今も滔々と息づいている。これからこの国の文明がどんなに発展しようとも、そういうものを忘れずにいてほしいと思う。

「さあ、徐々にスピードを上げていくからな。このペースのままでは目的地にたどり着く前に日が暮れてしまう」

「あっっ」

体がガクンと揺れ、一気に歩速が上がった。恐怖を抑えながらも満喫してた大自然の景色が途端に流れていく。しかもグングンとスピードは上がり、いつの間にか駆け足に――。

「いゃああ――っっ、止まって！　止まってええ！」

「鐙に足を踏ん張れ。尻をべったり載せたままでいるとあとで大変なことになるぞ。それからな、また胸を揉まれたくなかったら背中を伸ばすことだ」

「分かった！　分かりました――っ……！」

*

どうにかこうにか、レクチャーを受けながら一時間ほど。軽くギャロップを続けてたどり着いたのは下草の濃い森の中の、泉のほとりだった。

グラウデンの手を借りて、馬の脇腹を滑るように飛び降りる。やっと解放された、と思ったのは恐怖よりも寧ろお尻の痛みからだった。

「大丈夫か？」

「……うん、なんとか。だけどまた帰りがあると思うとね」

「マッサージでもするか？」

ニヤニヤしながらグラウデンは近寄ってくる。

「いいえ、結構でございます」

馬の荷を下ろして木に繋いだあと、少し休もうという話になった。だけどお尻が痛くてちょっと座る気になれない。するとグラウデンが荷物の中からブランケットのようなものを持ってきた。敷物の上に座るのはちょっとしたピクニックみたいで、なんだか楽しい気分になってくる。

ふたり一緒にブランケットの上に寝転んだ。

苔(こけ)むした緑の匂いと、澄んだ水の匂いと。マイナスイオンをたっぷり含んだ空気を吸い込むと、胸が洗われるようだ。森の天井に目を向ければ深々とした葉の間からきらきらと青い光が零れていて、数日前に見たおっさんとの甘い夢を思い出す。硬い石の祭壇の上で熱い肌に抱かれて私は――。

よみがえる映像に今にも顔が火照ってしまいそうで慌てて口を開いた。

「すごくいいところね。深い森の中の泉だなんて神秘的だわ」

「そうだろう。ここは俺の隠れ家みたいなものだ。お前が来る前は非番の日になるとよくここへ来てた」

「ひとりで？」

「ああ。外で訓練の声や金属の擦れ合う音が聞こえていては休みでも落ち着かないからな」

「落ち着いてねえ。……それでも考えるのは王国のことなんでしょう？」

「ああ、その通りだ」

グラウデンは目を閉じて少し笑った。

ここはグラウデンにとって秘密基地みたいなものなんだろう。降りかかる雑音から離れて、心安らかに自分を取り戻すことができる大切な場所。だからこそ頭も冴えて、ひとり静かに考え事もできるのだ。そんな大事なところへ出会って間もない私を連れてきてくれたことがちょっと嬉しかった。

「なあ、腹が減らないか」

天を見上げたまま言う。

「まだ朝ご飯食べたばかりじゃない」

「お前といると腹が減るのだ」

「どういう意味よ」

「さあな。性欲と食欲は連動しているんだろう」

えーと、それはつまり……どういうことだ？

どんな顔をしてそんなことを言ったんだろう——と隣を見たら、おっさんは上半身を起こしてやおら着ているものを脱ぎ出した。うん、そうね。森の中は大分涼しいけど、そんな堅苦しい格好じゃ汗だって引かないはずだ。ところがグラウデンはそのまま立ち上がってブーツまで脱ぎ始めた。ズボンのウエスト部分に手を掛け、下穿きまで一緒にずるりと。……はっ。もしかして食欲よりも、先に性欲の方を満たすんですか⁉

ちょっとドキドキしながら顔を背けていると、ギリシャ彫刻のような裸体をさらけ出したおっさんが泉に向かって駆けていくのが視界に入った。膝まで浸かるくらいの深みまで進んだら、滑らかに泳ぎ出す。

な、なんだ、泳ぐのか。

泉の水はとても澄んでいてきれいだけど、冷たそうでもある。それでも自分も足だけはつけてみてもいいかなと、起き上がって軍服を畳みながら思った。

グラウデンの泳ぎ方はちょっと変わった感じだった。バタフライと平泳ぎをミックスしたようなスタイルで、見慣れないとかなり滑稽だ。それなのに、なんだかカッコイイ。伸びやかにストロークを繰り返す腕と、時折浮かび上がる肩の筋肉、波打つようなしなやかな腰の動き。泉の端まで行くと壁もないのに華麗にターンを決め、そのたびに引き締まったお尻がぽっかりと水面に現れる。その様子は面白いのににやけにクールで、気づいたら私の顔にはニヤニヤ笑いが。グラウデンはこっちを見てもいないのに慌てて口元を覆った。

やっぱりおっさんは素敵だ。こんな姿を遠くから眺めたら、気づいちゃいけないってブレーキを掛けてきた気持ちがひと息に一線を越えそうになる。だけど私としてはこんなのは一時(いっとき)の気の迷いだと思いたかった。お触りが過ぎるおっさんは、実は王国のことしか考えてないような堅物の男だもん。それに私は最初から王女様の身代わり要員。もしもこのままグラウデンのことを好きになってしまったら自分がかわいそうすぎる。

ざばり、と泉の中程でグラウデンが顔を出した。

「ディアナ、一緒に泳がないか」

「水着を持ってないわ」

それに私はディアナじゃない。ここには私たちふたりしかいないっていうのに誰かの名前で呼ばれるのはちょっと不愉快だ。

「水着？　なんだそれは」

なんと！　この世界に水着は存在しないのか。ということは、最初から裸で泳ぐこと前提で誘ってるってことじゃない。おっさんのやつ、たわけたことを。

けれどそこで、乗馬服の下に元の世界から着てきたカップつきタンクトップを着ていることに気づいた。よし、こうなりゃ入ってやる。どうせ私も、通気性より耐久性を重視した乗馬服には汗が引かなくて困ってたところよ。帰りはノーパンノーブラで帰る覚悟を決めて――。

突然立ち上がって服を脱ぎ始めた私を、おっさんは驚いたような、眩しいものを見るような表情で眺めてる。もうこの際パンツを見られるのは本日限りのサービスってことで妥協するしかない。

簡単に畳んだ乗馬服を軍服の隣に置き、グラウデンの熱い視線に見守られるなか泉に足を踏み入れた。その水は予想通り冷たかったけれど、恋に気づき始めた私の身体と心とを冷ますには、まだ生ぬるい温度でしかなかった。

水は限りなく澄んでいた。泉と呼ぶには大きすぎる天然のプールの中は、どこまでも続く深い青の世界。森の天井から降り注ぐ陽光に照らされて中心が明るく煌めく様子は、ユカタン半島に数多くある神秘の泉、セノーテのようだ。

足が届くのは縁から一メートルほどまでのところだった。そこからすり鉢状に深くなり、五メートルくらいの深さがある真ん中あたりにグラウデンはいた。水面に顔を出したまま泳ぎ進む。途中で、はた、と気づき、波紋が届くくらいの距離を残して進むのをやめた。

「面白い泳ぎ方だな。しかもなかなかの速さだ」

「ありがとう。平泳ぎっていうのよ。子供の頃スイミングに通ってたの」

「スイミングとはなんだ？」

「泳ぎを教えてくれる学校のこと。人工的に作られた溜め水の中で、子供たちが先生の指示に従って泳ぎの練習をするのよ。私がいた世界にはこんなに水のきれいなところなんて滅多にないもの」

「へえ。文明によって自然が失われていくのは悲しいことだが、子供たちが集まって何かをするのは楽しそうではあるな」

せっかく離れた場所にいたのに、話してる間にグラウデンはいつの間にかすぐそばまで来ていた。泉の水は透明度が高すぎて、あんまり近くに寄ったら見えちゃいけないものまで見えてしまう。

急いでおっさんから離れようと、水を強くキックした。クロールで泳いでいって水面に仰向けで浮かび上がる。淡水は浮力が利かない分、ただ水の中にいるだけで疲れるのだ。

すると、程なくして激しく水を掻く音とともに、グラウデンが近づいてくるのが見えた。

なっ、なんで来るのよ！

せっかく離れたってのに意味がない。しかも相手は体力魔人の騎士団長、スクリューでもついてるのかってくらいのスピードでぐんぐんと距離を詰めてくる。私が身を翻して逃げる間もなく、あっという間に追いつかれてしまった。

「捕まえたぞ！　そら、褒美を寄越せ」

腕を掴まれたと思ったら、ぐい、と引き寄せられ、後ろから強く抱きしめられた。

それは一瞬の出来事だった。自由の利かない水中でのこと、逃げることなんて叶うわけがない。

「……ディアナ」

肩口に触れるように落とされた口づけが囁く。いつにも増して深く、まろみのあるセクシーな声で。

――ど、どうしちゃったの？　グラウデン。

心臓が馬鹿みたいに高鳴って、密着した背中から伝わってしまいそうだった。熱い抱擁から逃れ

ようと身じろぎする。と、逞しい腕が私の身体をますます引き寄せた。

包み込む、清冽な水に冷やされてもなお滾る筋肉。左腕で私を抱えつつ、右手は太腿ともお尻ともつかないあたりを誘うように這いまわっていく。やがてその手が、水の中を漂うタンクトップの裾から忍び込んできて、お腹の上をそろそろと滑り始めた。指先はすぐに胸の膨らみを捉え、徐々に際どい場所へと近づいていく。腰に絡みつく素肌の艶めかしい感触には眩暈すら起こしそうで。首筋をねっとりと這う唇から震えるような吐息を感じたとき、全身の力が抜けて何も分からなくなった。

「あっ……ん」

思わず声が出てしまい、はっとして胸元に目を下ろせば左のバストが大きな手で包まれてる。指先は冷たい水の中で硬くなった突起をふにふにと弄んでいて。

「いい感触だ」

「いやあっ！　……ちょっ、何してんの！　はっ、んんっ……そこから手を離しなさい！」

「離そうにも手が離れない」

「何を、バカなことをっ……」

「水に入ってきた時点で普通オーケーだろう」

「は⁉」

えっ、そ、そういうもの？　……いや、そんな都合のいい解釈がまかり通るはずがない。そもそも、私だって身代わりだなんて状況じゃなきゃ――。

おっぱいから手を離せないおっさんと私との攻防はしばらく続き、力では勝てないと半ば諦めかけたときようやく解放された。すぐに逃げ出そうとするのを再び捕え、今度は小さな子にするように私の身体を抱き上げた。

「……もう！」

「悪かった」

無邪気に笑うグラウデンの青灰色の瞳が、天から差し込んでくる光に奥まで透けて見える。それが子供のように煌めいて、さっきまでの蠱惑的な色を消し去った。

「岩陰に魚がいるんだ。それを捕まえて昼飯にしよう」

「えっ、本当？」

「ああ。上手くすると淡水海老も獲れるぞ。調理具は忘れずに持ってきたろうな？」

「もちろん。ナイフに火熾し道具もあるわ」

「よし、では俺が魚を獲ってくる。お前は火を熾しておいてくれ。それからあそこに見える白い樹皮の木の根元に罠が仕掛けてあるから、何か掛かってるか見てくれないか」

「オーケー」

グラウデンの腕から滑り落ちてひと足先に陸に上がった。

彼が魚獲りに夢中になってる間に乗馬服へと着替え、拾ってきた石でかまどを作り、サヴァンに分けてもらった炭で火を熾した。

さて、仕掛けが置いてあるという話だけど。

目印の白樺に似た木は濃い下草の中にあった。罠がどんな形状をしてるのか分からないから、目分も掛かってしまわないよう慎重に進む。すると、目的地の少し手前で時たま草が揺れるのが見えた。やはり何かが掛かっているらしい。

獲物は大きいものではなく、長い草の中に完全に隠れている。そろそろと近づいて覗き込んでみた。

「あ……」

網の中に横倒しになってもがいているのは、まだ生まれていくらも経ってないシカのような姿をした動物だった。まあるい耳、くりくりした大きな黒い瞳と短い顔。森のかわいい生き物は私のことを見るなり、目を剝いて一層激しく暴れ出した。

かわいそうに。まだこんなに小さいのに群れとはぐれちゃったのかしら。

ここはグラウデンが魚を追ってるところからはちょうど背の高い岩で死角になっている。彼には何も掛かってなかったということにして、このままこの子を逃がしてしまおうか。そう思って網を解こうとしたけれど、捕まってから散々暴れ回ったのか複雑に絡んでしまっていた。それでも恐怖におののく小鹿の目を見ると、どうにかしなければと思えてくる。

引き続き網と格闘していた、そんなとき――。

遠くからの視線を感じ、はっ、と森に目を向けた。姿は見えないけれど、何かが草に触れる微かな音も聞こえた気がする。

「……誰かいるの？」

立ち上がって声を投げかけてみた。現代日本でもハンターに動物と間違われて撃たれてしまう人がいるくらいだ、矢でも放たれたら大変だと思ったのだ。けれど、これまでと同じであたりには鳥の声しかしない。森の木々のさやめく中に、いつの間にか人の気配も消えていた。

「どうかしたか？」

岩の向こうからグラウデンが声を上げた。

「……ううん、なんでも」

数分後、私とグラウデンは小鹿の掛かった罠の前で押し問答をしていた。食うか、食わざるべきか。文化の違う世界で暮らしてきたふたりの意見は真っ向から対立した。

「仮に今、俺たちに食べられなかったとしてだ。群れをはぐれたこいつには生きていける保証はないんだぞ」

「だけど、現に今、生きてる姿を見ちゃったんだもの。こんなにかわいらしい子を調理して食べるなんてことできないわよ」

「ではお前は、小鹿は食べなくて魚は食べると言うのか。おかしな理論だとは思わないか？」

イライラしてるのはお腹が空いてるせいだ。それに恐らくグラウデンは、小鹿を絞めて、皮を剝いで、解体して、調理して、っていう時間と、炭の寿命とを秤にかけてる。私の方としては、小鹿と目が合った瞬間に火をつけられた母性本能が許さない。攻めたい男と守りたい女とのせめぎ合いはいつまで経っても平行線が続きそうだ。

ふう、と私は大きなため息をついた。

「……私にも分かってるのよ。あなたが私を喜ばそうとして罠を仕掛けておいてくれたことも、こっちの世界では狩りで仕留めた生き物はどんなものでもありがたく戴く習慣があるってことも。だけど、何もこんなに小さな子を……。逃がすことも食べることもできないのなら、私、この子を連れて帰る」

「お前なあ」

グラウデンはついには天を仰いだ。そして力なく項垂れ、顔を擦った。

「……よし、この件は帰るまで保留にしておこう。とにかく今は腹が減って深く考えられそうもない」

彼は数歩先にあった木に絡まったつる植物の葉を引きちぎると、小鹿を網ごと脇に抱えた。そして泉まで行きたっぷり水を飲ませたら、小鹿の口元にさっき採った葉を押しつけた。まもなく小鹿は長い睫毛を閉じ、おっさんの腕の中でくたりとなった。

「死んじゃったの⁉」

「いや、気を失っただけだ。生きたまま獲物を運ぶときにはこうする。下手に暴れない方が肉の味が落ちないのだ」

「……まさか、まだこの子を食べる気で？」

睨みつけたらグラウデンは眉を上げて小首を傾(かし)げた。……むう。これはしばらく様子を見てないと危険だわ。

グラウデンが獲ってきた泉の獲物は、見た感じが鱒(ます)に似てる手の平サイズの魚が三匹と、海老――シャコに似た古代生物のような形をしてる――が六匹。こんなに水の多い泉で日の高いうちに、よくぞこれだけ獲れたものだと感心する。サヴァンに借りてきた彼の私物のカットボードの上で魚の鱗を削ぎ、内臓を引き出して洗った。調理方法は私に任せると言うので、それぞれムニエルと塩焼きとピカタにしようと思う。道具袋から次々と出される調理用具を見てグラウデンは笑った。

「それであんなに荷物が多かったのか」

「ふふふ。なんとなんとご飯も持ってきたのですよ」

氷で冷やされたおにぎり状のご飯は冷えて硬くなってる。けれど、これは元々おにぎりのまま食べようとしたものじゃない。こっちのご飯はタイ米のようにパラパラしてるから、フライパンで炒めてピラフ風にしようと思って持ってきたのだ。

調理の間俺はすることがない、と言うグラウデンに、ぜひ服を着ることをお勧めした。実はさっきから水から上がったままの格好でいるもんだから、目のやり場に困ってたのだ。けれどグラウデンは、『暑苦しい軍服を着るよりまし』との理由から、また泉の中へ、今度は高い岩場の上から豪快に飛び込んだ。そして私の真似をしてか、華麗なクロールで行ったり来たり。……まったく、タフなおっさんだ。

食事はどれもおいしかった。あり合わせのものだけど、獲れたて新鮮な食材をその場で調理して食べるのは何より贅沢なことだ。ちょっとしたアウトドア気分を味わった感覚で、お腹も心も大満足といったところだった。

で、グラウデンはというと。

片づけがひと通り済んで、レンフロの両脇に荷物を積んだと思ったら、また泉の中へと戻っていった。サヴァンに淡水海老を持って帰るのだという。

ひとり時間を持て余した私はレンフロのところへ行った。明日からは自分の馬で、若い騎士団員に乗馬を教わらなければならない。もうちょっと、何かこう、楽しく馬とコミュニケーションが取れないものかと、考えながら首を撫でる。

レンフロの脇には、畳んだブランケットの上に小鹿が置かれていた。網からは外してあるけど前後の肢が縄で結んであって、いかにも仕留められた獲物といった状態だ。チャッピーは眠ったままの小鹿を心配してるのか、ずっと彼のそばにいた。動物の言ってることも通訳できたらいいのにね。

と、突然後頭部を何かにどつかれた。レンフロだ。

「ちょっと、今齧ろうとしたでしょう。あんたねえ、私のこと馬鹿にしてるといつか痛い目見るわよ。なんたって私はグラウデンの、……グラウデンの、……えー、なんだ？」

グラウデンの恋人——そんなセリフが頭の中にポッと浮かんで心臓が五ミリほど撥ねる。実はさっき泉の中で後ろから抱きしめられたとき、まさか彼は私のことを？　なんて馬鹿な考えがちょっとだけ頭を過った。どうせいつもの悪ふざけに決まってる。それに私たちを繋ぐのは、王国の平和っていう色気なんて皆無の業務的なものだけなんだから。

それでもなんだかちょっとだけ言ってみたい。馬が相手なら言ってもいいんじゃないか、なんて考えたのが馬鹿だった。

「グラウデンの、こっ、恋——」

そのとき、カサリ、と背後で草を踏む音が。

「こい、なんだ？」

「ぬあああああ——っ」

振り返れば、いつの間にやら泉から上がってきたおっさんが。しかもどういうわけか、海老が鈴なりになった植物のつるを腰に巻いてる。まさかこんなタイミングで帰ってくるとは。しかも海老の腰ミノだよ、ピンピン跳ねちゃってるよ！　原始人か、あんたは！

レンフロに向き直って、大きすぎる顔を両手で挟んだ。こい、と言ったらあれしかない。

「グッ、グラウデンの、こここ濃いおひげは好きですかっ！」

「……それを馬に聞いてどうする」

＊

「ああー、もう疲れて死んじゃいそう」

「そういうことを軽々しく口にするものではないぞ。世の中には死にたくもないのに戦や流行り病で命を落とす者もいるのだ」

「ごめんなさい」

「今日はやけに素直だな」

「疲れて反論する元気がないの」

「マッサージでもするか？」

「いや、いい。寧ろお願いだからやらないで下さい」

……と、グラウデンの申し出を丁重にお断りしたのは昨日の晩の話だ。小鹿を連れて帰ってきたことと私のお尻が痛かったせいで、帰りは大分ゆっくり行くことになってしまった。丸一日に及ぶ行軍は文明社会で怠けまくった私の身体を、これでもか！　ってな具合に痛めつけ、朝起きたら身体じゅうがとんでもないことになっていたというわけだ。

「アイタタタ」

いやー、酷い。腿の内側に始まり、ふくらはぎ、足の裏、腰、背筋、腹筋と、身体じゅうのあらゆる筋肉が軋みを発してて、まるで油の切れたロボットだ。対するグラウデンはというと、これから数日間の旅に出るということで、すでに軍服に着替え済みだ。ぎこちない動きでベッドから這い出す私を見て半分呆れ顔、残りの半分は例によってニヤニヤ笑いっていうね……。

「言わんことじゃない。昨夜のうちに素直に俺のマッサージを受けていればよかったものを」

「どこをどうマッサージするか分からないケダモノにそんなこと頼めるもんですか」

「全身だ。全身揉めばいい」

……って、胸の前で両手をモキュモキュと動かすな。

「ああー、今日も馬に乗らなきゃいけないなんて地獄だー。それ、なんとかキャンセルできない？」

「だめだな。毎日乗らないと上手くはならん。みんな一度は通る道なのだ」

と、おっさんは笑いながらも冷たく言い放った。

一度は通る道――自転車と一緒というわけか。何度も転んでは膝を擦りむいて、それでも立ち上がった者だけが乗れるようになる。だけど乗れない人なんていない、ってね。

今日から私に乗馬を教えてくれるという若い騎士団員とは、午後に約束してる。それまでに温泉に浸かって少しでも回復を図りたいところだけど、例によって午前中はセレスティアの『しごき』

があるのだ。その前に、昨晩厩舎の中の空きスペースに置いてきた小鹿の様子も見に行かないと。

うーん、何かと忙しいな。

「あ、そうだ」

「なんだ」

「昨日言いそびれちゃったんだけどね。泉にいたとき、罠の近くに誰かがいたような気がしたの」

私がそう言うと、グラウデンは途端に色めき立った。私の両肩をがしりと掴み、眉間に皺を寄せ、目を三角に吊り上げて険しい表情で凄んでくる。

「いつだ。どうしてその場で言わない？　どんな奴だ。顔は？　背格好は？」

「う……気配がしたってだけで姿も見てないわ。別に何があったというわけでもないし、私の勘違いかもしれないし。ほら、そうやって怖い顔する。やっぱりあのとき言わなくて正解だった」

すると彼はちょっと反省するような様子で、ふっ、と表情を緩めた。

「あー、すまん。お前が無事ならそれでいいんだ」

「それで？　帰りは一週間後だった？」

「ああ、早くてもそれくらいにはなる。すぐに出掛けるから朝食はひとりで取ってくれ。それから……俺がいない間、きちんと馬に慣れておくことと、ひとりにならないようくれぐれも気をつけるんだぞ。夜間も外に警備の者をつけておくから、何かあったらすぐに助けを呼ぶといい」

「了解。宮仕えも料理人もきちんとこなします」

グラウデンは頷いて、扉の方に足を向けながら私の髪を撫でた。

「昨日は俺も久しぶりに楽しかったぞ。最後の休日をお前と過ごせてよかった」

朝食を取りに行った厨房で、そのままサヴァンや料理人たちと一緒に食事を済ませた。その後白蓉宮に上がったものの、すぐにとんぼ返りすることになったのは「厩舎にかわいい小鹿がいる」という私の言葉にセレスティアが強く反応したからだ。小鹿を見てみたいと言うので一緒に厩舎まで行くことになった。

渡り廊下の石畳を踏みながら、私たちは雑談に花を咲かせていた。彼女もここ数日はとても気分がいいみたいで表情も穏やかだ。後ろからはリグリットを始め、白い軍服に身を包んだ近衛兵たちがぞろぞろと隊列をなして着いてきていた。

「でね、グラウデンたら向こうにいる間、食事のとき以外はほとんど水の中にいたのよ」

ふふふ、と軽やかに、春のような声でセレスティアは笑った。

「騎士団長らしいわね。あれで意外とじっとしていられない方なのよ。若い頃は随分無茶をやったと聞いてるわ」

「へえ、どんな無茶を？」

「例えば、一か月に及ぶ行軍が明けた翌日から、溜まってた休みを利用して北にある無人島まで泳いで旅に出たり」

「は!?」

「近衛隊百人斬りと称して、毎日ひとつずつの隊にひとりで挑んでたこともあったわ。私もまだ子供だったけれど、あまりにも突飛な行動だったのでよく覚えています。ねえ、リグリット？」

後ろを振り返ると、突然話を振られた近衛隊長は困惑と不快感とを半分ずつ滲(にじ)ませたような顔をしていた。

「まあ、そんなこともありましたな。夜な夜な近衛隊の練兵場に押しかけてくる彼奴(きゃつ)を皆恐れておりました。いろいろな意味で。……まったく、皆そうそう暇ではないというのに、あの者の横暴ぶりには心底参りました。やはり血は争えないものだと思った記憶がございます」

「それで？　あのときリグリットの部隊の者は誰かひとりでも騎士団長に勝てたのでしたっけ？」

辛辣な蜂の一刺しを受けて、リグリットはわざとらしく咳き込んだ。小さく「いえ」と言いながら肩を竦める。グラウデンと『荒くれ者』のイライアスとの血の繋がりを強調して、鬼の首でも取ったつもりだったんだろうけど。……くくく。さすがセレスティア。まだ若いってのに頼りになるわ。

小鹿は厩舎の中の馬具が積んである片隅にいた。稲藁(いなわら)を敷いた一メートル四方ほどの囲いの中に、水の入った木桶と草を置き、念のため逃げ出さないよう縄で繋いでおいた。人懐こそうなまあるい目をくりくりと動かしている様子は、昨日の痛々しい姿が想像もできないほど元気そうだ。

「あら、なんてかわいらしいの！」

小鹿を見るなりセレスティアは感嘆の声を上げた。その脇から近衛隊長が覗き込む。

「ほう、これが罠に掛かっていた小鹿ですか。しばらく王宮の牧場で羊や山羊(やぎ)と一緒に育てて、大きくなったら食べるのもいいですな」

「あら、ディアナはあまりのかわいさに自分で飼おうと思って連れて帰ってきたのではないの？　食べるだなんて言ってしまっていいのかしら」

王女と近衛隊長はふたりして私を見た。

実はグラウデンにはあんなことを言ったけれど、いろいろ考えた結果、小鹿の命運は私でなく他の人の手に委ねることにしたのだ。元々私はこの世界の人間じゃない。それに、ファルバード王国にいられるのはあとほんの二十日ほどのことなんだもの。この子を飼い続けることができないのなら、最初から諦めてしまった方がいい。

「この子はサヴァンに預けることにするわ。すぐに食べるならそれでいいし、育ててからというのならそれでもいいいし」

「ディアナ」

王女はとても悲しげな目をして私を見た。……おっと、いけない。セレスティアは頭の切れる人だから、私がどんなことを思ってそう結論づけたか気づいたのかもしれない。さすがに十七歳の女の子を目の前で泣かせるのは本意じゃないわ。

「ねえ、セレスティア。今日のお昼ご飯はなんだと思う？　朝ご飯を厨房で食べたときに私見ちゃったの。氷室の中にとても大きな魚があったわ」

「えっ、魚？　そんなに大きいの？　どんな風に調理されるのか気になるわ」

「じゃ、今日こそ私が料理するところを見る？」

王女は小鹿に負けないくらいに大きく目を見開いた。

「ええ！　ええ！　ディアナがお料理するところ、見てみたいわ」

一時間後。私とセレスティアとリグリットは厨房の中にいた。突然の殿下のお渡りに調理人たちは皆大慌て。一斉にあちこちで敬礼の動作が行われるのをセレスティア自らが制した。

「よいのです皆さん、そのまま作業をお続けになって。いつも王宮で働く皆のためにおいしい食事を作って下さって感謝しています」

王女殿下のありがたいお言葉にみんなは顔を綻ばせ、口々に喜びの声を上げた。年配の料理人なんかは目を潤ませてる。

サヴァンが王女の前に来て敬礼をした。

「セレスティア王女殿下、ご機嫌麗しゅう」

「サヴァン料理長も。相変わらずお元気そうね」

「は、お陰様をもちまして」

「ごめんね、サヴァン。前触れもなく殿下をお連れしてしまって」

私が声を掛けると、彼はやっと顔を上げた。そして一見強面な顔をにんまりと崩す。

「いや、寧ろありがたいことさ。王室の方がこんなところまで足をお運び下さるなんて初めてのことだ。兵士と違って陰で働く我々にとって、こんなに誇らしく励みになることはないよ」

「でね、今日殿下をお連れしたのは――」

「おお、言わなくても分かってるぞ。ちょうど今解体しようと思ってたところだ」

おい、とサヴァンが声を掛けると氷室の奥から巨大な魚が六人がかりで運ばれてきた。全長約二メートル。丸々と引き締まった黒い魚体が美しい、マグロのような魚だ。

ドン、と厨房の真ん中に置かれた魚を前に、セレスティアの目は興奮に輝いた。リグリットも、もちろん私だって。ここにいる全員が、はち切れんばかりに張った黒光りするボディに釘づけだった。

「よし、では解体を始めるぞ」

調理台に持ってきた何種類かのナイフの中から、サヴァンは一番大振りの長いものを手に取った。それを豪快に胸びれの元に差し込み、何度か往復した挙句、体重が掛けられて頭部が切り落とされた。その瞬間に料理人の間から歓声が上がる。

すごい、サヴァン！　まるで築地場外のお寿司屋さんみたいよ！

次いで、尾ひれ、背びれ、腹びれが落とされ、ナイフを変えると中骨に沿って頭側から尾側まで、スーッと腹と背に両断された。

「ディアナ、お前さんはどこを使う？」

「じゃあ、全体的に少しずつ。それから中骨部分をちょうだい」

「中骨か。なかなか通だな」

彼はニヤリと笑ってカットされた魚を寄越した。

サヴァンが解体を続ける脇で、私は早速調理を始めた。今日作ろうと思っているのは、カルパッチョと揚げ物を一種ずつ、それからすき身を使ってネギトロとユッケとなめろう風を。尾に近い筋張った部分は煮つけにするつもりだ。

朝の段階で今日はお米を炊くときに片栗粉を混ぜようとサヴァンと相談して決めた。そうすると、日本で食べられている粘り気のあるご飯に近いものができるのだ。

セレスティアは私が忙しく立ち回る様子をしばらく楽しそうに眺めていたけれど。

「王女殿下、そろそろお戻りになられませんと」

ひげの近衛隊長が低く囁く。王女は、ほう、とため息をついた。

「そうね、今日は生誕祭で着る衣装の打ち合わせがあるのでした。……面倒だわ、アナベルに全て任せてしまいたい」

「そうはいきませんぞ。国民は皆、殿下のお美しい晴れの姿を楽しみにしているのでございますから」

でも、とセレスティアは私の手元を名残惜しそうに眺めた。

「大丈夫よ、王女殿下。見守られてなくても私はちゃんとおいしい料理を作るから心配しないで。殿下の生誕祭当日は城下町だけでなく国じゅうから大勢の人が集まるんですもの、私の料理のせいでそれがないがしろにされたと知ったら国民みんなに恨まれちゃうわ」

私の口からそう聞くと「分かったわ」と王女は笑って、リグリットとともに厨房を出ていった。

扉の外では待ちくたびれてた近衛隊員たちが、ふたりの姿を見るなりシャキッと背筋を伸ばした。

解体が終わり、隣で調理に入ってたサヴァンが話しかけてきた。

「随分と殿下の信頼が厚いようじゃないか。ん？」

「私に気を遣ってるのよ」

「お前に気を？　どうしてだ」

あ。サヴァンは私が王女の身代わりだということを知らないんだった。

「は、初めての親しい友人だからじゃない」

「親しい友人？　あんな高貴なご身分の方がお前さんなんかとねえ。……それはそうと、昨日は相当お楽しみだったようじゃないか。なんだか歩き方が変だぞ」

ニヤニヤといやらしい笑いを浮かべてくる。

「ただの筋肉痛よ。馬に乗ったせいなの」

「おいおい、騎乗位とは積極的だな」

「ちがっ……！」

出た、第二のセクハラオヤジ！　サヴァンがおかしなことを言うからついつい大声になる。

「グラウデンには乗ってないってば！」

周りの視線が一斉に私に注がれた。まだ十代と見える純情そうな男の子なんか、顔を真っ赤にして。

うう、これは痛い、痛いぞ――――っ!!

＊

今日はいつもよりちょっと早めのお昼になった。そのまま厨房から引き連れてきた給仕係と一緒に、次々とお皿をテーブルに並べていく。

アナベルさんにも食べてもらおうと張り切って作った本日のメニューは、例のマグロもどきの魚『アクロダード』を使った和風料理の数々だ。

前菜には砕いたナッツを散らした和風カルパッチョ、中骨から丁寧にスプーンですくったすき身を使ったネギトロ風、ユッケとなめろう。メインには大トロ部分の炙り、大皿にアクロダードの切り身とナスを揚げたものに薬味ダレを掛けた揚げびたしを盛りつけた。他にも煮つけと、あらを使ったスープと、まさにアクロダードづくしだ。

砕いた氷の上に載せたガラスの器を手に取って、アナベルさんは「んんーっ！」とおかしな声を上げた。

「これおいしい！　これも、これも、あのナメロンとかいうのもおいしかったわ。ディアナ、アンタあとで作り方教えなさいよ。やっぱり男のハートを摑むにはおいしい手作り料理じゃなーい？」

彼女は私の作ったものがいたく気に入ったようで、さっきから興奮しきりだ。派手派手しく盛られた睫毛をばっさばっさと羽ばたかせて、手も口も止まることを忘れてしまったみたい。

「アナベルさん、『ナメロン』じゃなくて、『なめろう』よ。本当はお味噌というもので作るんだけど、ここにはないから醬油と卵で代用したの。それから、今手に取ってるのはユッケ。アクセントにクリモラの葉を刻んで入れてあるの」

「もう、『舐めろ』でも『舐めよう』でもどっちでも構わないわ。とにかくアタシはアンタの料理が気に入ったの。これから毎日ここに食べに来るから、ヨ・ロ・シ・ク」

がはははは、とアナベルさんは大きく笑う。同席してるみんなは一緒に笑ったけど、彼女の斜向かいに座ってるリグリットだけは終始不機嫌そうな顔だ。

「アナベル殿、少し口を慎まれてはいかがかな。食事中だというのになんともはしたなく騒々しい」

「あらー、まあった相変わらずお堅いのねえ、近衛隊長。そんなんだからいつまで経ってもやもめ暮らしなのよ。もっと気楽に！　おおらかに！　人生楽しまないと損するわよ」

アナベルさんの歯に衣着せぬ物言いにはさすがのリグリットもたじたじ、言い返しもしない。まあ確かに、あの生真面目なチェインですらニコニコしてるっていうのに、何を言われても仏頂面っていうのもねえ。

王女は軽く見かねたのか、フォークを皿に置いて改まった。

「そうね、確かに最近はあなたの笑った顔を見たことがないわ、リグリット」

「軍人に笑顔など必要とは思えませんがな」

「だけれど、いつも肩ひじ張ってばかりいたら疲れてしまうでしょう？　……あっ、そうだわ！」

セレスティアは、ぱあっ、と表情に花を咲かせた。

「ここ数日、わたくしの体調も大分良いことですし、皆でピクニックにでも行くというのはどうかしら？」

「ピクニックですと……！　この不安定なご時世になんと軽はずみな」

「まあ、よいではありませんか近衛隊長殿。いつも城の中に籠ってばかりでは確かに心気にも良くないでしょう。少しばかりの息抜きは近衛隊にとっても良い気分転換になると私も思います」

口を挟んだのはチェインだった。リグリットは二十歳近くも年下の政務官に諭されて、更に気分を害したような顔だ。

ホント、ピクニックだなんて楽しそうな響き。お弁当持って、昨日のように草の上に敷物を敷いて。向こうでお料理するのもいいわ。……だけど、だけどよ？

「あのー、それは馬車か何かに乗って行くの？」

「まさか、馬を駆って行くのよ」

「え、王女殿下も自ら馬を？」

「そうよ。こう見えても乗馬は得意なの。あら？　ディアナはまさかまだ――」

「えっ……えーとね、今ちょっと練習中っていうか」

むむむ、これは意外なりセレスティア！　ついこの間まで年がら年じゅうぶっ倒れてたくせに、馬には乗れるってか。

言葉に詰まってしまった私に、アナベルが変態でも見るかのような目を向けた。

「アンタ、田舎から出てきたくせに馬にも乗れないの!?」

「の、乗れるわよ！　……多分。いや、今週中くらいには、きっと」

＊

――ああ、つまらん。おっさんがいないとこんなにつまらないものだとは思いもしなかった。

昼間はよかった。それなりに忙しかったし、今日はアナベルさんもいてお昼も一緒に食べられたし。

あのあと彼女は馬の練習にもつき合い、部屋に来てメイクも教えてくれた。私が知らない王宮の噂話や下世話な話なんかを勝手にして、ふたりしてお腹がよじれるほど笑って。灯というよりは花火とでも言った方がいい彼女のいなくなった部屋の、なんと寂しく静かなことか。きっと、グラウデンのいないこの部屋でひとり過ごす私を気遣って、一緒にいてくれたに違いない。アナベルさんはああ見えて、本当は優しい人なのだ。……だけど、彼女みたいにテンションの高い人と一緒に過ごしたあとはひとりになったとき一気にダメージを食らうというのもまた事実。落差が激しいというか、疲れがどっと出るというか。

「ああ」

　ベッドに仰向けに倒れ込んだ。テーブルに置かれたランタンの明かりもここまでは届かず、闇に支配された石の天井には物の怪(け)でも棲(す)みついているよう。見慣れたはずのこの部屋が、今夜は朝までひとりなんだと思うだけで違うものに見えてくるから不思議だ。これまでだって、夜間警備隊の件でグラウデンが遅くに帰ってくることも、夜中に飛び出していくこともあったのに。

　こうつまらないと、楽しかったことを思い出したくもなる。目を閉じて浮かんでくるのは、やっぱり昨日泉で過ごしたときの光景だった。

鮮やかな紺色の軍服に身を包み、颯爽(さっそう)と巨大馬を駆るグラウデン。

　一糸纏わぬ姿で面白カッコイイ泳ぎを見せるグラウデン。

魚を追いかけて、子供みたいにはしゃぐグラウデン。

かと思えば、突然私を抱きしめて、首筋に熱い吐息を落とすグラウデン……。

帰りには眠気に耐え切れず、硬い胸に背中を預けてウトウトした。冷たい泉の水は私の身体に気怠い疲れを残したし、大きな胸は温かすぎた。途中、頬にそっと唇が触れたような気がしたけれど、気づかぬふりをした。振り返ったら、きっと私は困ってしまう。頬にキスをした理由を探したくなるほどに優しい目をして見てるグラウデンが想像できたから――。

なんだか……。

　気づいたらグラウデンのことばかり考えてる。一緒にいると三分の一くらいは『鬱陶しい』と感じてるおっさんのはずなのに。

お風呂を済ませてこようとベッドに起き上がったら、お尻を襲う激痛に呻(うめ)き声が洩れた。これは……相当酷そうだ。

今日の乗馬練習は『騎士団長より、厳しくしろとの指示を仰せつかっております』とかなんとか言う若い騎士団員に加え、アナベルさんにまで扱(しご)かれてとんでもなくハードなものになった。けれどお陰で馬とのコミュニケーションも上手くいったし、速歩までは出せるようになった。グラウデンが帰ってくるまでに駆け足までたどり着けたら、『よく頑張ったな』って褒めてもらえるかしら。

部屋の外にはグラウデンに見張りを頼まれた団員がいた。

「風呂、でありますか？」

扉を開けたら間髪入れずに聞いてくる。

「お風呂も入るけど、その前に厩舎に行くわ」

「では護衛いたします」

兵舎から厩舎へは、渡り廊下を歩いて行ける。夜気を纏った南風が水道橋の下を通り抜けて、南方へ行くと言っていたあの人は今どのあたりだろうかと考えた。

厩舎は当然、王都の中では一番粗末な建物だ。磨かれてもいない大小様々な大きさの灰色の石でできた壁と、ところどころが外れたスレートの屋根。横引きの木戸は風雨に晒されて少し白けている。その木戸は少し引かれて、二十センチほど開いているようだ。夜間は基本閉まってるはずなのに、中に誰かがいるということだろうか？

騎士団員を盾に、ランタンを心もち前に差し出しながら歩を進めた。すると薄明かりの中、小鹿がいる馬具置き場のところに人が立っているのが見えた。

あれは……近衛隊長？

お風呂に入ったのかいつも見る白い軍服ではないけれど、あのずんぐりした丸い体型といい、特徴的なひげといい、リグリットに間違いない。小鹿の顎を優しく撫でまわしている顔は普段と違ってとても穏やかに見える。

近づいていった私に気づき、リグリットは急にいつもの表情に戻った。咄嗟に小鹿の顎から手を引っ込めてしまう。

「どうして？　恥ずかしいことじゃないわ」

私が手を伸ばすと小鹿は自分から頭を摺り寄せてきた。隣でリグリットは、「別にかわいがっていたわけではない」と、ちょっと憤慨した様子。愛想なく後ろを通り過ぎようとする手を捕まえた。

「ちょっと待ってよ、リグリット。少しだけ話し相手になってくれない？」

「どうして私がお前の相手を？　もう休むところだというのに」

「だってグラウデンがいなくて暇なんだもの。少しだけだから。……ねえ、近衛隊長のお部屋は宮殿内にあるの？」

不本意そうにリグリットは、身体だけはこちらに向き直ってくれた。

「私の部屋は王女殿下の居室の隣にある。いつでもお守りできるようにとな」

彼は私のことをじろじろと眺めた。

「……まったく、年頃の娘が男の部屋で寝泊まりするなどけしからんことだ」

「そんな、お父さんみたいなこと言って」

「ああ、私がお前の父親ならとうに勘当している。実際、お前の父君が知ったらどう思うことか」

「そうね。父が生きてたらきっと怒られてるでしょうね」

リグリットの太い眉がピクリと動いた。

「父君は亡くなられたのか？」

「ええ、私がまだ子供の頃に病気で」

「それは、流行り病か何かか……？」

「ううん。流行り、っていうんじゃないけど、医療の発達した私の世界でもまだ治せない病気があるのよ」

そうか、と言ってリグリットは小鹿の囲いに目を落とした。

「どうかした？」

「私の妻も病で亡くなったのだ。もう十年以上も前になるが……あれは性質の悪い流行り病だった。そのときに、娘もな」

「お嬢さんが？」

「ああ。生きていれば王女殿下と同い年だ」

彼はまた小鹿の顔を撫で始めた。

「それで殿下を一生お守りしようと決めたのだ」

そうか。昼食のときにアナベルさんは『お堅すぎるからやもめなのよ』みたいなことを言ってたけど、きっと近衛隊長は奥さんのことをすごく愛していたに違いない。もちろん、セレスティアと同い年だったという、娘さんのことも。もしも彼女が生きていたとしたら、今セレスティアの友達になっているのは私ではなく彼女だったかもしれない。

「なあ、ディアナ」

「なあに？」

「お前に聞くことではないかもしれないが……この計画、成功すると思うか？　これまでまったく交流などなかった国にいきなり縁談を申し入れて、打てば響くような関係など作れるとは私には思えんのだが。これが世迷いごとにしか聞こえん私の頭は『古い』ということだろうか」

「……さあ。私にも分からないわ。正直、国政については難しすぎて話についてもいけないんだもの。なんだかんだ周りの言いなりよ」

「お前は怖くはないのか？　ただでさえ知らぬ世界にいきなりやってきて、更にここからなんの情報もない国へ身代わりで嫁がされようというんだぞ。もう二度と祖国の土を踏めないのかもしれんのに！」

リグリットの目が怖い。いつも私には素っ気ない彼には珍しく、声を荒らげ、手に拳を握って強く迫ってくる。なのに、いまひとつピンときてない自分に自然と笑いが込み上げてきた。私だって、最初はなんとしても元の世界に戻るんだと思ってた。けれど、今は帰りたいのか帰りたくないのか、それすらもよく分からなくなってる。

「ホント、考えたらバカみたいな話よね。だけど、女ひとりでこの世界で生きていけるわけもないじゃない？　今は他に行くところがないから流れに任せてるだけ。本当になーんにも考えてないのよ」

私のおどけた物言いに、リグリットはやっと少しだけ頬を緩めてくれた。

「まったく、おかしな娘だ。……実はな、私も最初はお前が早々に逃げ出すのではないかと見くびっていた。だが、こちらでの暮らしを寧ろ楽しんでいるようなお前の気楽な様子を見ていたら、賭けてみるのも悪くないと思うようになってきてな。どうしてそんな風に思うのか、馬鹿げた話だと自分でも驚いているくらいだ」

「実は私も自分自身、そう思ってるから不思議なのよ」

リグリットは、ふっ、と噴き出して、私たちは声を揃えて笑った。驚いた小鹿がその場でステップを踏み、馬が何頭かいなないた。

「あー……私が小鹿を撫でていたことは皆には内緒だぞ」

「いいわ。秘密にしてあげる」

少し照れたように将軍ひげを撫でながら、リグリットは厩舎をあとにした。

私たちが話す様子を離れて見ていた若い騎士団員は、彼の背中が見えなくなるなり走ってやってきて、興奮を隠し切れないといった様子で目を輝かせた。

「近衛隊長殿があんな顔をされるのを初めて拝見しました」

「そうね、私も。だけど、彼の名誉のために全部内緒にしておいてあげて」

時間潰しに小鹿の様子を見に来ただけだったけれど、ここでリグリットと話せてよかった。彼もグラウデンと同じように祖国を愛し、私と同じように家族も、小さな動物も愛する心を持っている。いつも苦虫を噛み潰してる近衛隊長の、今まで見ることのできなかった一面を垣間見ることができたから。

*

ガラァー……ン　ガラァァー……ン　カラー……ン……

大聖堂の荘厳な鐘の音が、朝の到来を告げる。グラウデンのいない、八日目の朝。分かっているのに、すっかり定位置になったベッドの右側から、つい手を伸ばして探してしまう。こっちに来てから毎日、あって当たり前だったぬくもり。逞しい腕も、一定のリズムを刻む厚い胸も、予想外に柔らかい髪もそこにはなくて。

彼はいつ帰ってくるだろう。騎士団長ともあろう人が、一体何をするために、こんなに長く城を空けてるんだろう。帰るとしたら、昼間？　それとも、夜中？　もしも夜だったとしたら、きっとこっそりと帰ってきて朝起きたら何食わぬ顔で隣に眠ってるんだろう。いつものように、大きな身体で私を後ろから包み込み、腰を絡ませ、うなじを落ちる髪の中に鼻を突っ込んで、それから、それから……。

私の手はしばらくの間シーツの上をさまよっていた。そしてようやく諦めて、目を開けた。

一週間は掛かる――そう彼は言っていたけれど、実際、一週間も経たないうちから私はそわそわし始めた。しかも、自分が落ち着きを失くしていることに最初は気づきもせず。

これは、三日前の話。

「もう、ディアナったら」

例によってお作法の練習中、セレスティアはさもおかしさを堪(こら)えるようにクスクスと笑い出した。

「な、何よ」

「扉の向こうにいるのは助官のセドルよ。チェインと打ち合わせをするためにやってきたのです」

「……だから何？　なんの話だかさっぱり分かんないわ」

「いいえ、分からないならいいの」

そうしてまたセレスティアは口元を押さえて笑いを噛み殺す。

最初は本当になんのことだか分からなかった。けれど彼女の言うところによると、どうやらここ数日扉の向こうに誰かの気配がすると、私はそっちばかりを気にしているらしい。ついでに、ため息までもが絶賛増量中。ついにはチェインにまで笑われるようになってしまった。

まったく、七つも年下の子にからかわれるなんて、恥ずかしいやらイタいやら。それもこれも、行き先も理由も告げずに出掛けてしまったグラウデンのせい。ここが現代日本だったら連絡も寄越さずに何日も家を空けるなんて許されないことだ。……って、別に恋人でも奥さんでもないのに、こんなにやきもきしてる自分にも腹が立つけど。

落ち着きがないだけでなく、正直寂しかった私はセレスティアの部屋にも、厨房にも入り浸った。朝は早くから白蓉宮に出向き、夕方になってもだらだらといつまでも話して、トランプに似たカードゲームにいそしんで。夕食は料理人たちと一緒に取り、部屋の外に立ってる護衛の若者と遅くまでお喋りもした。

こんな私の様子を見かねたセレスティアが、この間話してたピクニックに『明日行きましょう』と誘ってくれたのが昨日の話。つまり、ピクニックは今日。これからみんなで馬を駆って、城から程近い王家所有の丘陵公園まで行くことになったのだ。

「ディアナ、準備は万端？」

馬番に用意された白い愛馬の首を撫でながら王女は聞いた。

「ええ、調理道具も食材もね。軽くお弁当も作ってきたわ」

「オベントー？」

「そ、お弁当。外で食べるご飯はおいしいわよ」

「オベントーって食べ物のことなのね。楽しみだわ」

主催者のセレスティアは昨日から大張り切りだ。城を離れても差し支えのないメンバーの確保から、行動予定の計画まで、チェインと相談しながら次々と取り仕切っていった。そのチェインはというと、王女と政務官と、どちらも同時に抜けるわけにはいかないという理由で今日は不参加になってしまった。彼のように長身の美しい青年が馬を駆る姿は絵になるだろうに、それが見られなくてとても残念だ。

準備に手間取ってしまったけれど、なんとか日差しが厳しくなる前に城を離れることができた。王都周辺は今日も快晴、大空を翔(かけ)る鳥は天高く、大陸を東西に分かつソルツ山脈は山の端までがくっきりと見える。

「すごいわ、ディアナ！　もう駆け足ができるようになったのね」

近衛隊に挟まれるようにして、白い葦毛(あしげ)の馬に跨ったセレスティアが振り返った。彼女の乗馬服はやっぱり白。近衛隊の白い軍服とひと塊になって、緑の草原の中を駆け抜けていく。

「え？　なんてっ⁉　あ、あんまり話しかけないで！　みんなに着いていくので精一杯なんだからっ」

「その様子なら騎士団長もきっと褒めてくれるわ！　彼が帰ってくるのが楽しみね！」

いっぱいいっぱいの割には『騎士団長』という言葉だけは入ってくる自分の耳が悔しい。ていうかセレスティア、こういう余裕のないときにおかしなこと言わないで！

大地を蹴る爪音は短く生え揃った草の中に吸収され、寧ろ風を切る音の方が大きい。景色を楽しむためなのか、私に合わせてくれたのか、偵察隊を除いてはどの馬もゆっくりと進んでいく。人も、馬も、晴れやかな顔だけれどほぼ無言。草原を渡る爽やかな風と遮るもののない日光に身体を浄化され、次第に私の心もリラックスしていった。

どれくらい走っただろう。

リモチーヌの花を星屑のように散らした草原を行き、林道を駆け抜けたら、やがてなだらかな丘陵へ。遥か後方に小さく見えていた王宮の砲塔も大聖堂の尖塔も、いつの間にか見えなくなった。

先頭を行くリグリットが、サッ、と右手を上げた。それを合図に全ての馬が速度を落とし、順々に止まってひとつの集団となった。

「水を飲ませたらこのあたりに馬を繋ぎましょう。近衛隊は東西南北に二十騎ずつ配備いたしますのでご安心を」

リグリットが言って、私たちは水場の近くまで馬を進めた。小さな泉の脇は木立になっていて心地のよい日陰もある。歩きやすそうな木の歩道や、王国の景色が見渡せる石のベンチと。整備された王室御用達の公園はきれいだったけど、野趣に溢れたグラウデンの泉の方が私には素敵に見えた。

お昼になるまでその辺を散策しようという話になって、私とセレスティアは歩き出した。木漏れ日の差す森の中をゆっくりと。

「外を歩くのは久しぶりだわ。こんなに動いたのも久しぶり。やっぱり気持ちがいいわね」

セレスティアは大きく伸びをした。いつもきちんとしてる彼女のこんなポーズを見るのは珍しい。

「ホント、空気がおいしいわ。それにしても、王女様は自由がなくて大変ね。最近は歌を歌う時間もないんじゃないかと思って、ストレスが溜まりはしないかと心配してるのよ」

「あら、大丈夫よ。だって、ディアナが来てから毎日が楽しくて仕方がないんだもの。……それにあなたは、わたくしに食べる楽しみを教えてくれた。感謝しています」

セレスティアは春の花のような笑顔を浮かべ、ドレスを摘むふりをしてお辞儀をした。

「やだ、そんなこと言われたら照れちゃう！　でも……ありがとう」

彼女は若いのにとても褒め上手だ。なかなかこんな風に素直に、率直に人を褒めるなんてできないことだと思う。

話の流れで、セレスティアは『ディアナが作った特に気に入った料理』を列挙し始めた。その中に、この前作ったアクロダードド料理の他に、嫌いだったはずの肉料理と、私の一押しだった『海老とハナヤサイのタルタルサラダ』が入っていて、とても自尊心がくすぐられる。料理研究家としての私は見習いに過ぎないけど、やっぱり自分の料理には誇りを持ってる。姿かたちが美しいとか言われるよりも、料理を褒められるのが一番嬉しかった。

褒めてくれたお礼に、リモチーヌの花を摘んでセレスティアに冠をこしらえてあげた。

「あら、かわいい！　被ってみてもいいかしら？」

「ええ、もちろん。……とっても素敵よ。やっぱりあなたは白が似合うわね」

「本当？　嬉しいわ！」

頬を薔薇色に染めて、セレスティアは溌剌と笑った。その屈託のない笑顔には、まるで歳の離れた妹ができたみたいでキュンとなる。

こうして見ると、セレスティアもまだ十七歳の普通の女の子だ。無邪気に笑う頬の色は大分良くなったし、最初に見たときにはこっちがハラハラするほど弱々しかった足取りも随分しっかりした。けれど身体は相変わらず細かった。万全を期して今日も主治医が同行しているし、お昼を食べたらすぐに帰る予定になってる。

セレスティアはゆっくりと歩き出しながら後ろを振り返った。護衛に着いてきた近衛隊員との距離を測っているようだ。

彼女は私の腕に自分の腕を絡ませてきた。

「ディアナ」

「なに？」

自分の花冠を作っていた手を止める。

「食事のことだけでなく、あなたには感謝してもし切れません」

ちらと見た顔はさっき彼女が見せた笑顔と一変し、思い詰めてるように見える。立ち止まると、腕を握る手に力を籠め、セレスティアは真正面から私を見詰めてきた。黒々と大きな瞳が揺れもせず、瞬（まばた）きもせずに私を捉えて離さない。そのただならぬ様子に、近くにあった石造りのベンチまで彼女を引っ張っていった。

「座ろう」

大理石の長椅子にふたりして腰かけた。自分から何かを言いたげにしていたセレスティアはしばらく無言でいたけれど、私が肩を抱いてあげるとようやく重い口を開き始めた。

「わたくし」

彼女は眉を震わせて言う。

「あなたには本当に心の底から感謝しているの。この計画が成就した暁には、わたくしが個人で持っている資産の全部をあなたに差し上げてもいいくらい」

「……どうしたの？　急に」

そこで彼女はやっと、私の腕をきつく握りしめていたことに気づいた。その手を離し、セレスティアは深くため息をついた。

「最初にレ帝国との政略結婚の案が出たとき、わたくしはまだ十四歳でした。兄ヴェイルスが亡くなってまだ間もない折、その頃はお元気だった父王も、そんなことまで考える必要はないと仰っていましたが……。結局、父は末娘であるわたくしを手放したくはなかったのだと思います」

「セレスティア……」

実は数年前まで、王家にはれっきとした男子の王位継承権者がいた。セレスティアの兄ヴェイルスは若くして聡明な人物で、次期ファルバード王として将来を嘱望されていたけれど、不運にも狩りの最中の落馬が原因で短い生涯に幕を閉じた。

その後、王太子の亡くなったショックでファルバード王は次第に寝込むようになった。それにつけ入るかのように、最初に王国に反旗を翻したのが三大公爵家のひとつ、リグレイ公爵だ。リグレイ家は、次の王位継承権者を産む第二王女との縁談を希望していたけれど、ファルバード王が第二王女リアーナの嫁ぎ先に選んだのは、王家と最も密接な関係にあるバラクロフ家だった。

そのときの恨みが捻じ曲がった形で復活を遂げた。リグレイ公爵が狙うのは王国の乗っ取り。病床に伏した王と歳若い王女と――狙うならば王権が脆く崩れやすいだろう今しかないと考えたのだ。

「父の具合はどんどん悪くなりました。そしてそれに同調するようにリグレイ公とノッティ公が手を組み、どういうわけか代々王家を守ってくれていたバラクロフ家までが。……とても信じられませんでした」

セレスティアが心配しているのは、自分――と言っても、本当は身代わりの私だけど――が帝国へ輿入れしたあとのファルバード王国のことだ。

セレスティアの次に王位継承権者として控えているのは、第二王女が産んだレディケ公子の子息、二歳のシャイロー。けれど、今はそのバラクロフ家までもが王国に楯突いている。セレスティアが嫁ぎ、王が崩御したあと、まだ年端もゆかぬシャイローを即位させて、実権を握る大人たち――すなわち公爵連合――が王国をいいようにしてしまうのでは、と危ぶんでいるのだ。

「この計画は本当に一か八かの賭けです。運よく帝国との同盟を取りつけても、約束を守ってもらえる確証はありませんし、同盟を結ぶこと自体、公爵連合の侵攻に間に合うかどうかも分からない。けれど、どんなに可能性が低くともそれに賭けるより他ないのです。そして王が病床に伏せている今、わたくしは国家元首の子としてここを動くわけにはいきません。ですからディアナ」

セレスティアは私の手をしっかと握り、鬼気迫るほどの眼差しをぶつけてきた。

「あなただけが頼りなの。なんの責任もないあなたにこんな重荷を背負わせるのは心苦しい。けれどなんとか、父王がご存命の間に――」

そこまで言うとセレスティアの瞳に突然涙が盛り上がり、ぽろぽろと零れ落ちた。思わず護衛の近衛隊員を振り返って見たけれど、彼は気づかぬふりをしてくれてる。

どうしたらいいのか分からなくて、セレスティアを両手で抱きしめた。

ごめんなさい、ごめんなさい、と腕の中で繰り返し謝る彼女の身体は壊れそうなほど細く、ごつごつと骨ばってる。その薄い背中をさすりながら、この身体の一体どこにそれほどまでに国を憂う情熱が秘められているのかと不思議に思った。

「……泣いてるの？」

聞いたのはセレスティアだ。

「なっ、泣いてないよ！」

と、強く抱きしめ直して目をしばたいた。

ああ、だめだ。若い子に泣かれると弱い。……それにしても、私が暮らしてきた世界の十七歳と違って、セレスティアはなんて重い十字架を背負って生きているんだろう。本来ならばこの世代の子は、友達といろいろありながらも楽しい毎日を笑って過ごしてないといけないってのに。

セレスティアの気が強いのはきっと、強くならなくちゃいけなかったせいだ。自分より遥かに年上の男の人ばかりに囲まれて、幼い頃から『一国の王たるものはこうあるべき』と教え込まれて、投げ出すことも怠けることも許されなかったんじゃないだろうか。

肩に口元を寄せたまま、「もうひとつ」とセレスティアは小さく言った。

「ディアナに謝らなければと思っていることがあるの」

「なに？　言ってみて」

「騎士団長のこと。……好きなんでしょう？」

瞬間、どきりと心臓が撥ね、セレスティアに聞こえてしまったんじゃないかと慌てて離れた。途端に顔が熱くなって平静ではいられなくなる。

「やだ、何言ってんの？　べっ、別に……好きじゃないわよ」

「言いたくないのならいいの。だけれど、彼が不在にしていたこの一週間のあなたの顔を見ればなんとなく分かる。チェインやリグリットに分からなくても私には分かるの」

セレスティアがじっと見詰めてくるから居たたまれなくなった。城からあまり出たことのない、いつも同じような人にばかり囲まれてるセレスティアが恋なんてしたことあるの？　まさか相手はチェインとか――。

「わたくし、実はレ帝国の王太子にお会いしたことがあるのです」

「え？」

ていうか何？　なんで突然レ帝国の王太子が出てくるのよ。

肩がくっつくくらいに近寄って、セレスティアは声を落とした。

「二年ほど前のことです。わたくしは父王の代理で国境警備兵の慰労のため、ソルッ山脈の麓にある砦に赴いていました。山の尾根沿いには大陸を分かつ『壁』があるけれど、一部途切れているところがあるのは知っているわね？」

「ええ、深い谷になってるところとか、城壁が朽ちてしまったところもあるとか」

「そう。で、砦の近くにある城壁の一部は崩れていたの」

セレスティアの目が悪戯っぽく輝いた。

「ねえディアナ、あなただったらどうする？　国交のない、闇商人くらいしか行き来する術を持たない未知の国の城壁に、ぽっかりと穴が開いてたら」

「そりゃあ、覗いてみるでしょう！」

私の言ったことに満足したのか、セレスティアは楽しそうに笑った。

「わたくしもつい、好奇心に負けてしまったの。気づいたら近衛隊の目を盗み、馬で駆け出していました。ところが――」

「……ところが？」

「塀の向こうは森になっていて、すぐに迷ってしまいました。わたくしは後悔したわ。一国の王女ともあろうものが、なんて軽率な行動を取ってしまったのだろうって」

「で、どうなったの？　近衛隊の人が迎えに来てくれたとか？」

「いいえ。わたくしも馬もすっかり疲れ果ててしまったので、森の中の水場で休んでいたの。そうしたら、突然目の前に大きな熊がね」

ひっ、と私は息をのんだ。森の中で熊に遭遇するなんて、あな恐ろしや……！

「恐ろしさのあまり、足が竦んでわたくしは動けなくなりました。目の前に立ち上がった熊の大きなこと。……あのときはさすがに覚悟したわ。短い人生の幕を、自分の過ちのお陰で引くのだと思いながら」

「で？　で？　早く、セレスティア！」

先を促すとセレスティアは急に華やいだ顔になった。頬をほんのりと染め、黒い瞳をきらきらと輝かせながら、美しい夢の中の記憶をたどっているみたいに。

「……それは突如起こった嵐のような出来事でした。わたくしの視界の中に何かが猛スピードで飛び込んできたと思ったら、次の瞬間には熊はその巨体を草の中に沈めていました。現れたのは、まるで神話の世界から飛び出してきた神のような立派な方。燃え上がる炎のような赤い髪をなびかせ、漆黒のマントを翻し、葦毛の大きな馬を駆るその人は、エ・ムオと名乗りました。自分はレ帝国の王太子だと」

「えええええええ――――っ！」

思わず叫んでしまってからすぐに振り返った。近衛兵は相変わらずだったけど、馬が落ち着きなく足踏みをしている。

「何か話したのっ？　その人と」

「話したというほどではありませんが、わたくしの馬が逃げてしまったので王太子様の馬に乗せていただきました。それで、その――」

セレスティアは珍しく、真っ赤になって言いよどんだ。

「これ以上は言えないわ」

「ええっ。や、やだ、気になるじゃないっ。ねえ、向こうはセレスティアが何者か気づいたの？」

「いいえ。その方はわたくしのことを付近の村の娘だと思っていらしたようです。ひとりでしたし、乗馬服でしたから。正体が知られたら命はないかもしれないと思ったからわたくしも黙っていたの」

……うわ、何このキュンとくるシチュエーション。秘めたる恋ってやつ？　しかも何があったのかものすごく気になる……！　まさかのチュー？　それとも後ろから抱きしめられたとか⁉

王女はスッと背筋を伸ばし、いつもの凛(りん)とした様子に戻った。

「わたくしの話はこれで終わりよ。たった一度だけお会いしたその方に、未だに恋焦がれているのも事実。……だからあなたの心は手に取るように分かる」

「あ……、ああそう」

心の中まで見透かされそうな視線にはなす術もない。こういうときは肯定も否定もせずにやり過ごすのが一番だわ。明らかな嘘も見苦しいし、はっきりと認めてしまっても、それはそれでこれからやりにくい。

セレスティアは大理石の長椅子から立ち上がると、私の方を向いてにこやかに笑った。

「さっきの話、みんなには内緒にしてね。後にも先にも、話すのはあなたひとりだけ。……覚えておいて、ディアナ。あなたはわたくしのたったひとりの親友なのです」

＊

楽しい時間はあっという間に過ぎて、帰り支度を始める頃になった。あれからみんなでお弁当を広げて、近衛隊が仕留めてきた獲物を私と、参加してくれた料理人たちとで調理して。釣りもやってみたけどそれは失敗。ここはグラウデンの泉みたいに魚影が濃くないらしい。

持ってきた荷物は近衛隊の若者たちがみんな積んでくれた。彼らも一応ピクニックの参加者とはいえ、一日じゅう見回りと護衛ばかりでなんだか申し訳なかったような気がする。そのお陰で私とセレスティアは安心して楽しむことができたんだけれど。

早々と馬に跨ってターンの練習をしていた私の近くに、同じく準備万端のセレスティアがやってきた。

「今日は楽しかったわね、ディアナ。アナベルも来られたらよかったのに」

「そうね、てっきりアナベルさんも来るものだと思ってたわ。今日に限って人に会う用事があるだなんて残念。また近いうちに来ましょう」

「ええ、必ずよ。ディアナ」

近いうちに――自分で口にした言葉だけど、そんな機会があるとは思えなかった。考えてみたら帝国へ出発するまではあと十日ほどしかない。それなのに、まだまだ覚えなくちゃならないことも、やらなくちゃならないことも山ほどある。

帰りは行きに比べてかなり城が近く感じた。大分スピードを出せるようになったのも手伝って、ものの三十分もしないうちに着く。

兵舎の脇に荷物を下ろしたら、馬を厩舎の前に連れて行った。ブラッシングしてやろうとするのを近衛兵たちが代わろうとするから、自分で世話をしてあげたいのだと断った。

と、すぐ隣で馬を降りたセレスティアが厩舎の中を覗いて言った。

「あら、騎士団長帰ってきたみたい」

ドキンッ、と心臓が苦しくなるほど高鳴った。本当だ、厩舎の方をチラリと見たら、ひときわ大きな黒馬がいる。

私は、そうみたいね、と言ってすぐに馬の身体に集中するふりをした。けれど、本当のところ胸はドキドキ、喉はカラカラ、ブラシを持つ手だって震えてる。

……ああやだ。多分、今顔が真っ赤だ。数日前までなんでもなかったのに、グラウデンとか騎士団長とか名前が出ただけで馬鹿みたいにドギマギしてしまう。あんなに歳の離れた、エロいことばかり考えてるおっさんなのに。

「ディアナ」

「あっ」

強引にブラシを奪われた。

「会いに行ってらっしゃい。きっと待ってるわよ」

と、意味ありげに笑うセレスティアを無言で睨みつけた。

ああもう、すっかり立場が逆だ。まるで彼女の方がお姉さんみたい。

「……分かったわ。ありがとう」

セレスティアにお礼を言ってから、一日お世話になった馬の首を叩いてやり、兵舎に向かった。

「グラウデン！　――グラ……あ、あれ？」

小走りに回廊を駆け抜け、扉の前で二、三度深呼吸をしてから勢いよく部屋に飛び込んだけれど。

そこにおっさんの姿はなかった。しんと静まり返った窓辺に、夕暮れ時の穏やかなオレンジ色の光がただ埃を舞い躍らせてるだけ。

「おーい？」

……もしかして隠れてるんじゃ？　いや、おっさんはそういうキャラじゃないな。たまに突然子供っぽい顔を見せたりもするけれど、かくれんぼは好みじゃなさそう。となると、レンフロだと思った馬が見間違いだったとか――と考えながら壁際を見ると、いつもの場所に持って出掛けたはずの甲冑が収めてあってホッとする。厨房あたりに捜しに行ってみようかと振り返ったとき――。

「わぷっ……！」

　正面から何かに抱きすくめられて身動きが取れなくなった。顔面をピタリと覆う筋肉率一〇〇パーセントの素肌は微妙に湿ってて、石鹸の香りを纏ってる。

「む――っっっ！　む――っっっ‼」

　胸を顔に押しつけられたまま、ぐいぐいと押されて後ろ向きに連行された。このまま行ったら尻もちをつく！　というところで背中からベッドに押し倒された。

「ぶはっ……！　ちょっと、何すんの、いきなり！」

　やっと開けた視界に飛び込んできたのは、散々待ちわびた男の顔。まだ水気を含んだ前髪が無造作に乱れて、額にはらりと落ちた。

　いつものように軽口を叩いてさらりと攻撃をかわすはず――それを待ってた私は、グラウデンが何も言わないからどうしたらいいのか分からなくなってしまった。彼はただ、私の目をじっと覗き込んで、その透けて見えそうな青灰色の瞳で射抜いてくる。見慣れてたはずの気の強そうな眉も、茜色の光を映す睫毛も、少し伸びた無精ひげに覆われた口元も。彼の顔を構成する全てが、今日はとてつもなくセクシーに見える。

ふと、顔がものすごく近いことに気がついて、全身が燃えるように熱くなった。グラウデンがほんの少し顔を動かした瞬間に、何かが唇をかすめた。

「――っ」

咄嗟に顔を背けてしまった。……もしかして今、キスされたの？

そっと目だけを動かしてみる。すると、とても複雑な表情をして私を見詰めるグラウデンの顔が。

そこからしばしの間。欲望にまみれた、熱の籠った眼差しを向けられて私は動けない。

……ああ、でもでもでも！

違うのよ、全然違う。私が求めるキスはこんなんじゃない！　もっとロマンチックな雰囲気の中で、こんな全裸と乗馬服とかいうおかしな組み合わせでもなくて……！

「あっ、やっ、ひっ」

両腕を押さえつけたまま何度もキスしてこようとするのを必死に逃れた。そのうちにくだらない攻防戦みたいになってクスクスとおっさんは笑い出す。いやちょっと、こっちにはそんな余裕はないんですけどおー！

「俺がいなくて寂しかったと顔に――」

「書いてませんっ！　書いてませんから！　ほ、ほら、早くパンツ穿いてっ。さっきからなんか硬いのが当たってんの！　そして重いっ！」

それでもしばらくの間、おっさんは私の上に乗っかってもぞもぞとやっていたけれど。やがて頬に音を立てて口づけを残したら、ようやっと離れていった。

ああ、なんだかものすごくＨＰ削られた感じ……。

「ふう。……あっ、そうだ。お帰りなさい」

「ああ、遅くなって悪かったな」

壁際の収納棚から下穿きをゲットしたグラウデンが戻ってきた。同時に彼の頭のあたりからチャッピーが飛んできて、乗馬服の胸元から器用に中へと入り込んだ。

……ひゃっ、チャッピーってば、くすぐったい！

「それはそうと、お前たちどこかに出掛けていたのか？　昼前にすれ違ったが」

「えっ、そうだったの？　声を掛けてくれればよかったのに。私とセレスティアと近衛隊のみんな、それから料理人を何人か連れて丘陵公園までピクニックに行ったのよ」

「そうか。ま、遠く離れていたしな。それに街に用があって急いでいたのだ」

「ふうん。……ね、私駆け足ができるようになったのよ。見た？」

グラウデンの手を摑んでそう言うと、彼は私の手を握り返してニンマリと笑い、

「ああ、俺も見間違えたぞ。この短期間でよく頑張ったな」

と、空いてる方の手で頭を撫でてくれた。

はあ……おっさんの大きな手でナデナデされるとなんだかほっこりと幸せを感じる。この数日間、練習を頑張った甲斐があったわ。

グラウデンはそのあと一旦出掛けて、また夜になって戻ってきた。長旅から帰ってきたばかりだというのに、まあ落ち着きがない。

「お帰りなさい。何かと忙しいのね、騎士団長様は」

「ああ、一週間あまりも城を空けてしまったのでな。各方面に顔を出してきた。……それより腹が減ったな」

「あら、食べてないの？　どこかで食べてくるのかと思って先にいただいちゃったわ。じゃ、私が今から何か作ってあげる」

というわけで一緒に厨房まで行くことに。簡単に使える食材が何か余ってるといいんだけど。

部屋の扉を出るとグラウデンは、スッと手を差し出してきた。エスコートする、ということらしい。軽くお辞儀をしてから、分厚い手の平に自分の手を重ねた。


厨房の扉は初めから開いていた。こんな時間でも誰かいるのかと思ったけど、中はもぬけの殻だ。

室内のランプに明かりを移してたら、回廊からサヴァンが食材を持って入ってきた。

「おっと……！　これはお邪魔だったかな？」

「サヴァン」

くつくつとおかしそうにグラウデンが笑う。

「いい加減にやめたらどうだ？」

「……なんだつまらん、もうゲームは終わりか」

「あら、なあに？　ふたりして。なんだか嫌な感じ！」

ちょっと怒ったふりをしてみたら、サヴァンは「すまんすまん」とゲラゲラ笑いながら謝った。

「実はな、俺は全部知ってるんだよ。お前さんがある重大な任務を抱えてるということも、どこか遠い国――海の向こうとかいうわけじゃないぞ、騎士団長の話によると異界、とかいうところらしいが、そこからやってきた娘だということもな」

「はあ⁉」

グラウデンの方を振り向いてみると、しれっとして肩を竦めてる。

おっさんは最初に言った。このことは最重要機密で、王女殿下とチェインとリグリットしか知らないんだって。だから私もそれに合わせて、バレないようにと気を遣いながらグラウデンの恋人のふりをしてたのに。……騙してるつもりが実はこちらが騙されてたってか。これだからおっさんどもは信用ならないのよ。

サヴァンが私の肩を叩いた。

「まあいいじゃないか、ディアナ。俺みたいな妻帯者というものは色気のない毎日を送ってるんだ、楽しそうなことがあるとひと通り乗っかってみたくもなるのさ。……ところで――」

王宮料理長はグラウデンの方を向き直ると途端に真剣な表情になった。

「首尾の方はどうだった？　やっこさん、そろそろ堕ちそうかい？」

「……いや、なんとも言えん。微妙、といったところだな。どうやら裏から働きかけてるのは俺だけではないらしい」

「へっ。リグレイ公か。奴はああ見えて実は策士だからな。間抜けと見せかけて裏で手ぐすね引いてやがる。……ということは、第二作戦発動だな？」

「ああ、街へ寄ってすでにその件を伝えてきた。今頃はアナベルが南へ向かっているはずだ」

……一体おっさんたちはなんの話をしてるんだろう？　リグレイ公がどうとか、ということは、グラウデンは公爵連合の件で出掛けてたってこと？　しかもアナベルさんまでがこの件に絡んでるとは……一連の計画に関わってる身としては、私だけが何も教えてもらえないなんてずるい気がする。

私がじっと見てることに気づいたサヴァンが、途端に親切そうなおじさんの顔に戻った。

「そういや、ここに何しに来たんだ？」

「グラウデンが夕食を食べてないっていうから、料理を作ろうと思って」

「おお！」と大きな声を上げたかと思うと、サヴァンはグラウデンの方を向いて両手を広げた。

「ディアナのレシピはすごいぞ！　この前こーんなサイズのアクロダードが手に入ったんだが、あ、の料理をあんたにも食べせたかったよ」

「そうか、残念だな」

「出しゃばった真似をしちゃってごめんなさい、サヴァン」

「いやいや」

彼は顔の前で手を振った。

「あれは本当にうまかったなあ。お前さんのレシピはこの国の、いや、この世界の食文化に革命をもたらすと思うぜ。ぜひ『ワショク』というやつの極意を俺に教えてくれないか」

「ええ、ちょうど今ノートに纏めてるところよ。グラウデンがいない間暇だったから大分書き進めたわ。それでセレスティアにいろいろと作ってあげてちょうだい」

私は何も変なことを言ったつもりはなかったのに、サヴァンは突然悲しげな顔をした。たった今まで楽しそうに話してた口が、ピタリと止まってしまう。そうか、彼は私が身代わりに差し出される運命だということを知ってるんだった。このところずっと厨房に入り浸ってたし、サヴァンとは王国一の仲良しかもしれないことも、自分で分かってる。

薄暗いのをいいことに、彼の表情に気づかないふりをすることにした。わざとおどけて、明るい声を出す。

「ね、こんな時間に悪いんだけどちょっと火を使わせてもらえない？　グラウデンがそろそろ倒れちゃうかもしれないわ」

「なあ、食事なら俺が作るぞ。お前たちはゆっくり座って話でも――」

「私が作ってあげたいのよ。氷室を見せてもらってもいい？」

サヴァンの丸々とした腕を摑んだ。

「……オーケー。野暮なことを言って悪かった」

サヴァンの後ろに着いて氷室の中に下りた。半地下になっているそこは、生暖かい厨房と違ってひんやりしてる。

「豚の肩ロースと鶏むね肉がある。どっちでも構わないぞ」

「そうね。じゃあ豚の方を少し貰うわ。それから、卵と青菜があればなんでも」

オーケー、と言ってサヴァンは籠を持ってきた。その中にリクエストしたものをひと通り入れてしまうと、こそこそと氷室の奥へ私の腕を引っ張っていった。

「なあディアナ」

明かりの洩れている厨房の方をチラと見やる。

「お前さん、今夜のうちにやっこさんに抱かれちまえよ」

「はあっ……!?　抱かれるって、グラウデンに？」

「しっ」

一旦後ろを振り返る。グラウデンのいる厨房からは物音ひとつしない。

「……何言っちゃってんのよ急に。本当は恋人なんかじゃないってこと、知ってるんでしょ？」

「そんなの関係ないだろ、四の五の言ってる場合じゃねえんだって！　……なあおい、俺には分かってるんだぜ。お前さん、処女じゃないんだろ？　だったらなんの問題もない、抱いちまえばきっと奴の気も変わる！」

「ちょっ！　声が大きい……！」

コツコツとブーツの音が近づいてくる。それは氷室の入り口で止まり、おーい、と呼ぶ声がした。

「ついでに酒も頼む」

「は、はーい」

また足音が去っていくと同時に、両方の肩を痛いほど強く摑まれた。仄かなランタンの明かりに照らされて、サヴァンの顔は何かに憑かれたように恐ろしい。

「ディアナ、もう時間がないんだ、とにかく騙されたと思って俺の言うことを聞いておけ」

「そんなわけの分かんないこと……今日はなんだか変よ、サヴァン！」

「……ええい、まったくこんちきしょう、素直になれってんだ」

「わ、私もう行くわ。早くご飯を作らなきゃ」

チッ、とサヴァンは小さく舌打ちして首を振った。

「まったく、俺ァやってらんねえよ！」

簡単だけどすぐにできておいしい料理。グラウデンに作ってあげたのは甘辛く味つけした豚肉と青菜の卵とじ丼だ。それをボウルに顔を突っ込みそうな勢いでかっ込むグラウデン。相当腹ペコだったのかひと言も口を利かない。

「どう？　おいしい？」

私が聞くと、んん、と唸り声を上げながら頷く。よく分からないけど、うまい、と言ってるらしい。大のおっさんがハフハフ言いながら、貪るように食べる姿を眺めるのはいいもんだ。自分が作ったものをおいしそうに食べてくれる人には、自然と愛着が湧くというか、愛しくなるというか。ついつい幸せそうな顔をしてしまって、サヴァンの重苦しい視線に真顔に戻す。ヤバイヤバイ、仲良しの王宮料理長はもしかしたら私の気持ちに気づいてるかもしれない。

「悪いがディアナ、騎士団長の食事が済んだら席を外してくれないか。お前さんも今日はひと仕事してきたんだ、疲れてるだろう？」

「あ……うん」

もうちょっとここにいたい。そう言いたかったけれど、サヴァンの顔つきはそれを許さないオーラを発してた。分かった、と席を立った私にグラウデンが声を掛ける。

「ディアナ」

口元をナプキンで拭って、彼は満足そうに笑った。

「今日のは特にうまかったぞ」

「……うん！」

ひとり帰された私はお風呂に入り、寝る準備を済ませて早々とベッドに入った。グラウデンがなかなか戻ってこないから先に寝てしまおうかとも思ったけど。……これが全然眠れない。眠くもならない。今日は初めての遠駆けにピクニックにと、クタクタに疲れてたはずなのに。

グラウデンは今頃、サヴァンと一体何を話してるんだろう。

いつも気のいい料理長は、今夜に限ってとても切羽詰まった様子だった。これでもか！　ってくらいに眉を吊り上げ、暗闇の中、目をぎらぎらと光らせて私に迫る様子は、まるで仁王像みたいで。

大体、処女じゃないならグラウデンに抱かれろ、なんて突拍子もないことを急に言われてもねえ。

……はっ。

まさか今頃、『抱いちまえ！』なんてグラウデンに言ってるんじゃ⁉

だとしたら、おっさんは部屋に帰ってきて私を……？

「いやいやいやいやいやいや」

ベッドに起き上がって正座した。

そんな。今夜、このあとすぐにおっさんに抱かれるってか？　この私が……？

考えただけで胸がバクバク、顔は燃えるように熱くて、眩暈までしてくる。だって、相手は十五も年上のおっさんなのよ？　巨根且つ絶倫（多分）で、テクニシャン（これも多分）で、底なし体力の猪突猛進（ちょとつもうしん）エロオヤジだよ⁉　私、死んじゃうかもしれない。帝国へ行く前に！

そういえば、夕暮れの中で見たグラウデンの顔は『本気』の表情にも見えた。お触りやセクハラは今に始まったことじゃないけど、グラウデンてば最近妙に優しいし、私を見る熱い視線も日に日にエスカレートしてる気がする。これでサヴァンに『抱いちまえ』なんて焚きつけられでもしたら――。

「ああ――――っっ！」

ヤバイ！　毛はっ。私、毛の処理をちゃんとした⁉　わき毛は？　すね毛は？　アソコの毛はあーっ⁉

夜着をたくし上げてパンツの中を覗いてたところ。

「どうした。ベッドの上に正座なんかして」

突然真後ろで声がして、文字通り飛び上がった。

「ぎゃっ！　グラウデン！」

「正座をして夫の帰りを待つとは殊勝な妻だ」

妻って言わないっ！　なんかムズムズしちゃうじゃない！

「つっ、妻じゃありません。それに、ノックしてから入るのが礼儀ってもんでしょうっ？」

「俺の部屋なのにどうして気を遣う必要があるんだ」

……うっ、確かに。

手洗い場で歯を磨くと、グラウデンは下穿きひとつになってベッドに入ってきた。いつもと同じシチュエーションのはずなのに、今夜は異様にドキドキするし、意識してしまう。それもこれも、みんなサヴァンのせいだ。サヴァンがあんなこと言うからー！

グラウデンはいつ私に手を触れてくるだろう。

そう思いながらの小一時間。とにかく胸が苦しくて苦しくて、羊を数えても、『あなたは眠くなーるー』と暗示を掛けようともまったく効果がない。時折隣でおっさんが身じろぎするたびに、ビクッ！　と肩を震わせたりして。ああ、身体はこんなにクタクタだってのに、なんだか馬鹿みたいだ。

今日に限っておっさんは私に指一本触れようともしなかった。こんなこと、もしかして初めてかもしれない。

こっちに来てからの約二十日間、毎晩のように触られまくってた私の身体はそうやって眠ることにどうやら慣れてしまったらしく、お触りがないとそれはそれで寂しく感じる。ほんの指先だけでもどこかが触れた状態でないと眠れない、とまで思ってしまう。

思いきってグラウデンのいる方へと寝返りを打ってみた。彼は目を閉じてるけど、起きてるのか、眠ってるのか、元々が静かに寝る方だからそれすらも分からない。

……実際グラウデンはどう思ってるんだろう。私が『抱いて』と言ったら、喜んでそうする？

確かに私に頼まれれば、エロいおっさんのこと、断ることはないかもしれない。

だけど、もしもそうなったとして。

それが身体だけの関係だったらやっぱり私は悲しい。そんなに簡単に割り切れるほど私は大人じゃないし、経験豊富でもないんだもの。それに、抱かれても何も変わらなかったら？　……いや、問題はそれでおっさんの気持ちが変わってしまった場合の話だ。セレスティアに初めて会った日に出発した使者はもうとっくに王国に帰っていて、帝国の王は「喜んで王女を迎え入れる」との内容を親書に託してきた。なのに突然替え玉がいなくなってしまったらどうなるだろう。グラウデンの立場は？　私がいなくなれば、セレスティア自らが帝国へ……？

ゴクッ、と唾を飲み込んだ。

今日のピクニックで、泣きながら王国に対する思いを語ったセレスティア。あの切迫した様子には私の心も突き動かされた。確かに、少し前まではいつか元の世界に戻ってやる、と思ってた。あわよくば、帝国へ発つ満月の夜にグラウデンからチャッピーを奪って、とも。だけど、この美しい世界と、若くか弱い小さな国に暮らす人々に触れるうち、私の気持ちも変わっていった。今や私はこの世界を動かす歯車のひとつ。しかもとてつもなく大きなもので、それを失っただけで戦争が起き、一国が潰れるかもしれない重要な部品。

私の行動ひとつで全ての計画が狂うだなんて——。

……うう、重いっ。なんて重い話なんだあああっっ！

と、突然頭に手を置かれて、心臓が撥ね上がった。気づかぬうちに嚙みしめてたらしい奥歯が、ジンジンと疼く。

「どうした？　俺に乗られてる夢でも見たか？」

「はあっ、はあっ……！　えっ」

「今、重い、と言ってたぞ」

……はっ。やっちまったか。

時間は分からないけど、多分、夜も大分更けた頃だ。グラウデンもやっぱり眠れないらしく、ふたりしてただ天井を眺めてた。こうなるともう朝まで起きてた方がいいんじゃないか、なんて開き直りたくもなる。

「……ねえ、グラウデン」

「ん？」

「あのあと、サヴァンと何を話してたの？」

「まあ、お前には関係のないことだ」

「また私に内緒の話？」

「ああ」

「あっそ」

それでも何か言い返してくるかと待っていたけど、グラウデンは何も言わない。まったく、おっさんという奴はどうしてこうも正々堂々と白を切るのか。

「あなたちょっと、私に対する感謝の気持ちが足りないんじゃない？　あの日、約束したわよねえ。跪いて、手にキスまでして。私のことを命を懸けて守る庇護の騎士だったんじゃなくて？」

捲し立てると、グラウデンは仰向けのまま顔だけをぐりん、とこっちへ向けた。

「計画の全てを話すわけにはいかないが、お前を守ることは約束するぞ。とりあえず、今のところ特別危険な目にも遭っていないと思うが」

「じゃ、もしもそういうときが来たら必ず助けてくれると約束するのね」

「ああ、もちろんだ」

おっさんは真面目な顔で頷いた。

物語のヒーローというものは、ヒロインが危ない目に遭いそうなときには必ず助けに来てくれるものだ。ちょうど今日のピクニックでセレスティアに聞いた、熊に襲われそうなところをレ帝国の王太子、エ・ムオに助けられたという話のように。何があったのか教えてはもらえなかったけど、もしもふたりが相思相愛だったらとっても素敵。で、帝国のバイドゥル王が亡くなったあと、『私、実はセレスティアなんかじゃないの！』とカミングアウトして、本物のセレスティアとエ・ムオとの仲を取り持っちゃったりなんかして。

自分の突飛すぎる妄想に、思わずふふっ、と鼻息が洩れた。

「一体何を想像してるんだ？」

「内緒。私にはなーんにも教えてくれない騎士団長様にお返ししてやるの」

グラウデンは何も言わずに、ふっ、とだけ笑った。

「ね、……手、繋いでもいい？」

私がそう言うと、スッと大きな手が伸びてきて肌がけの下で握られた。

ああ、やっぱり安心する。この熱すぎるくらいに体温の高い分厚い手がいいんだわあ。って、最初はそう思っていたけど。

数秒後、どうも様子が変わってきた。チラと見やったグラウデンの股間が肌がけをモリモリと持ち上げていくにつれて、徐々に息は荒く、恋人繋ぎだったはずの手が、エロい動きで私の指の股をねっとりと撫で。

はっ、とグラウデンの顔を見たらば。

「こっ、怖い‼　目が野獣！」

ギラリ、と睨みつけてくる瞳はまるで発情期を迎えた雄の虎。メスの匂いを嗅ぎつけて、藪の中から勢いよく飛び出してきました、って感じの！

条件反射でベッドから逃げようとした。けれど、間一髪のところで後ろから腰を抱きすくめられ、鷲掴みしてきた手が両方のおっぱいを激しく揉みしだく。

「ぎゃあああああああああっ！」

「ああディアナ。何もしないから信じろ！　……だが、許されるならば先っぽだけ頼む」

は!?　何言っちゃってんの！　先っぽだけで済ませられる男がどこにいる！

と、心の中で毒づきながらも、ずるり、と夜着を下に引っ張られてナマ乳が飛び出た瞬間、なんとなく覚悟は決めた。そこまで求められて抱かれるなら本望！　おっさんの滾る思いを受け止めてやろうじゃないかと。

しかし、そこへタイミングよく現れたのが、私に乗馬を教えてくれた騎士団の若者。きちんとノックはしたけれど、勢いよく開けた扉の先に見たあられもない上司の痴態に、その場で固まってしまった。

「こここここここれは」

「なんだ、早く用件を言え」

不機嫌そうにのたまうグラウデンの両手は、私の胸にしっかとあてがわれたままだ。ギンッギンに滾らせてるくせに、偉そうによく言う！

「は……そのっ……、では申し上げますが、敵襲であります。リグレイ公爵の戦旗を掲げた軍勢がサマグール砦付近に集結している模様であります」

「いくつだ」

グラウデンは言いながらベッドから下り、甲冑を身に着ける。

「はっ。情報は不確かではありますが、歩兵二百から三百、他に騎馬部隊が南から上がってきているとのことです」

「招集の鐘は鳴らしたか？」

「たった今伝令部隊が街の各詰所へと向かいました」

「分かった。これまでにない数だ、気を引き締めて向かうようにと皆に伝えよ」

「はっ」

若い団員は素早く一礼すると走って回廊へと去った。壁に掛かった剣を取り、真紅のマントを翻したグラウデンが私の前で立ち止まった。さっきまでのギラついた目は鳴りを潜め、これから戦地に赴くというのに却って落ち着きを取り戻したようだ。

「悪かったな。もうしない」

少し後悔しているのか、物静かな口調で彼は言う。

「……気をつけてね」

「ああ」

思いがけず穏やかに笑って、グラウデンは颯爽と部屋を飛び出していった。

＊

リグレイ公爵軍討伐のためにグラウデンが出掛けてから、もう六日が経った。

王都より大分南に位置するサマグール砦は丘の上にあって、川を挟んだ向こう側の公爵領を睨むように建っていると聞く。砦を守ることができたのは狼煙（のろし）が上がったことで分かった。となればあとは、公爵軍を押し戻すというグラウデンにとっては消化試合みたいなものかもしれないけど。

それでもやっぱり、おっさんが実際に剣を振るい、戦いのさ中に身を置いていると思うと恐ろしくて堪らなかった。これはゲームなんかじゃない。数千の兵を束ねる王国騎士団長であっても、歴戦の勇者であっても、ほんの少しのミスや不運で命を落とすことはあり得るのだから。

それとは別に、私の花嫁修業もいよいよ佳境に入った。帝国に向けて発つ次の満月まではあと五日と迫り、今は集大成に向けて覚えた知識を纏め上げているところだ。

「すごいわ、ディアナ！　立ち居振る舞いもすっかり板についたし、メイクもバッチリ。ね、チェインもそう思うでしょう？」

細かなレリーフの施された大きな鏡の前に立つ私を見て、セレスティアは大喜び。昨日アナベルさんの工房から届いた白いドレスを試着して、セレスティアの物真似メイクをしてみせたのだ。

ホント、自分で言うのもなんだけどセレスティアにそっくり。ただし、もっと痩せてれば、って話だけど。

大きな目をきらきらと輝かせてる王女とは対照的に、どんよりと重たげな表情を見せてるのは政務官のチェインだ。彼らしくもない、不快感を滲ませた顔で「そのようですね」とセリフを棒読みした。

「この姿を王宮のみんなに見せられないのが本当に残念だわ」

セレスティアはチェインの表情にまったく気づく様子もなく、手を叩いて喜んだ。いや、気づかないふり、なのかもしれないけど。

実はこれまでにも、言葉の端々からチェインはこの計画には反対なのだということを、なんとなく感じてた。真意は分からない。彼の生真面目な性格からして、身代わりを使って人を騙す、ということが気に入らないのか、それとも、別のところに理由があるのか。だけど、私がその答えを知っても仕方のないことだと思った。私自身、自分は大きな歯車のひとつなんだと理解しているということと、この計画は国の重鎮たちが額を突き合わせて、考えに考え抜いた末にやっと捻り出された苦肉の策だということを知ってるからだ。

「きっとこれでレ帝国の方々はあなたのことをわたくしと信じて疑わないでしょう。……王国の情勢が安定したら、いつでもわたくしは帝国へ出向き、あなたとすり替わるつもりよ。それまではディアナ」

王女は私の手を取った。

「代わりをしっかりお願いね」

「もちろんよ。その代わり、すり替わるときは私と同じくらいにお肉をつけてきてちょうだい。でないとすぐに『偽物』だってバレちゃうわよ」

私が言うと、セレスティアはクスクスと楽しそうに笑った。

「ではわたくし、少し歌を歌ってきます。ディアナ、あなたも一緒にいかが？」

「残念だけれど私はいいわ。この顔でお城の中をうろつくわけにはいかないもの。それにあと少しで厨房に行く時間になっちゃう」

「分かったわ。今日もあなたのお料理、楽しみにしてるわね」

　セレスティアはリグリットを伴って大聖堂へと向かった。


　続き間になっているパウダールームを借り、メイクを元に戻して居室に戻った。

　チェインはまだそこにいた。さっきの会話の気持ちを引きずっているのか、何やら暗い面持ちだ。

「ディアナ様、少しよろしいでしょうか」

「なあに？」

「王女殿下はあのように仰いましたが、下手にあなたを期待させてしまうのもいかがなものかと思いまして」

「というと？」

「政略結婚の身代わりの話です。王国の情勢が安定したら殿下が帝国へ赴き、ディアナ様とすり替わるつもりだという」

「ああ、そのこと」

　しれっとした物言いが気に入らなかったのか、チェインの眉がピクリと動いた。

「……随分とこのことを軽くお考えのようですが――」

「王国の情勢が安定するかなんて分からない。いつになると約束することはできない。そう言いたいんでしょ？」

　私が聞くと彼は黙ってしまった。……チェインったら、やっぱり真面目。まあ、そこが彼のいいところなんだけど。

「チェイン、心配してくれて本当にありがとう。だけどそれでも、私は帝国へ行くことを決めたわ。もしかしたら、セレスティアはずっと来ないかもしれないってことも分かった上でね」

一瞬、チェインが泣きそうな表情に見えた。そして次には敬礼のポーズを取って、深々と頭を下げた。

「そういうのやめて、チェイン。私はあなたのために帝国へ行くわけじゃないの。この国が気に入ったから行くのよ。……それに、頼みの綱のグラウデンがあの調子じゃあね」

クスクス笑うと、チェインはゆっくりと頭を上げた。だけどその顔は笑ってない。

「あの方は……騎士団長殿は変わられてしまいました。前はあんな風ではなかったのですが、今では職務のためなら何事をも犠牲にすることを辞さない様子。私がもし騎士団長殿の立場であれば、ひとつ部屋で何日もともに暮らした女性を人身御供(ひとみごくう)に仕立て上げるなど到底――」

と、突然チェインは口ごもり、赤くなって俯いてしまった。

「だけど、あの人が誰よりも国のことを思う気持ちは、寧ろ王国の政務官としては心強いことなんじゃないの？　よかったじゃない、素晴らしい仲間を持って」

「ディアナ様……あなたは強いお方ですね」

「そう……でもないわよ。抵抗するよりも、流れに任せてのらりくらりとやり過ごすのが私には合ってるってだけ。あ、私がいた世界にいい言葉があるの。『運を天に任せる』ってね。人間生きてさえいれば大丈夫、なるようになるわ」

明るくそう言ったら、やっとチェインは笑ってくれた。眉をハの字に曲げて、口の端を中途半端に上げて。いつもに比べたら大分ぎこちない笑顔だった。

「あなたがいなくなってしまったらここは寂しくなります。まるで火が消えたようになることでしょう」

「やだ、チェインったら。私のこと持ち上げすぎよ」

＊

滑らかなお湯から立ちのぼる湯気の行く先を目で追ってた。ドーム状に塗り固められた天井には穴が空いていて、仄かな月明かりを暗い浴室に投げかけている。

いつもよりも、静かに感じる夜だ。

壁に張り出した湯口から、ちょろちょろと浴槽にお湯の落ちる音。高い位置にある窓からは虫の声だけが響き、人の怒号や馬のいななきなんて聞こえない。そんな落ち着いた日常の風景の中にいられるのは、グラウデンたち王国騎士団の人が遠くで闘ってくれているからだ。

サマグール砦は遠い。公爵軍の討伐が終わっても、すぐに帰ってこられるものじゃないと分かってはいるけど。

「……一体いつ帰ってくるのよ」

誰が聞いているわけじゃないけど、小声で言ってみた。

最近は特にひとりの夜が寂しくて、不安と心細さでどうにかなりそうになる。帝国へ旅立つ日が近づいているからなのか、私の中でのおっさんの存在が日に日に大きくなっているせいなのか、それは分からないけれど。

王国に来てから今日までの三週間あまり、本当にあっという間だった。最初は夜の暗さに驚いたし、回廊に蛇が普通にいるのも怖かった。ケータイは使えなくて、テレビもパソコンも当然なくて。だけど、穏やかな気候と緑溢れる自然と。その中で暮らす温かい人たちに囲まれてたら、進みすぎた文明なんていらないんだとすぐに気づいた。

この国の素晴らしさを知った今、戦争なんて絶対に起きてほしくなかった。セレスティアやチェイン、リグリットやサヴァンといった王宮の重要人物はもちろん、馬の乗り方を教えてくれた若手騎士団員のトラムも、時々カードゲームに参加してくれた近衛隊のクレドアも、アナベルさんを始めとする街の人も、みんなみんな傷ついてほしくない。もちろんグラウデン、あなたには特に――。

ふいに胸が詰まって、慌ててお湯で顔を擦った。

……ああ、今日は特にだめな日だ。というか、ここ数日はずっとだめ。お風呂に入って気持ちが解(ほぐ)れるとどうしても涙が出てきてしまう。この国にいられるのも残りあと数日だと思うと、急に全てのものが愛おしくなって、胸が切なくなって。

だけど、こんなの私らしくない。せめてみんなの前では笑っていないと。またサヴァンやチェインに心配されてしまう……。

バッ、と勢いよく浴室のドアが開いたのはそのときだ。

「うわあっっ！」

だ、誰っ⁉

髪を纏めてた手ぬぐいを取り、慌てて身体を隠す。……つもりが、手ぬぐいがグルグルに絡まってなかなか広がってくれない。なんなのもう、こんなときに……！

「浴槽に手ぬぐいを入れてはいけないんだぞ」

股間を隠しもせずに目の前に仁王立ちしているのはやっぱりグラウデンだ。

ああ……均整の取れた力強い骨格と波打つ筋肉。何度見ても惚れ惚れするくらい素晴らしい肉体だわ。

——って。

ちっ、違う違うっ!! 奴め、ついにお風呂にまで乱入するという離れ業をやってのけたか、まったく恐ろしい男だ！

「そんなの知ってる！ あなたが急に入ってきたからじゃない。入り口に剣を立てかけておいたの、見えなかった？」

「ああ、もちろん見えたとも。だがあれは俺の剣だからな。俺が入ってはいけないという理由にはならない」

そしてグラウデンはその場にしゃがみ込み、木桶でお湯をすくって身体を流し始めた。……よくもまあいけしゃあしゃあと。おっさんというものはかくも図々しく強引なものなのか。

やっと手ぬぐいが解けた頃、グラウデンは浴槽の中へと踏み込んできた。御影石でできた浴槽は三メートル四方はあって、ふたりが同時に入っても大分ゆとりがある。だけどおっさんの身体が大きすぎて、一歩近づいただけで一気に距離が詰まるのだ。……いやちょっと、全裸で密着はさすがにマズイよ!?

浴槽の枠に沿ってグラウデンが近づいてくるから、私たちはグルグルとお湯の中を回った。コラコラ、ここは流れるプールか！

「何故逃げる」

「普通逃げるわよ、こんな無防備なときに近づかれたら！　……ちょっと、こっちに来ないで！」

一喝すると、おっさんはやっと浴槽のひと隅に腰を沈めた。そして割と真剣そうな青い目で私を見据えてくる。

「お前を心配しているんだ。目が赤いぞ。泣いてたんじゃないのか？」

「……泣いてないわ」

「俺がいなくて――」

「寂しくないってば」

あらら。嘘ついちゃった。

「それならいいんだが」

言いながらグラウデンは立ち上がった。

「ディアナ、背中を流してくれないか」

「……絶対に振り返らないと約束する？」

「ああ」

「本当に？」

「本当だ。神に誓ってもいい」

「分かった」

壁に向かって椅子に座るグラウデンに、絶対に、絶対に振り返らないともう一度約束させて、浴槽から上がった。

彼の身体は表も裏も古傷でいっぱいだった。もちろん、剣士にとっての恥だとされる背中にも。今の地位にたどり着くまでの間に、時に命の危険に晒され、時に大切な仲間を失いながら、きっとたくさんの血と汗と涙を流してきたんだろう。その背中を洗いながら、グラウデンがいない間にあったことをいろいろと話して聞かせた。彼はそれをずっと静かに聞いていた。背中を流されるのが気持ちよくて、寝ちゃったのかと思うくらい。

「時にディアナ」

あ、起きてた。

「なに？」

「いよいよ来週だな」

「……うん」

そう言ってから、グラウデンはまた黙ってしまった。私も何を話したらいいのか分からなくて、ただ背中を手ぬぐいで擦る。

斜め後ろから見る顔は少し疲れて見えた。彼は一度唾を飲み込むと顔をまっすぐに上げ、いつもよりも更に低い声で、ようやっと言葉を繋いだ。

「実はな、政略結婚のことを提案したのも、身代わりを立てればいいと進言したのも、この俺なんだ」

「……知ってたわ。ていうか、気づいてた」

「そうか。ではさぞかし恨んでいるだろうな、俺を」

いつものグラウデンらしくない。まるで鉛を飲んだみたいに重い言い方……。

「そりゃあ、最初は頭にもきたけど。……あのね、今でも時々思うのよ。実は長い長い夢を見てるんじゃないかって。で、朝起きて目を開けるときにはっとするの。ここがファルバード王国じゃなかったらどうしよう、グラウデンのベッドの上じゃなかったらどうしよう、って。だけどそこには、ちゃんと石膏で塗り固められた天井があって、石の壁には剣や矛が掛けてあって、それから――」

そして、隣にはあなたがいるの。

目覚めた瞬間からあなたの腕の中にいたら、その日は何故だか一日じゅう温かい気持ちでいられる。まるで大きな船に乗って大海を旅しているような、ゆったりとした気分のまま私らしく過ごせるの。

「この国が好きか?」

「ええ、ものすごくね」

「そうか。ならばなおのこと、お前には申し訳ないことをした」

「……グラウデン」

「城の皆はお前が急にいなくなったら悲しむだろう。殺伐とした男社会に突如咲いた花のように、お前は思われていただろうから。その花をむしり取るのは俺だ。庇護の騎士とは名ばかりの、冷酷な死神と俺は変わらんのだ」

彼は軽くため息をついた。

「だがもう後戻りすることもできない。すまないな、ディアナ」

首を垂れたグラウデンの前髪から、ぽたりと滴が落ちた。

……やめてよ。そんな風に謝られたら、私――。

突然胸の奥に熱い塊が生まれ、それが喉元で痛いほどに膨れ上がった。鼻の奥がツンとして、頭がギューッと締めつけられて。そんなこと言われたら私、どうしたらいいのか分からない。なんて返せばいいのか分からないから。謝らないでよ、グラウデン。

急いで上を向いて目をしばたいた。そして止まってた手をまた動かし始める。

「……きっと家族はびっくりね！　私が知らないところでいつの間にか結婚してたと知ったら。しかも相手はどこか知らない国の王様なのよ。そのうち向こうの世界と自由に行き来できる方法が発見されたら、旅行に招いたりしてね。煌びやかで豪華絢爛な舞踏会なんか開いたらきっと驚くわ！」

無理に取り繕おうとしたら、思いのほか饒舌になってしまった。ここがお風呂場でよかった。もしも顔を見られても頬が濡れてることには気づかれない。目が赤くても石鹸が入ったと言えばいい。

「家族か……お前の親兄弟にも俺は謝らねばならんな。だがいつか必ず、お前を元の世界に戻してやるから安心しろ」

「そんな悠長なこと言っててていいの？　騎士団長様。大体、この計画が上手くいかなかったときの対策を何か考えてあるんだとしたら、それくらい聞かせてほしいもんだわ」

「……失敗したら、ということか？」

「そう。政略結婚が功を奏さなかった場合の次なる作戦」

「功を奏さなかった場合――」

ぐっ、と肩の筋肉が盛り上がった。

「そのときは俺がひとりで公爵連合を討つ」

え……今、なんて？

恐ろしいくらいの冷たい声。傷だらけの背中から感じる鬼気迫るほどの強い覚悟に、思わずぞくりとした。

戦いのことは女の私には分からない。踏み込むことすら憚られる領域だけど……。きっとここで怯んじゃいけないんだわ。彼をひとりにしちゃいけない、ひとりで闘わせるわけにはいかないんだと自分に言い聞かせて、こっちも強い意志を固めた。

「なんであなたひとりでやらなきゃいけないのよ。みんなで戦えばいいじゃない、騎士団のみんなで。近衛隊も動員して！　そのための軍隊なんじゃないの？」

けれどグラウデンはゆっくりと首を振って、苦々しい声を出した。

「そもそも、バラクロフ家がしっかり王家をお守りしていれば今のような状況には陥らなかったはずだ。そして、そのバラクロフ家の暴走を抑えられなかったのは俺の責任でもある。王国に対する恩義を知らぬ家に嫌気が差して全てを捨てたが、今にしてみればあれは自分の保身のための行動に他ならなかった。ならば今こそ、その罪を償おう。王国に反旗を翻した賊に俺自身が対峙し、一族もろとも根絶やしにしなければならぬ」

「は⁉」

ちょっ、根絶やしって……飛躍しすぎでしょう！

ああ、とんでもないイノシシ野郎だ、このおっさん。何故か失敗する方に賭けてるような言いぐさだし、周りをちっとも見ようとしない。ここにもうひとり、全力を挙げて一緒に闘おうとしてる人間がいるってのに。

グラウデンの分厚い肩を両手で摑んだ。

「どうしてなんでもひとりで背負い込もうとするのよ。そういう最悪の事態にならないために私がいるんじゃなかった？　ここまで来たら、私も後には退けない。頑張るから。帝国に行っても、みんなに好かれるように、王様にかわいがられるように頑張るから！　あなた最初に言ったじゃない、神は理由なくして人と人とを巡り合わせないって。信じよう、神様が導いた運命を」

「ミサ――」

「こっち向いちゃダメ！」

振り返りそうになったグラウデンの頭を、ぐっと摑んで前を向かせた。

「……ねえ、グラウデン。私、ファルバード王国が好き。もしかしたら、前世はこの国の人間だったんじゃないかってくらいに、気候も、風土も、人も、全てが私に合ってるの。私で役に立てるのなら立ちたい。それでこの世界が平和になって、国交が築かれて自由に行き来できるようになったら、またみんなに会いに来ればいいと思う。……それから。私ね、こっちに来てからずっと考えてることがあるの」

「なんだ」

「この世界の人はもっといろんな料理の味を知った方がいい！」

「……なんだいきなり。俺は食えればいい」

「何言ってんの？　人は一生のうちに九万回近くもご飯を食べるのよ」

「大体、食事なんて騎士にとっては合間に取るものだからな」

「だまらっしゃい！　世の中にはみんながまだ知らないおいしい食べ物がいっぱいあるの。食事は人を幸せにする、生きるのが楽しくなるものよ。大体、おいしいものを一緒に食べると仲良くなれるんだってこと、知らないから戦争が起きるんだと思うの」

「……そうか？」

「私決めた。料理でレ帝国との橋渡しをしてみせる！」

「あ？」

そう、私もう決めたの。どうせ家にも王国にも帰れないかもしれないのなら、グラウデンの役に立ちたい。レ帝国に行って毎日を泣いて過ごすくらいなら、あなたを思いながら好きな料理をしてた方がいい。料理でセレスティアの心を掴んだように、帝国の人の胃袋を、ひいては人の心を掴んでみせるっ！

グラウデンの口から、ふっ、と笑い声が洩れた。

「お前を連れてきたのはどうやら間違いではなかったようだ」

「そうよ、期待してて。で、やるだけやったら運を天に任せようよ」

「ディアナ」

「ん？」

「お前にキスがしたい。……だめか？」

「えっ」

突然の申し出に、何を言われたのか一瞬分からなかった。

えっ、キス？　キス、って……当然唇に、よね？　今するの？　お互い真っ裸の、この状態で……？

ついにそのときがやってきた——そう思った瞬間、胸の鼓動が一気に爆発して頬が焼け石みたいに熱くなった。直前に話してた会話の内容すらもどこかへ飛んで消えていく。

グラウデンは前を向いたままだ。何を思ってそう言ったのか、後ろから見える頬のラインだけでは窺い知れない。けれど、こんなにストレートに聞かれたらとても嫌だなんて言えない。ていうか、全然嫌じゃない。寧ろ私もそうしたいくらいで——。

そのまま黙ってたら、グラウデンはゆっくりとこっちに首を巡らせてきた。仄かな月の光と柔らかな蠟燭(ろうそく)の明かりが、彫りの深い顔立ちに影を落とす。垂れた前髪の奥の瞳は深い海の色を湛(たた)えて、それが静かに私の唇へと下り、頬に移動し、また目を覗き込んで、唇に戻り。

虫の声も止まった静寂の中、自分の心音だけが、強く、速く、激しくビートを刻んでる。

グラウデンの右手が頬に触れる。

左手が濡れた髪の中に差し込まれる。

心の奥までを裸にするような青の視線に絡め取られたまま、私は動けない。

そして——。

ゆっくりと近づいてきた彼の唇に、ついに私の唇は捕えられた。

薄く開いたグラウデンのそれは、私が思っていたよりも大分柔らかく、すべすべと滑らかで。

初めはそっと触れるだけ。そして少しの間ののち、ぐっと顔を引き寄せられ、強く唇が押し当てられた。

あ……ああ。

ほんの一部、交わっただけの場所から伝わる彼の体温が、私の心を温かな真紅の波で満たしていくようだった。ちくちくと当たる無精ひげの感覚すらも、私には嬉しくて。何故かは分からないけど、不意に涙が出そうになった。

しばらくののち、グラウデンは一旦私を解放した。そして憂いを含んだ目で見詰めてきたかと思うと、はあっ、と震える息を吐き出した。

「ディアナ――」

小さく言って、コツン、とおでこをくっつけてくる。

顔は近すぎてよく見えない。吐息交じりの声からも、彼の心は読めそうにない。キスをしたのは、潔く身代わりになろうという私への感謝の気持ちなんだろうか。……それとも。

グラウデンは顔を傾けると、また私に口づけた。今度はもっと唇を開いて、艶っぽく誘ってくる。最初は探るように、そして何かを確かめるように。何度も角度を変えながら、柔らかな濡れた唇が音を立てて押しつけられた。その合間には、ベルベットの吐息。彼は私を何度も食(は)み、優しくもいでいく。

吐息はキスのスピードに合わせて、徐々に激しくなっていった。頬に置かれてたはずの手はいつしか私を抱きしめていて、背中を撫でながら、そろそろと下りていって――。

もうこれ以上は危ないと思った。このままキスを続けていたら、ふたりとも戻れなくなる。

「……だ……めっ」

合わせた唇の隙間から洩れた言葉に、グラウデンは弾かれたように私から離れた。震える息を激しくついて、顔を擦り上げる。

「悪かった。つい――」

「ううん、いいの。……大丈夫」

彼は私の顔を横目でチラリと見た。それが悪戯を見つかった子供みたいな顔だったから、おかしくて笑ってしまった。そんな私を見たグラウデンの顔にも、笑みが広がっていく。

「お前に礼が言いたかった。ありがとう、ディアナ」

「……いいえ、どういたしまして。あ、それから」

ん？ と眉を上げるグラウデン。

「お帰りなさい。それと無事に帰ってきてくれて、ありがとう」

「ああ」

彼は笑って、もう一度私の頭を抱き寄せると、音を立てて額に口づけを残していった。


ベッドの上、私は身じろぎもせずに横たわっていた。満月を間近に控えた大きな月が、アンティーク風の調度品の数々をくっきりと際立たせている。

月の明かりを感じていると、いろいろなことが頭を過った。

旅立ちの日までの残り五日のこと、別れの日のこと、まだ見ぬ夫のこと、向こうでの暮らし、残していく人たちのこと――。胸の中ではいろんな感情が吹き荒れて、まるで嵐みたい。だけど中でも私を悩ませるのは、やっぱりグラウデンのことだった。

――まだ身体が熱い。

暗闇の中、そっと指先で唇を触れてみると、感覚の鋭くなった粘膜が温かく疼いた。

さっきのキスの意味を知りたかった。だけど、知るのは怖い。どうして彼はあんなにも切なげな吐息を私に浴びせたのか。妖しく悶(もだ)えるような表情を私に見せたのか。考えれば考えるほど苦しくて、けれど、唇に残る感触はとても甘くて。自分でもどうしたらいいのか分からないくらい、心が乱れた。

「眠れないのか」

寝てるとばかり思っていたグラウデンが声を掛けてきた。

「うん」

「俺もだ」

そう言って彼は、逞しい腕で私の頭を抱き寄せた。

グラウデンの裸の胸から伝わる心音は力強く、彼の生命力と魂の息吹を感じさせた。こうやって眠れるのはあと数回しかない。

この先何があっても、私はこの音を忘れたくない。逞しい胸を忘れたくない。温かな唇を忘れたくない。

グラウデンのことを、忘れたくなかった。

第三幕　帝国へ

風がさやとも吹かない夜——。

回廊も、城壁の向こうでも、音を立てるものは何もない。

満月を明日に控えひときわ大きく成長した月が、丸窓の格子模様を石の壁に浮かび上がらせていたけれど。それが墓場の十字架のように見えてしまうような、不気味な夜だった。

何が、とは言えないけれど、胸が騒いで落ち着かない。今夜もまた夜間警戒に出てるグラウデンの身を案じてるせいなのか、それとも、ただ単にひとり寝の寂しさからなのか。いずれにしても心地よい眠りには程遠い夜をまた過ごすのかと思いながら、大きなベッドの上を身じろぎばかりしていた。

最近のグラウデンは出掛ける直前まで必ずそばにいてくれる。他愛もない話をして、笑って、相変わらず身体に触れては怒られて。だけどそれも旅立ちの日が近づいてくるにつれ笑顔をなくしていく私への、彼なりの気遣いだということには気づいてる。

王宮では今、町はずれにある牢獄にリグレイ公爵の臣下が捕えられたとの話で持ちきりだ。それを切り札に和平交渉に持ち込むか、見せしめに処刑するかといった血生臭い議論もされていて、長閑な田園風景が美しいこの国にも、戦争の足音は着実に近づいてきているのだということをまざまざと思い知らされる。そんな不安定な情勢の中だ。グラウデンも部屋から一歩出れば王国騎士団長として、厳しい気持ちで事態に臨まなければならないはず。なのにそんな彼を任務の直前まで縛りつけ、気を遣わせるのは申し訳のないことだと思った。

悩み疲れて、散々寝返りを打った挙句にようやく寝ついた頃だった。

「……ろ。……きろ。……おい、起きろ！」

「ふあっ！」

身体を揺さぶられて飛び起きた。突然眠りの淵（ふち）から呼び戻されたせいで、一瞬自分がどこにいるのか、縦になっているのか横になっているのかも分からない。ベッドに起き上がったら軽く眩暈までした。……ああ、せっかく人が気持ちよく眠ってたところを起こすだなんてあんまりだ。

目を擦りながら振り返ると、鎧を着込んだままのグラウデンがいた。

「おかえり」

今夜は随分と帰りが早い。……と思ったら、面頬すら下ろしたままで彼は冷たい声を出した。

「出立だ。すぐに準備しろ」

「……え？　出立って……実行は明日じゃなかったの？」

「どうも情報が公爵側に洩れているような気がしてな。予定を変更して今夜発つことにした」

「そんな……！　殿下にもサヴァンにも、明日って言ってあるのよ？　みんなにお別れもさせないの!?」

「周りの目を欺かなければならないのは俺も心苦しい。だが元々、これは極秘裡に行われるべきことだった。分かるな？」

「うん……まあ」

「着替える間俺は外で待っている。準備が整ったら出てこい」

グラウデンはそう言って、音も立てずにさっさと部屋から出ていった。

いつもなら私が『着替えるから出ていって』と言っても居座り続けるような人なのに珍しい。いよいよやってきたXデー、さすがのグラウデンにもセクハラする余裕はなかったってことか。何日も続く旅だから気楽に行こう、と言ってたのは彼の方なのに。

ランタンを持ってベッドから立ち上がり、何日も前から用意してあった騎士団の軍服を身に着けた。この軍服、ぱっと見は薄いブルーの生地に金ボタンのついた一般の団員服と変わらないデザインだ。ところが実際には裏側に鎖がびっしりと縫いつけられていて、重たいけれどこれ一枚で鎖帷子(かたびら)の機能も兼ね備える特注品だった。髪は高い位置でお団子にして、これも特注品である短髪のかつらを被ったら男装の完成。ちょっと小柄だしなよっちいけれど、これでどこからどう見ても若い騎士団員だ。グラウデンの部下になったみたいでちょっと嬉しかった。

両手に大荷物を抱えて回廊へ出た。扉の外にあるはずの松明は何故か消えていたけれど、吹き抜けからまっすぐに差す月の光が明るくて、それだけでも廊下は十分よく見える。思えば私が初めてこの世界に来た夜にも、月は煌々と輝いていた。それでも明るい世界に慣れてた私には、松明のない部分の回廊が真っ暗に見えて怖かったっけ。この短期間のうちにこれだけ暗闇に慣れるとは、一か月って短いようで長いものだ。

中庭の柱の陰からグラウデンが姿を現した。

「遅かったな」

「ごめん。だけどあとちょっとだけ待って」

荷物を置いてすぐさま廊下を駆けていくと、今度は厨房の扉を開けた。鍵は掛かっていなかったけど、こんな時間だからサヴァンはいない。

「これでよし、と」

調理台の上の、いつもふたりで話してた片隅にレシピを纏めたノートを置いた。

――あとは頼んだわよ、サヴァン。これを使って、明日からはあなたがセレスティアを喜ばせてあげて。

厩舎も今日は閑散としていた。騎士団員が警戒で出払ってるから馬の数も少なくて、ここにいるのは近衛隊の分と、側近の分、予備に置かれてる誰でも使える馬、それと私の栗毛の馬アルダだけだった。

「荷物はこれで全部か」

「ええ、これだけは自分で持つわ」

メイク道具やらの細かいものを入れた背嚢（はいのう）を背負って、あとはグラウデンにレンフロのところまで運んでもらうことにした。

アルダの引き綱を引いて歩きながら小鹿のところへ立ち寄った。小鹿はすやすやと眠っていて、私が覗き込んでもピクリとも動かない。この子のことではグラウデンと言い争いもしたし、リグリットの人間的な一面も垣間見られた。処遇はまだ決まってないけれど、どうか大人になるまでは見逃してもらえるようにと願った。

厩舎の外まで出たけれど、レンフロの姿はなかった。

「グラウデン。レンフロは？」

「俺の馬は森の中に繋いである」

と、あたりを警戒しながらグラウデンは言った。

は？　なんで森の中に？

今日の彼はなんだかやけに落ち着きがない。いつもは堂々とうるさいくらいの金属音を響かせて走り回るくせに、こそこそと暗闇を選んで進む様子はまるでスパイみたいだ。まあ、今日の日のためにこの一か月があったわけだから、気持ちは分からないでもないけど……。何かとらしくない彼の行動が、どうにも気に掛かった。

厩舎の裏手の森の中に、確かにレンフロはいた。黒く巨大なお尻をこっちに向けて、大人しく立っている。

「では行くぞ」

森の入り口で馬に跨り、ものすごく呆気なく私は城を離れた。

本当にこんな別れでよかったんだろうか。濃密な一か月をともに過ごした仲間たちにひと言の挨拶もなく城を離れて、みんなはどう思うだろう。

『明日は食事を作らなくていいから、わたくしとずっと一緒に過ごしてね』——今にも泣き出しそうな表情でそう話してたセレスティアの顔が目に浮かぶ。最後まで政略結婚にも、身代わりにも反対してたチェインの困ったような顔も、「抱かれちまえ」と鬼のような形相で迫ったサヴァンの顔も。明日になったら三人とも驚くかしら。朝食の時間が終わっても、私が王宮にも厨房にも顔を出さなかったら。

月の明かりが差す街道へは出ず、木々の間を私たちは縫うように進んだ。森は暗く、足元が悪いからあまり早くは走れない。顔にぷつぷつとぶち当たっていく羽虫たちの存在も、私を次第に嫌な気分にさせていった。ここを抜けたら、城は大分後ろに遠ざかっているだろう。もう二度と帰れないかもしれない、美しい鐘の音の鳴り響くファルバード城が。

二時間ほど森の中を進み、小さな水場で少しだけ馬を休ませることにした。

城を出てからグラウデンはひと言も口を利かなかった。いくら隠密行動とはいえ、いつも余裕綽々(しゃくしゃく)でいる彼にしてはやっぱりおかしいと思う。その他にも、何かがいつもと違うと感じてるのに、それがなんなのかはっきりとは分からなくて余計に焦(じ)れた。

私がレンフロに近づいていって鼻先を撫でたときだった。

「その馬にあまり触れるな」

頭の上で声がして振り返ったら、すぐ真後ろにグラウデンが立っていた。暗闇の中、鋼鉄の鎧を全身に纏った姿は間近で見るとギョッとする。それにしてもおかしな人だ、いつもだったらできるだけ馬に触ってコミュニケーションを図れと言うくせに。

「……なんで？　いいじゃない」

「どうしてもだ。下手に触って、驚いて騒がれても困る」

彼は踵を返して小さなランタンの明かりの元へ戻っていった。

今日のグラウデンは本当に変だ。やたらと口数も少ないし、言葉の端々に冷たさが滲んでる。面頬すら上げないけど、兜の中ではどんな表情をしてるのやら。

私はレンフロの丸々とした顔を下から見上げた。時間のあるときにはできるだけ厩舎まで行って、撫でたりブラッシングしてあげたり、時には桶に入れた飼い葉もあげた。そのお陰で短期間でアルダともこの子とも仲良くなれたんだと思う。グラウデンがそうしろと言うから頑張ってきたのに。

思えば、最初にレンフロに会ったときは頭に噛みつかれそうになったり、馬鹿にされたりと散々だった。チャッピーが彼の鼻先でピョンピョンと跳ね回ったあとだったから、あの子がレンフロに何か言ったのかと――。

……あれ？

記憶の中にチャッピーの映像が浮かんできて、途端に胸がざわついた。鼓動が急激に速くなり、額に変な汗まで浮かんでくる。そういえば、チャッピーは？　チャッピーはどこに行ったの？

今日のグラウデンがおかしいと感じる理由のひとつ。チャッピーの姿が見えないことに、今やっと気がついた。恐る恐る振り返ってみたけど、甲冑を身に着けた後ろ姿の周りどこにも、やっぱりチャッピーの姿は見えなかった。

……彼は本当にグラウデンなんだろうか？　だとしたら、私にチャッピーが見えないはずがない。会話が通じてるということはこの男の周りにもスピリットはいるはずなのに、それが見えないということは、この甲冑姿の男はグラウデンじゃない他の誰かということになる。……それじゃあ、この人は一体誰なの？

声はそっくりだ。背格好も同じ。鎧のデザインも、多分。この大きな黒い馬もレンフロに見える。だけど面頬を上げないところはやっぱりおかしかった。誰がなんのためにこんな誘拐みたいなことをするのか分からないけど、とんでもないことになりそうな予感はする。こうなったら……試してみるしかない！

座ったまま無言でいる男の真正面にしゃがみ込んだ。

「ねえ、グラウデン。先は長いんだし、一日早く出たんだからゆっくり行こうよ。実は私、厨房からお酒を拝借してきたの」

と、ドキドキしながら男の顔の前にランタンを掲げてみた。面頬の格子の向こうの瞳の色を見れば、これがグラウデンか別人かがはっきりと分かるはずだと思った。すると、兜の奥に一瞬だけ見えた瞳はすぐに伏せられてしまった。

「よせ、眩しいだろう」

男はランタンを持った私の手をぐい、と押しのけた。

くそう、かくなる上は……！

「あーっ、こんなところにカブトムシがあ――」

ちと棒読みになってしまったか、と思いつつその場で四つん這いになった。そしてちょうど男の顔の前にお尻がくるように移動してみる。本物のグラウデンなら絶対に、ゼッッッッタイに、お尻を撫でてくるはず！　いや、バックの体勢で覆いかぶさってくるかもしれない。

けれど男はうんともすんとも言わなかった。ただ前を向いたまま、むっつりと黙ってるだけだ。

こ、これは……！

もうグラウデンじゃないことに確定！　一〇〇パーセント確定！　目の前に女のお尻が揺れてて、触りもしないだなんて彼だったらあり得ない。

「そろそろ行くぞ」

グラウデンもどきの男は立ち上がり、私に構わずさっさと歩いていってしまった。

そうだ、この冷たさよ。グラウデンだったらちゃんと待っててくれるもの。いや、四つん這いになったままの私の手を取って立ち上がらせてもくれるだろう。なんとなく最初から違和感があったのに、どうして今まで気づかなかったのか。この男の行動には、普通の人が普通に持ってる他人に対する興味や関心というものがまったく感じられなかった。

重い腰を持ち上げてアルダの背中に乗った。

どうしよう。このままこの男に着いていったら、一体どこに連れて行かれるんだろう。だけど、今ここで逃げたらもっととんでもないことになりそうだ。私の乗馬技術じゃすぐに追いつかれるだろうし、大体力では勝てっこない。捕まったら間違いなく一巻の終わりだ……。

仕方なく今は騙されたふりをして着いていくことにした。そのうち隙を見て逃げるしかない。

私と男はまた馬上の人となった。ただし、今度は森に沿って、木々の際を軽い疾走で駆けていく。

グラウデンはもう部屋に戻っているだろうか。私がいないことに気づいたら死に物狂いで城じゅうを捜し回って、馬がないことが分かれば疲れていてもまた城を飛び出すかもしれない。ああ、でも、こんなだだっ広い草原の中を一頭の馬でどうやって捜すっていうの？　まるで海岸の砂浜に落ちた小さな貝殻を見つけるようなものじゃない。

男の馬は、ドドッドドッと草を蹴り上げて数メートル斜め前を行く。その銀色に輝く頭を私は睨み据えた。このままこの男に連れ去られるわけにはいかない。この国のため、グラウデンのためならばと決めた覚悟だもん、帝国に行かずに一生を終えたりしたら成仏なんてできやしないのよ！

早いとこチャンスがやってこないものかとじりじりしてたところだった。遥か後方から蹄が草を蹴る音が近づいてくることに気がついた。月明かりの下やってくる何かは、チラチラと振り返るたびに距離を縮め、やがてその姿がはっきりと確認できるくらいのところまで近づいた。そして、びゅんびゅんと風を切って走るなか、朗々とよく通る声が暗闇に轟いた。

「そこのふたり、待たれよ！」

もう一度振り返った視線の先に見えた服の色に、私の目は閉じる力を失った。

「チェイン！」

後ろから追い上げてきたのは王宮の実直な若者だった。いつもはきっちりとセットしている黒髪を振り乱し、険しい顔つきで向かってくる。馬のお尻に鞭まで当ててるようだった。

「お止まり下さい、騎士団長殿！　ディアナ様も！」

彼は私と甲冑男との間に割って入ると馬を急停止させた。驚いたアルダもその場に立ち止まり、少し先を進んでた甲冑男も馬を返して戻ってくる。

「一体なんの用だ、チェイン」

「騎士団長殿ともあろうお方が卑怯な真似を……！　予定通り明日まで待たなかったのは私に止められると思ってのことですか」

ふーっ、ふーっ、と激しく胸を上下させながら、チェインはのっけから息巻いた。甲冑の男はその様子を見て、ふふん、とせせら笑った。

「貴様に俺を止める力など端からない。忘れたのか？　お前に剣を指南したのはこの俺だということを」

チェインは手綱を指の関節が白くなるほど握りしめ、震えながら下唇を噛んだ。

「公爵側との真の和平を目指すならば、話し合いによってそれを求めるべきではないのですか？　信用するに足らぬ国交もない国に、王女殿下の替え玉を引き渡して協力を得ようなどという姑息な真似をせずに」

「話など通じる相手ではない。それに、そもそもこの女は身代わりになるためにファルバードへやってきたのだ。ボードゲームの駒同様、人は然るべき場所に用いてこそ意味がある」

男の冷酷で無慈悲な口調には寒気すら感じた。よりによって私をチェスか何かの駒に例えるとは。

その言いぐさに触発されたのか、少し冷静になったかに見えたチェインの顔が再び怒りに燃え始めた。目を三角に吊り上げ、小鼻を広げ、肩を震わせながら食いしばった歯の隙間から苦々しい声を振り絞った。

「女性の身ひとつ守れずに、国を守ることなどどうしてできましょうか。女とは命を生み出すもの、生の象徴。戦で死にゆく男は生きることを渇望し、ゆえに女を求めて止まないのだと教えたのはあなただったはず！」

そして彼は眉を震わせて一層声を荒らげた。

「あなたは……！　騎士団長殿は、ディアナ様を愛していたのではなかったのですか!?」

……あ？

はあああっ!?

いやいやいやいやいや。ちょっと何言っちゃってんの、チェイン。おっさんが私を愛してるだなんて、そんな話は一体どこから湧いたわけよ！

パニックに次ぐパニックで、私にはチェインと甲冑男とを交互に見比べるくらいしかできない。しかも状況は一触即発、敵意を剥き出しにして今まさに戦闘態勢に入ろうとしているチェインと、片や不気味なくらいにむっつりと黙ったままの甲冑男と。

違うのよ、これはグラウデンなんかじゃないの！　――そうチェインに言ってやりたいのに、とても私が口を挟んでいいような雰囲気じゃない。何より甲冑の男が怖くて怖くて仕方がなかった。

男が静かに沈黙を破った。

「俺がこの女を愛しているとはまた寝ぼけたことを言う。それほどまでに女を帝国へ差し出したくないと言うのなら、力づくで奪い取ってみたらどうだ?」

「……望むところです。あなたは歴戦の猛者、我が剣如き簡単に退けることができましょうな。ご覚悟はいかに！」

スラリ、と金属の擦れる音がして、チェインは銀色に輝く剣を腰から抜いた。甲冑の男もまた、大振りの使い込まれた剣を荒々しく抜く。

「王国騎士団長の俺が王宮内に籠りっぱなしのうらなり男に敗れるわけなどない。死して野に打ち捨てられ、獣に屠（はふ）られながら俺に挑んだことを悔いるがいい」

互いの馬は静かに後ろへ数歩下がって距離を取った。そしてじりじりと睨み合った末、頭上で夜鷹がひと鳴きしたのをきっかけに、ふたりはそれぞれに向かって馬を突進させた。

うおお、と雄叫びを上げながらチェインが剣を振りかざす。男は剣を下段に構えたまま突き進む。そして両者はすれ違った。

ギイイイイン！　と激しい音がして思わず目をつぶった。次の瞬間恐る恐る目を開けて、まだ誰からも血が流れてないことに安堵する。けれど間髪入れずにまた馬上の剣士はすれ違い、次々と暗闇に火花を散らした。

恐ろしくてとても見ちゃいられなかった。男は甲冑を着けているけど、チェインは急いで出てきたのかいつもの政務官服のままだ。切られても刺されても打撃を受けても、大けがをするか最悪の場合死んでしまうかもしれない。これはゲームなんかじゃない。魔法や薬草で傷が癒えるとか、生き返らせるなんてことできないんだから！

「やめて――!!　スト―――ップ！」

何度も何度も叫ぶけど、私の声は聞き入れてはもらえなかった。仕方なく自分の腰からも剣を抜いたけど、そんなものを持ったところで目まぐるしく動き回るふたりの間に割って入ることなんてできなかった。

そして――。

すれ違いざま、甲冑の男から水平に繰り出された切っ先にチェインのお腹は引き裂かれた。それでも渾身(こんしん)の力を籠めて叩き返した剣は鋼鉄の肩当てに弾き返され、もう一度回り込んで戻ってきた男の剣がチェインの右腕を深く切りつけた。

「ううっ」

剣を取り落としたチェインに男は容赦なく斬りかかろうとした。彼が巧みな手綱さばきでそれをかわすと次々と打撃を加え、追い詰めていく。体勢を崩したチェインはついに馬から滑り落ちてしまった。

「……チェイン！」

思わず男の馬の前に躍り出した。

「やめて！　お願い、もうやめてよ！　何もそこまでしなくたっていいでしょう⁉」

きっ、と兜の中を睨みつけると、男はやっと追撃をやめて腕を下ろした。

鞍から降りてチェインの元へ駆け寄った。彼は右の二の腕を押さえて苦しそうに呻き声を上げている。傷口を押さえた指の間から流れる血が月明かりにぬめぬめと光り、怒りに燃えてた彼の頬はすでにいつもよりも白くなっていた。

「チェイン、チェイン！　しっかりして……！」

「ディアナ様――」

「どちらにしてもその腕ではもう剣も振れんな。消え去れ。お前は敗れたのだ。俺に勝てぬようではこの先戦が起きても女ひとり守ることなどできまい」

冷たい声が背中に響く。チェインは男の方を睨みつけて怒りと苦痛とに顔を歪めた。その視界を遮るようにして、私はチェインの漆黒の瞳を覗き込んだ。

「聞いてチェイン。あの男、グラウデンなんかじゃないの」

囁きながら、背嚢の中から取り出した手ぬぐいを彼の腕に巻きつけた。

「い、今なんと……？」

彼にとってはまったく想定外の情報だったらしく、困惑した表情で私を凝視してくる。

「しっ……！　もっと痛そうなふりをして！」

手ぬぐいを思いきり縛り上げた。

「ううっぐ……‼」

「おい、早くしないか」

と、甲冑の男。

「ちょっと待ってよ」

お腹の傷はそれほど深くないようだった。もう一枚手ぬぐいを出してチェインの左手で押さえつけさせた。

「このままずっと押さえてるのよ。……とにかくあいつの言うことは信用しちゃダメ。私は隙を見て逃げるから心配しないで。お願い、どうか無事でいて」

男に引っ立てられるようにしてチェインの元を去った。この国に救急車があったら今すぐに呼んであげられるのに、そんなこともできない自分がどうしようもなく情けなかった。

＊

傷ついたチェインと別れてから、一体どれくらい時間が経ったろう。あれから二頭の馬は迷走を繰り返し、もうどこをどう進んでいるのか私には見当もつかなかった。すでに夜も更けたのか、月は出発したときとは大分違う高さまで上っている。

——どうしてこんなことになっちゃったんだろう。

馬の背に揺られながら悔やんでも悔やみ切れずにいた。帝国へ着くまでの数日間、悲しいけれどグラウデンと最後の楽しい時を過ごそうと思ってたのに、事態は思わぬ方向へと進んでしまった。得体の知れない男に攫われることに比べたら、身代わりとして帝国へ嫁ぐなんて大した苦でもなかったと今さらながらに思う。王国では今頃何がどうなっているだろう。私がいないことに気づいたグラウデンは血眼になって捜しているだろうか。それから、チェインは無事でいてくれてるだろうか。

無言でいると次から次へといろいろなことが頭に浮かんだ。そして最後には公爵連合とレ帝国と、ふたつの勢力に同時に攻め込まれるファルバード城の映像にたどり着いてしまう。石の城壁を火矢はいとも簡単に飛び越え、鉄槌が打ち砕く。正規兵だけでなく、町の住民も、農民も、慣れない剣や農具を手に取り、美しい王国を守るため、家族のために血を流し倒れていく——。

そんなことが、私のくだらないミスのために……？

考えただけで頭からスッと血の気が引いていく。当然、起こってはならないことだ。

男はあれきり、方向の指示を出す以外はひと言も口を利かず、どこへ行くのかと尋ねても答えなかった。男の今までの行動と言動からして、政略結婚にまつわる計画の何もかもを知っていて事に及んだはずだ。とすると男は公爵連合と繋がっているスパイか何かで、私を人質として攫ったのか、あるいはこのまま連れ去って奴隷にでもされるのか……。いずれにせよ、何がどう転んでも私の望むようになるはずもない。ならばなおさら、なんとかしてこの男から逃げなければ。

やがて山際が紫色にけぶる頃、さすがに馬も言うことを聞かなくなって、私たちは湖のほとりで小休止を取ることにした。

馬だけでなく夜通し馬上の私もクタクタだった。馬を繋いだ木の根元は夜露に濡れて大分湿っていたけれど、一度座ったらもう立ち上がることはできなかった。男は火打石を使って器用に火口に火を点けた。手近にあった小枝からランタンに火を移すと、私の顔の前にかざして男が言った。

「そうか、兄者がお前をな」

途端に心臓が割れ鐘のような音を立て始め、口の中がカラカラに干上がっていく。

「……なんの話？」

「しらばっくれるな。気づいてるだろう、俺はグラウデンじゃない」

そう言って男は兜の面頬を跳ね上げた。

恐る恐る向けた目を、私は閉じることも逸らすこともできなくなってしまった。そこに現れたのはグラウデンとはまったく違う、氷のように冷たいブルーの瞳だった。傷だらけの顔はやけに白く頬がこけ、まるで死人のように色が悪い。思わず声を上げそうになったのは、それでも目鼻立ちが驚くほどグラウデンに似てたからだ。

合わせた歯をカチカチと震わせながら、かすれた声を振り絞った。

「……あんたがイライアス」

「そうだ。俺の名を知っているということは、俺がこれまでどんなことをしてきたかも知ってるな？」

男は不気味に口元を歪めながら低い声で尋ねた。

それ以上は何も言えなかった。確かチェインの話では窃盗から人殺しまであらゆる罪を犯し、吊り責めの上鞭打ち千回の拷問にも耐えたという男だ。十年以上前に王国を追放されたということだったけれど――。

背格好や声はグラウデンにそっくりだった。だけどまさか、その鎧の中に隠された真実が、名前を口に出すのも憚られるほどの凶悪犯だとは思わなかった。ああ……戻れるものなら戻りたい、この男が部屋に入ってきた数時間前に。そしてあのときの自分に『兜の中を確認しろ』と言ってやりたかった。

イライアスは音もなく兜を外した。中から伸び放題になった黒い髪が垂れ、傷だらけの顔を隠す。しゃがんだままにじり寄ってきた彼の身体からは、甘ったるい香辛料のような奇妙な匂いが漂っていた。

「わ、わわ私をどうするつもりなの。あんたが帝国へ送っていってくれるってての？」

「まさか」

クッ、とイライアスは気味の悪い笑顔を浮かべた。

「お前を帝国へ渡すつもりなど端からない。ファルバードの間抜けどもが温めてきた計画を妨害するためならば、大枚を叩くとリグレイ公が言うんでな」

「あっ……！」

かつらをむしり取られ、束ねた髪を後ろからむんずと摑まれた。上向いた私の目の前に青白い顔がぐいと近づく。淡い光を放つ月をバックに、死神のような男は口の端だけを持ち上げ低い声で囁いた。

「面白い話になってきた。お前を俺の女にしたら兄者はどう思うかな」

「そ、そんなことやってみなさいよ。グラウデンに殺されるわよ……！」

と、次の瞬間イライアスは突然冷えた金属のような顔に戻り、どこからか取り出した短刀を私の頬にピタリと当てた。

「ひいっ」

「……口を慎め、ディアナとやら。お前の命を奪うなど造作もないことなんだぞ」

そして右手で短刀を突きつけたまま、左手で地面に打ち捨ててあった革袋の中を落ち着きなく探り始めた。

冷静に見えたイライアスは間近で見ると明らかに目つきがおかしかった。私の頬に短刀を突きつける手はぶるぶると震え、荒い息を抑えようと食いしばった口角には泡が溜まっている。

皮袋の中をさまよってた手が目当てのものを探し当てた瞬間、彼はいきなり短刀を投げ捨て、近くにあった木から葉っぱをむしり取った。気味の悪い、短い呻き声を洩らしながら、震える手の中で葉っぱに何かを包み火を点ける。程なくしてイライアスの吐く息から終始匂っていた甘ったるくスパイシーな香りがあたりに充満して、私は慌てて軍服の袖で口元を覆った。

「あ……ああ、あ……最、高だ」

グラウデンに似たその声に思わずぞっとした。イライアスは折りたたんだ葉の隙間から立ちのぼる煙を吸いながら恍惚(こうこつ)の表情を浮かべ、口元からは涎(よだれ)を垂らし、その瞳は何も見ていない。逃げるなら今しかないと分かっていても、目の前にいる男の様子が恐ろしすぎて腰が立たなかった。

そのまま数分が経過しただろうか。イライアスは手にしていた葉っぱを放り投げ、私に向き直った。傷だらけのやつれた顔はますます青ざめて玉の汗が浮かんでる。

「脱げ」

そう言ってイライアスは、瞬きもせずに私を見据えたまま次々と装備を解いていった。甲冑に隠されていたその身体は野良犬のように痩せこけ、鎧下の首元に覗く生気のない皮膚は罪人を表す焼きごての跡で埋め尽くされていた。

「早くしろ。『ハッパ』をやった直後の俺は極端に気が短いんだ」

「……だ、だから何よ、あんたの前で裸になるくらいなら、帝国のお爺ちゃんに毎晩抱かれた方がマシだわ！　あぐっ——」

突然襲いかかってきたイライアスに草むらに押し倒された。

「俺の言った意味が分かってないようだな。……だが、気の強い女は嫌いじゃない」

鼻先がくっつきそうな距離で、彼は怒りに震えながら言葉を絞り出した。クスリの匂いが強烈に鼻を衝いて、目の前の空間が奇妙にねじれ始めた。

「お前を犯して嬲り殺しにし、兄者の部屋に死体を投げ込むことにした。きっと面白いことになるな」

組み敷かれた両手が急に自由になる。けれど意識が朦朧として全身の力が入らない。鎖帷子を内蔵した軍服はいとも簡単に引き剝がされ、裸の胸が顕わになっても隠すことすらできなかった。

「やめ……て、……や、め」

耳に入る声が自分のものとは思えなかった。薄っすらと目を開ければ、人じゃないような目の色をしたイライアスが私の軍服のベルトに手を掛けるのが見える。圧し掛かる男の体をどかそうともがくけど力が入らず、抵抗したい気持ちとは裏腹に勝手に涙までが溢れてきた。男が思いを遂げたとき、私は殺されるんだろうか。それとも、犯されながら死んでいくんだろうか。

――お母さん、勝手にいなくなってごめんなさい。隆也、怒ってばかりでごめん。教室の先生、訴えられたままいなくなってごめんなさい。

それからグラウデン、今は誰よりもあなたに謝りたい。あなたの力になりたかった。この国に平和をもたらすために私を使ってほしかった。この世に本当に神様がいるのなら、どうか永遠にファルバード王国を守って下さい。グラウデンのことを守って下さい。それから――。

そのとき、何か小さなものが目の前を鋭く横切った。私とイライアスとの顔の間、僅か数十センチのところを。

カッ、と音を立ててすぐ近くの木に突き刺さったのは、ファルバード王国の国鳥、フロインベルデの矢羽のついた矢だった。

イライアスはバネのように跳ねて私から飛び退いた。途端に身体が軽くなり、全身に血流が戻ってくる。頭はくらくらしてるし足は震えてるけど、なんとか無理やりに体を起こし、矢が飛んできた方向へと地面を蹴った。

まだ何も見えない。何も聞こえない。

だけどきっと、矢を放った人物は私を窮地から救ってくれる。そうでないとしたら、神様なんて最初からいないことになってしまう……！

と、濃く密生した木々の向こうから馬のいななきが、草を分ける音とともに近づいてきた。

ずあああああ、と聞いたこともない野獣のような雄叫びが聞こえてくる。そして次の瞬間、黒く巨大な塊が灌木（かんぼく）を突き破って目の前に躍り出た。

「ディアナ！」

「グラウデン……！」

頭上高くジャンプしたレンフロの上で、おっさんの動きは一瞬止まって見えた。跳ね上げた面頰の奥にちらと見えた青灰色の瞳がスッと細められる。こんな状況だというのにグラウデンは、余裕たっぷりの笑みを私に投げて寄越したのだ。

彼は片手で手綱を握りしめ、目にも止まらぬ速さで馬を駆り、イライアス目掛けて最初の一撃を繰り出した。

金属同士が弾き合う高い音が森じゅうにこだまする。

グラウデンは華麗に馬を翻した。

イライアスが素早く跳躍した。

レンフロの口からは泡になった飛沫（ひまつ）が飛び散り、あれだけ大きな馬なのに重さを感じさせない軽やかなステップを踏んだ。

下草を激しく荒らす音。

力任せに邪魔な枝を打ち払う音。

そんなものがふたりと一頭の荒々しい息遣いの合間に聞こえて、私の身体までもが熱い血で滾った。

イライアスは素早く馬に飛び乗り、森の外へと駆け出した。

「待て！」

その背中に叫びながら、グラウデンはレンフロの頭を私の方へ向けた。

ドドッドドッと鼻息荒くレンフロが駆けてくる。そして遥か高い馬上から差し伸べられた大きな鋼鉄の手を、私は必死の思いで摑んだ。

森の外は明るくなりかけていた。緑濃い平原を、イライアスは少し先へと進んでる。馬の大きさは変わらないけれど、体重の軽いイライアスに対し、重い筋肉と鋼鉄を纏ったグラウデンとその後ろに私と、ふたりを乗せたレンフロは相当キツいはずだ。頑張って走ってもなかなか追いつきそうになかった。

ところが、前を行くイライアスの馬が突然失速した。何かを嫌がっているのか、走りながらも時折首を振っている。

「観念しろ、イライアス！　大方これまで馬を酷使してきたのだろう」

グラウデンにたしなめられて、イライアスは不快そうに唇を曲げた。そしてゆっくりと馬を止めると額に張りついた長い髪を苛立（いらだ）った様子で振り払った。

グラウデンは数メートル離れたところにレンフロを止め、まっすぐイライアスに向き直った。生暖かい風が吹く中、彼は鼻から大きく息を吸い込んだ。

「貴様……まだ『イェルバ』をやっているのか。あれほどやめろと言ったのに」

「何を飲もうが食おうが俺の勝手だ。たとえそれが身を滅ぼす毒草の類であってもな」

「兄の忠告を素直に聞かないところは昔のままだな。馬から降りろ」

そう言ってグラウデンはレンフロから飛び降りて、私に手綱を預けた。自分も甲冑をひとつひとつ脱ぎ、黒一色の鎧下と剣帯だけになる。イライアスは何も言わない。ただじっと馬の背に跨ったまま、グラウデンを睨みつけるだけだ。

「どうした。馬上よりも土の上の方が慣れているだろう。お前に有利な条件にしてやろうと言うのに」

グラウデンの言葉に、ふん、とイライアスは鼻を鳴らし、嘲るような笑みを浮かべた。

「それほどまでに女を守りたいか。こんな男が団長だとは、王国騎士団も地に落ちたもんだ」

彼はレンフロそっくりな黒馬からひらりと飛び降りた。

「色に迷った男に負けたとあっちゃ俺も恥だ。最初から本気で行かせてもらう」

「ああ、本気で来てもらわないと困る。何故なら今宵の俺はいつもより気が立っていてな。腰抜け相手ではものの数秒で決着がついてしまいそうなのだ」

言い終わるや否や、グラウデンは腰に下げた大振りの剣を引き抜いた。イライアスは手に握っていた剣を握り直し、切っ先をグラウデンに向けた。

両者はともになんの構えもないまま黙って睨み合った。

流れる雲が時折月の光を遮り、風がふたりの頰を撫でても。そのまま時は過ぎていく。長い長い沈黙がちりちりと焼けつくようで、レンフロもイライアスの馬も、私に手綱を握られたまま大人しくしていた。

先に攻撃を仕掛けたのはイライアスの方だった。彼は喉から絞り出すような声を上げながらグラウデンの元へと斬り込み、低い位置から衝き上げるように剣を繰り出した。

ガチン！　と夜をつんざくような派手な音を立てて剣は弾き飛ばされた。イライアスは素早くそれを受け流し、まるで忍者のような身のこなしで足元の草をしっかりと捉える。対するグラウデンはその重厚な体軀をものともせず、次から次へと矢継ぎ早に打撃を繰り返した。彼の一撃は見るからに重い。更に甲冑を脱いだお陰で大剣の重さを上手く捌けているようだった。

「『イェルバ』の毒が全身を蝕んでいるだろう。かつてのお前の剣はこんなものではなかった！」

互いの剣が激しくぶつかる。剣身が擦れ合い、強く絡んだガードからはぎりぎりと音がするようだった。

「今さらそんなことを俺に諭してなんになる？　もう全てが遅いのだ、兄者よ……！」

イライアスはサッと横に飛び退き、地面に転がってた甲冑の一部をグラウデンに投げつけた。それをグラウデンが足で蹴り飛ばす。そのままイライアスの元に突っ込んでいったかと思うと素早く身を翻し、蹴った甲冑の陰から素早いひと振りを放った。

イライアスの判断は一瞬遅かった。遠心力を伴った重い打撃はどすんと脇腹に食い込み、呻きとともに彼は後ろによろめいた。そこをチャンスとばかりにグラウデンは一気に間合いを詰め、降りしきる雨のように次々と剣を振り下ろした。

激しい金属音が月夜の草原に響き渡る。

「兄者に俺が殺せるものか……！」

「確かにかつての俺ならばそうだったかもしれん。だが、昔とは違う。貴様をここまで生き永らえさせていた俺の不徳のせいで王国は……！　今こそこの業を断ち切る！」

グラウデンの目は血に飢えた猛獣のようだ。普段は深い森に佇む泉を思わせる瞳の色も、今夜は激しく逆巻く荒波を思わせる。彼を突き動かすものは一体なんだろう。王国に不安定な情勢を招いた原因がイライアスにあるとでもいうのか、それとも、不甲斐ない弟を許し続けた自分に対する戒めなのか。

イライアスも細い身体でどうにか凌いではいるものの、一気呵成に攻め続けるグラウデンの剣に明らかに押されている。そしてついに――。

デヤアッ、という大きな掛け声とともに突き出された剣が、イライアスの右鼠蹊部を打ち抜いた。バランスを失った身体は、どう、と後ろへ倒れ、それきりイライアスは立ち上がれなかった。

「勝負はあったようだな」

グラウデンは呼吸を鎮めながら静かに弟を見下ろした。太腿から溢れ出すおびただしい血液が、濃灰色の鎧下をみるみる染めていく。青ざめた顔を苦痛に歪め、イライアスは激しく肩で息をした。

「貴様の手になど掛かって死ねるか……！」

彼は一度取り落とした剣を拾い、自分の方へと切っ先を向けた。イライアスが己の首を掻き切ろうとしたそのとき、飛びかかったグラウデンがその手を掴んだ。

「自害などさせん！」

「何を――」

「俺でなければならんのだ！　何故なら――」

グラウデンの目がギラリ、と光って細められる。

「俺が、お前の兄だからだッ」

彼はイライアスの肩を掴んで地面に強く叩きつけ、打ち捨てられたマントを拾って顔に被せた。そしてその上から、鈍く光る剣を頸動脈のあたりに向けて力の限りに突き立てた。

「――っ!!」

その瞬間、私は顔を背けて固く目を閉じた。手綱を持つ手も鐙に踏ん張る足もがたがたと震え、全身から全ての血液がなくなったように凍りつく。姿勢を保つことすら難しくて、レンフロのたてがみにすがりついた。

そのまま時間は過ぎていった。馬の背に突っ伏した私の髪を、仄かな樹液の匂いを孕んだ夜風が優しく撫でていく。

「終わったぞ」

……静かな声が聞こえた。

恐る恐る顔を上げてみると、グラウデンはぴくりとも動かなくなったイライアスのそばから立ち上がるところだった。

ゆっくりと私に近づいてくる。彼の目は王宮にいたときと同じ穏やかな色を取り戻してた。けれども、なんとなくすぐには近寄れなかった。イライアスと過ごしたこのひと晩があまりにも恐ろしく、濃密すぎて。その男が呆気なくいなくなったことが現実なのかどうか、実感すら持てない。

「ミサト……俺が怖いか？」

グラウデンは小さく言った。少し悲しそうな、疲れたような表情だ。

私は何も言えなくてただ首を振った。

違う、あなたが怖いわけじゃない。寧ろもう会えないとさえ思ってたあなたが助けに来てくれて、こんなに嬉しいことはないの。この数時間の間、どんなにあなたに会いたかったか――。

レンフロの背を滑り降り、草原に降り立った。まだ馬に乗ってるみたいに地面が揺れる。足がガクガクする。けれど、待ち焦がれた人はすぐそこにいる。

たった数メートルの距離をよろめきながら進み、両手を広げて待つ大きな胸に私は飛び込んだ。

「グラウデン……！」

頬が胸に触れた瞬間、力強い腕が思いきり私を抱き寄せた。恐怖に冷え切っていた背中を、熱い熱い腕が融かしていく。さっきまで感じてた死への恐れとか、先の見えない不安とか、絶望の苦しみとか。そういうもの全てをグラウデンが吸い取ってくれてるみたいに感じた。

彼は私の顔を上向けさせ、憂いを含んだ目で見詰めた。

「この馬鹿娘が……！　よく確認もせずにのこのこと着いていきおって。まったく、俺を心労で殺す気か」

「ごめんなさい。心配掛けたよね」

「当たり前だ、俺もレンフロもクタクタだぞ。身体は大丈夫なのか？　何もされてはいないか？」

「うん、……なんとか」

私の言葉を聞いた途端、ふぅーっ、とグラウデンは胸の奥から深い息を吐いた。額に掛かった髪を優しく払い、何度も頭を撫でて、

「そうか、よかった。本当に。遅くなって悪かったな」

と、眉根を寄せて不器用に笑ってみせた。

そんな彼に、私は少し涙を浮かべながらも内心驚いていた。だって、グラウデンのこんな顔は見たことがない。彼はいつだって涼しい顔して、余裕たっぷりで抜け目なくて図々しくて、あざとくて。自信と威厳に満ち溢れてたから、胸が押し潰されそうな思いをすることなんてないんだと思っていた。

だけど、どうやら今回は相当に心配してくれたらしい。こんな年下の私に取り繕うことなく見せた表情から深い気持ちが伝わってきて、なんだか無性におっさんが愛しくなった。

「グラウデン。あの……助けに来てくれてありがとう」

ああ、と彼は珍しくにっこりと笑う。その笑顔を間近で見上げたら、急に彼の唇が欲しくて堪らなくなった。その思いは自分でもびっくりするくらいに唐突で激しく、到底理性なんかで抑えられるものじゃなかった。

汗で濡れた首に手を回し、無精ひげに覆われた口元まで伸び上がった。胸が馬鹿みたいにドキドキして壊れそう。まさか自分からおっさんにキスするときが来るだなんて——。

目を閉じてそっと唇を押し当てた途端、力強い腕が私を持ち上げるほどにきつく抱きしめた。私たちは最初から熱く、深く唇を合わせた。お互いの欲望をぶつけるように、淫らに、衝動的に。ムードとか、順序とかはどうでもいい。ただ彼を、約束通り命を懸けて救ってくれた男の息吹を肌で感じたかった。

幾分乾いた唇を、私は自ら開いて誘った。そこへグラウデンの舌が、夜の獣のように忍びやかに潜り込んでくる。艶めかしく、それでいて情熱的に、彼は私の唇を求めた。生き物のように蠢(うごめ)く舌が私の唇の内膜を。そして歯列をなぞったかと思うと、今度は力づくで押し入ってきて全てを貪り尽くす。行動はリビドーの結晶。会えない間に抑えつけてた思慕が爆発したように、私も夢中で舌を伸ばした。それは数分くらいは続いていたかもしれない。強烈な引力でくっついてしまったんじゃないかとさえ思った唇が離れたのは、ほぼ息継ぎをするためだった。

こんなに熱いキスは生まれて初めてだった。私はすっかりのぼせてしまい、心臓も身体中の血液も燃えたぎるほどに躍り狂ってる。それなのに、唇が離れてからも青灰色の瞳がまっすぐに覗き込んでくるから、顔から火が噴き出るくらいに恥ずかしくなった。

グラウデンは名残惜しそうに私の唇を指でなぞり、とびきりセクシーな笑みを浮かべた。

「おいおい、どうしてここにはベッドがないんだ」

「ばかっ……」

ああ、この落ち着いたブルーグレーの瞳も、それを彩る長く濃い睫毛も、軽口を叩く唇も、みんなみんなグラウデンだ。いつもよりちょっと濃いめの無精ひげにも、無性に頬ずりしたい……。もうだめ。堕ちた、と思った瞬間だった。

いつまでも見詰め合ってたら、山のように大きな肩の向こうから黒い毛の塊が遠慮がちに姿を現した。

「チャッピー！」

「俺をここへ導いた功労者だ。満月を明日に控え、霊力が高まっていたらしい。こいつがいなければお前の元にはたどり着けなかった」

「ああ……チャッピー!!　お前ってば、なんて最高なの！」

手を伸ばすと黒い毛玉は勢いよく私の胸に飛び込んできた。激しく頬ずりされてあまりのくすぐったさに肩を竦める。さわさわと素肌に当たる柔らかい毛から埃の匂いが舞い上がって、過酷な道中、私のためにグラウデンを助けて一緒に旅してくれたことを実感した。

スピリットは本当に不思議な存在だ。宿主の力となって、時には命を救うこともあるという話だけど、それも宿主とスピリットとの強い絆あってのことらしい。グラウデンが私を救いたいと強く願って、チャッピーがそれに応えたのだとしたら、私にとってこんなに嬉しいことはなかった。

チャッピーを肩口に挟んだまま、私はもう一度グラウデンの胸に顔を埋めた。今はもうしばらくこうしていたい。背中に手が回らないほどの圧倒的な筋肉に抱かれて、生きていることを感じていたかった。


「チェインが……？」

グラウデンは土を掘る手を止めて私を見た。凪いでいた瞳の色が再び鈍く光り出す。

イライアスの遺体をこのままにしておけば間違いなく略奪に遭う、それは剣の道に生きる者にとっては最大の屈辱だ――というグラウデンの言葉を受けて、ふたりして簡単な埋葬をするための穴を掘っているところだった。

彼は来た道をたどるように森の外の闇に目を馳せた。そしてしばらくののち、無言で首を振った。

「……ということは、途中で会わなかったということね？」

「ああ。スピリットのお陰でここまでほぼまっすぐに来たはずだが。それで、どんな状況だったんだ？」

私は事の顛末をグラウデンに話して聞かせた。城から数時間ほど離れたところでチェインが追いついてきたこと、政略結婚には反対だと言うチェインが私を賭けて戦ってくれたこと、傷ついた彼をその場に置いてきてしまったことを。話していくにつれ、グラウデンの顔つきが徐々に険しくなっていく。

「そうか、イライアスと決闘を……。で、チェインと別れた場所はどのあたりか分からないんだな？」

「うん。ここに来るまでにも大分回り道したし。けど、チェインが私たちに追いついたのはお城を出てからまだそれほど経ってない頃だったわ。……ねえグラウデン、今からでも戻って彼を捜そう。出血が酷かったから心配なの」

彼はしばらくの間考えを巡らせているみたいだった。そして諦めたように首を振ってため息をついた。

「我々に戻っている時間はない。すでに今いる場所は大分南寄りのルートで帝国からは離れてしまっている。期日に間に合わなければ帝国は約束が反故(ほご)にされたと思うだろう。そうなれば逆にこちらに牙を向ける可能性もある。……残念だがチェインの幸運を祈るしかない」

肩の力がガクリと抜けた。だけどグラウデンの言うことは分からないでもない。一か月の間、この計画を成就させるためにいろんな人が力を合わせて動いてきた。そしてそれは王女を受け入れる帝国側でも同じことだろう。チェインひとりとて命の重さは同じだけれど、私情を優先するあまり国や大勢の国民を危険な目に遭わせるわけにはいかないというグラウデンの立場もよく理解できた。

そうね、とだけ言って、私はまた穴掘りに専念した。チェインの元に奇跡的にラッキーな巡り合わせがあるようにと、今は祈るしかない。

グラウデンが抱きかかえてきたイライアスの顔は憑き物が落ちたように穏やかだった。亡骸(なきがら)にもう一度甲冑を着せたらそのサイズギリギリのサイズに掘った穴に沈め、グラウデンは膝を突く。

「神の国で自らの罪深きを恥じ、悔い改めるがいい。さすれば今一度清らかなる肉体と魂が与えられるであろう。フェブラーハ」

「フェブラーハ」

イライアスのマントを遺体に掛け、その上に彼の剣を斜めに置いた。ふたりで土を被せてもう一度神に祈ると、グラウデンは荷物の中からお酒の入った革袋を取り出した。

「罪深い男ではあったが俺にとってはたったひとりの弟だ。忌まわしき血は俺にも流れているやもしれん。ただ奴の方が悪魔に愛されたというだけのこと」

そう言って彼は革袋の栓を抜き、たった今作られた弟の墓に酒を撒(ま)いた。自分もひと口あおり、栓を開けたまま私に寄越す。

「……小さい頃は俺の背中ばかり追いかけていた。俺たちは歳が近かったからな」

昔を思い出したのか、彼はくすりと笑った。

グラウデンが昔のことを話すなんて珍しい。隣に行って腰を下ろすと、彼は私の手から革袋を取り上げてもう一度酒をあおり、ウエストのくびれに手を回してきた。

「十六になった日、俺は騎士団に入った。弟はそれが羨ましかったのか、『俺のことも入れろ』と当時騎士団長をしていた父に食ってかかってな。異例の早期入隊を果たしたあいつはそれからメキメキと頭角を現し始めた。実際、剣の腕は俺よりも上だった」

「そうなの？」

彼に合わせて私も少しだけ笑った。

「ああ。……だが、奴は若い頃から素行が悪すぎた。初めは悪い連中とつき合っているだけだったが、次第にやることがエスカレートしてきてな。……俺が二十三、イライアスが二十一のときの話だ。父が家督を俺に継がせると言い出してから事態は一層深刻になった。家督を継ぐということは、将来において騎士団長の座を約束されるも同じだ。普通の考えならば長男が跡を継ぐのは当たり前のように思えるが、奴はそうは思わなかった。そして数年後、騎士団長の登用試験があった日に事件は起きた」

薄っすらと乾きつつある土に目を落とし、グラウデンは厳しい顔つきになった。

「剣技審査で俺は父を倒し、団長になることが決まった。だがその晩、イライアスは父の寝室を訪れた。自分の方が実力では上だ。自分にも試験を受ける権利があると。父はその言葉に従い、ふたりは錬成場へ向かった。そしてイライアスは審査に用いてはならない真剣で父を殺してしまったのだ」

ひゅっ、と息を吸い込んで両手で口を覆った。親を殺す……？　自分を育ててくれたなんの罪も咎（とが）もない人を、身勝手な理由で？

「元々手がつけられない弟ではあったが、それからは拍車がかかった。イェルバ……人を悪魔に変える草に溺れ、奴は人でなくなった。国を追われ南へ移ったあとは、国家転覆を狙って公爵どもをけしかけていると噂に聞いたが、十年以上もの間奴の姿を捉えることは叶わなかった。それがついに――」

ランタンの明かりに照らされるグラウデンの横顔には、彼の二十年以上にも亘る苦悩が滲んでいた。いつもは溌剌と精力に満ち溢れた肌も、今夜は疲労が色濃く表れている。

掛ける言葉が見つからない。胸が締めつけられて、瞬きをすることも忘れ、盛り上がった土の上をただ見詰めた。

国を追放されるほどの悪人といえども、血の繋がったたったひとりの弟を自らの手で葬り去らなければならなかった気持ちとはどんなものだろう。小さな頃を思い返せば憎い感情だけではないはずだ。血を分けた兄弟ならば、楽しく笑ってともに成長した思い出もあったろうに。

イライアスを殺したグラウデンの心の中は、多分弟である彼と同じ。決着のついた今なお、深く抉られた傷からおびただしいまでの血が流れているだろうと思った。

手を伸ばし、グラウデンの頭を掻き抱いて胸に押しつけた。汗に濡れた髪が冷えてまるで水でも浴びたよう。

「……俺を慰めようというのか？」

胸の中でくぐもった声が聞こえた。私が黙っていると、ほんの少しだけ胸に頬を擦りつけて彼は顔を上げた。今度は反対に私のことを抱き寄せ、後頭部を優しく撫でつけてくれる。

「大丈夫だ、俺はそんなに弱くない。それより、お前に見苦しいものを見せてしまったが」

「……ううん、平気」

そうか、と言って彼は私の身体を強く抱きしめた。

*

あれから私たちと一頭は西へひた走り、月は丸みを失った。ソルツ山脈の稜線が目の前に迫るにつれ、私の胸に吹く風は一段と強く、激しさを増していく。

いくつかの山が連なって形成されるソルツ山脈は、大部分が帝国の領土だ。国境の谷沿いには石を積み上げた『壁』があり、話に聞くイメージだと中国の万里の長城に似ている。ファルバード城からほぼまっすぐ西にあるトゥィアーク山の裏側には帝国の離宮があるらしく、王女――私の身柄の引き渡しはそこで行われるという話だ。

その日、まだ明けの明星が空に輝いている頃、私たちは休んでいた森を出発した。脚慣らしのため、レンフロは速歩だ。

「期日まで丸一日余りそうだな」

後ろでグラウデンは機嫌が良さそうに言った。うん、と気のない返事をしたのが気に入らなかったのか、彼は私のお腹の肉をムギュッと摘んだ。

「……ここ数日元気がないな。あまり食も進んでいないようだし、少し痩せてしまったんじゃないか？」

「ダイエットしてるのよ。セレスティアはこんなに太ってないわ」

「疲れているのは分かるが、きちんと食わないと帝国へ着いた途端にぶっ倒れるぞ」

「着いてからだったらあなたに迷惑掛けないじゃない」

グラウデンは黙ってしまった。ちょっと言い方に棘があったか、と反省しながらも、彼の言う通り疲労の塊と化している私にはフォローの言葉も浮かばない。

ああ、なんでこんな風に言っちゃうんだろう。イライアスに捕まってたときは『グラウデンと最後の楽しい時を過ごしたかった』なんて思ってたくせに。こんな状態で彼と別れて帝国へ行ってしまったら、もっと激しく後悔することになってしまう。

「……まあ、干し肉だの乾パンだの煎り豆だのといった携行食ばかりでは食指が動かないのも無理はない。慣れている俺ですら続けて食べるのは厳しいものがあるからな。よし、久しぶりにお前が作った飯が食べたい。これでどうだ?」

私は後ろを振り返り、頭を捻った。

「……ん? ごめん、もうちょっと分かりやすく言って」

すると彼は、朝空とそっくりな色の目を細め、私の唇に指先を滑らせた。

「お前とレンフロの頑張りのお陰で一日猶予が生まれたからな。その褒美として今日はいいところへ連れて行ってやろうというのだ」

「いいところ?」

「ああ。お前がよく口にする『世界遺産』とかいうものがこの世界にあるとしたら、間違いなく登録されるだろうという景勝地だ。トゥィアーク山から雪しろの注ぐ渓谷があってな。そこでは魚も獲れるし、うまい野草が多く自生しているのだ」

「へえ、ファルバードの世界遺産……。素敵ね、楽しみだわ!」

二度の休憩を挟み、渓谷へは昼前に到着した。全力疾走ではなかったものの、レンフロは山道にクタクタだったようで、最後の林道では降りて引っ張らなくちゃならなかった。

「さあ、もうすぐだぞ」

山道はそれなりにキツい。けれどレンフロの引き綱を握るグラウデンの横顔は、初めて馬に乗って泉に行った日のように子供みたいに輝いてる。それを見ているうちに、私もなんだか明るい気持ちになってきた。自由に自然を楽しめるのも、グラウデンと過ごせるのも今日が最後。そう考えたら今日という日を暗い気分で過ごすことがとんでもなく愚かなことに思えてきたのだ。

「着いた」

「えっ」

折り重なった木々の葉が左右に分かれ、急に視界が広がった。と思った瞬間、眩い光とともに現れたこの世のものとも思えない光景に目を奪われた。

「エルァ・トゥィアーキリ渓谷だ」

グラウデンの言葉は、どうどうという激しい水の音に半ば掻き消された。そこには、渓谷と聞いて私が想像していたのとはまったく違う景色が広がっていた。

周りに聳え立つ高い山の間にぽっかりと開けたそこは、白い石灰岩の川底を持つ美しい河川だった。湖のように広い水面には降り注ぐ太陽の光がさんざめき、空の色を映して鮮やかなブルー。それが光の具合でグリーンになったり、金色に見えたり、まるでプリズムのようなのだ。遥か高みにある岩棚からは幾筋もの雪解け水が滑るように落ち、飛沫を上げて次々に注いでいった。

すごい——。

木漏れ日の降り注ぐ林道に立ちすくんだまま、私は言葉を失った。

「こっちに下に行ける道がある」

グラウデンは私の手を取った。

「釣りをするなら流れの緩い方がいいからな」

「釣り？」

「ああ、釣り対決だ。どちらがより多く釣るか勝負だぞ」

「ずるい！　圧倒的に私が不利じゃない」

声を上げて笑った。思わぬゲームの提案に段々楽しくなってくる。

「その代わりお前にハンデをやる。お前が釣った魚の中に一匹でも俺のより大きいのがあったらお前の勝ちだ」

「それって――もはや数は関係ないわよね？」

「まあ、そういうことだな」

ニヤリ、とグラウデンは笑った。

彼が連れて行ってくれた釣り場はグラウデンの泉と変わらないくらいに透明で真っ青だった。彼は荷物の中からコンパクトに纏められた釣り道具一式を取り出すと、そのうちのひとつを私に寄越した。こっちの世界にもこういうものがあるということを知らなかったからびっくりした。

「こうして、こうだ」

グラウデンは私に釣り竿の扱い方を教えた。釣りと言うから仕掛けを投げたり糸を垂らしたりするのかと思ったらどうやら違うらしい。竿の先に短い糸を結びつけ、先端の針に虫を差したものを岩陰で揺らし、魚を誘うようだ。

「ぎゃっ！　釣れた釣れた！　これどうするのーっ!?」

開始早々、ハゼに似た小ぶりの魚が掛かった。釣りなんて初めてやったし、釣れたあとにどうしたらいいのか分からなくて慌てふためく。

「なに、もう釣れたのか。よし、こっちに寄越せ」

水の中、グラウデンは遠くから近寄ってくると魚を針から外し、急所を突いたあとでエラにツルを通した。これを巻いておけ、とツルを私の腰に回して結んだ。

それからはもうあれよあれよというちにどんどん魚が釣れ、ふたり合わせて二十匹ほど釣ったところでゲームは終了となった。グラウデンが十三匹、私が六匹と数では負けてしまった。大きさは——。

「お前の勝ちだな」

グラウデンの釣った魚の中には、まだ子供みたいに小さなものが交じってる。

「えっ、本当に⁉　やったあ、釣りなんて初めてなのに！」

グラウデンは小躍りする私を見て嬉しそうに微笑んだ。

その後彼は火が熾きるまでの間にと野草を摘みに行き、私は魚の下処理に取りかかった。そしてそのときやっと気がついた。なんのことはない、彼は私を元気づけようとわざと負けたのだ。だって、よくよく考えてみたら掛かった魚がこれほど小さかったら、その場でリリースしてしまえばいいことだ。それをわざわざキープしてたのは、最初から私を勝たせるつもりだったからに違いない。

グラウデンが野草を束にして帰ってきた。

「おかえり！」

とびきりの笑顔を見せて言った。グラウデンは珍しく少し照れた様子で、ただいま、と返した。

＊

魚を釣ったところから少し離れた場所に小さな湖があって、今夜はそこで休むことになった。遠くに聞こえる沢の音が心地いい子守唄となって、よく眠れるだろうと思う。

私は湖の中にいた。ここは地下で川と繋がり、しかも近くに湧いている温泉のお湯が染み出しているという珍しい湖だ。水はとても澄んでいる。昼間見た滝川と同じ石灰岩質の湖底は、月明かりに照らされて神秘的に輝いていた。

私の気持ちは何故かここへ来て凪いでいた。夜が明けたらいよいよ王女のドレスに着替える。計画の実行が目前となった今、グラウデンと最後にいい思い出が作れたことで、何かが吹っ切れたのかもしれなかった。

心地よい温度の水に浸かりながら、グラウデンに助けられた夜のことを私は思い返していた。あの夜、レンフロの近くで荷物の整理をするグラウデンを待ちながら、実は心の中で期待していた。もしかしたら今夜、彼は私のことを抱いてくれるんじゃないかって。私が処女でないことにグラウデンが気づいているとしたら、再会できた気持ちの昂ぶりを抑えられずに、というのはあり得ないことじゃないと思った。

けれど彼は私に指一本触れなかった。チェインの口からあんな話を聞いて、もしかしたらグラウデンも同じ気持ちでいるかもしれない、と淡い期待を抱いていた私にはそれが苦しくて。草のベッドの上で彼に背を向け、ブランケットを口に押し当てて少しだけ泣いた。

翌朝、無情にも日は上り黒馬は西へ向かってひた走った。夜を徹して馬を駆り、命懸けで取り戻した私を彼はもう手放すことはできないんじゃないか、このままファルバード城まで連れ帰ってくれるんじゃないかという、仄かな期待を裏切って。

けれど、本当は私にも分かっていた。

グラウデンはひとりの男である前に国家の安全を背負う王国騎士団長だ。私をこの世界に連れてきたのも、これまで部屋に置いてくれたのも、命を懸けて救ってくれたのも、全ては王国のため。たとえ私をどう思っていようとも、私情に流されることなどないのだということを。

――分かってる。だから大丈夫。私は傷ついたりしない。

空には夜の黒を覆い尽くすほどの星が瞬いていた。それが今にも落ちてきそうで、闇の中にいると少し心細くもなる。

ちゃぷり、ちゃぷり、と水を蹴り、すり鉢状になった湖の縁から上がった。

「グラウデン」

剣の手入れをしていた彼の手が止まり、スッと顔を上げた。その瞬間、身体を隠すことなく目の前に立つ私を見て、彼は目を丸くした。

「ミサト……」

「私と一緒に泳いで。……最後かもしれないでしょう？」

落とした剣が隆起した岩面に当たり、がちゃり、と音を立てた。空には満天の星。その煌めきに負けぬようにと、ひと夜の恋に命を懸ける夜の虫が川面に美しい光を放っていた。

グラウデンはゆっくりと立ち上がった。戸惑いを隠しもせず、どうしてそんなことを？　とでも問いたげな表情を浮かべて私を見る。だけど無理もない。貞淑を善しとするこの国では、女が自分から裸の姿を見せるなんてあり得ないことだから。

私は彼の元へと近づき、鎧下の釦(ボタン)に手を伸ばした。普段はゆっくりと静かな呼吸が、胸の筋肉を強く押し上げてる。今彼は、私の生身の肌を熱く見詰めているだろう——濡れた額を撫でる震えがちな呼吸がそれを想像させて、とても冷静な気持ちなんかじゃいられなかった。

スッ、と手が伸びてきて、反射的に身を強張らせた。冷たくなった頬に当てられた手は温かく、じんわりと染み渡る心地よいぬくもりに、却って居たたまれなくなってしまう。

私はグラウデンから離れ、湖に身を沈めた。と、静かに水を掻く音が後ろから近づいて、ぐいと腕を摑まれた。

あっ、と口にする間もなかった。強く引っ張られた身体は熱い裸の胸に一瞬にして包まれた。そのまままきつくきつく、抱きしめられる。

服越しなんかじゃない。私の乳房は、お腹は、太腿は。神をも嫉妬させるほどの肉体に、今や生身で触れ合った。そして彼の身体の中心は——。

私の身体を胸に押しつけて、上向いた顔を彼は見詰めてきた。一見凪いだように見える青灰色の瞳。だけどその奥深くには、炎のように燃え盛る朱い槍が宿っていて。

私の額にグラウデンは、そっと口づけを落とした。

次いで瞼に。

睫毛に。

鼻に。

頰に。

裸で触れ合ってるのがむずがゆくて下を向いてしまいそうになる。すると顎を掴まれて強引に上を向かされた。

「んっ……」

唇が封じられて、ふうっ、と鼻から息が洩れた。彼のそれは緩く開いたまま柔らかく私の唇の上を滑り、這いまわり、包み込むように蠢いて。湿った音を立てて優しく吸ったかと思うと、舌で唇の内側をするりと撫でる。けれど、捉えようとすると寸前で逃げていってしまう。

誘われて、逃げられて、また誘われて、逃げられて。

焦れた動きに焚きつけられた私は、彼をもっと感じたくて無精ひげが伸びた頬に手をやった。

水中を上になり、下になり。優雅に螺旋（らせん）を描きながら、全身をうねらせながら舌を絡ませ合う。水面すれすれを舞うヒカリハムシたちと競うように、撚（よ）り紐になった私たちは緩やかに波紋を引いた。

スロープ状になったすべすべした縁までたどり着いて、やっとふたつの身体になった。白い天然のベッドに横たわる私に寄り添い、グラウデンは情を含んだため息をつく。憂いを忍ばせた瞳で私の両目を交互に見た。

「おっさんは趣味じゃない、と聞いたような気がしたが」

「そんな意地悪言わないで。……これでも結構必死なのよ」

こんな夜にまでからかうのかと、少しだけ恨めしく思う。けれどこれも彼の不器用さから出た言葉なのだと思うと、そんなものまでが愛おしくて。……そうだ、おっさんは不器用な男なのだ。一見飄々としていて、大人の余裕と貫録を見せつけてるようなおっさんは実は恋には不器用な男。いや、恋だけじゃない。きっと生きることに不器用なのだ。

「悪かった」

髪を撫でながら目を細めると、グラウデンは優しく覆いかぶさってきた。

鎖骨に唇が落ちる。そこから首筋を通り、耳の裏側まで舌がすうっと這い上がると、腰から震えが駆け上がった。同時に、肩からそろそろと下りていった右手が脇腹からお尻、太腿をなぞり、上に戻る道をたどってお腹を通過する。

「あっ……」

指が胸の真ん中を捉えた瞬間、びりりと甘い痺れが身体を突き抜けた。今度はすぐに反対側を唇で啄まれ、思わず身を捩る。

唇が音を立てて、何度も繰り返し優しく突起を吸った。舌で強く押したかと思うと口の中で転がされ、甘く嚙まれて——。徐々に引き出されていく欲望に悶えながら、私は腿をギュッと合わせた。

胸の膨らみに当たるグラウデンの吐息は濃く、速かった。太腿に押しつけられた彼の中心がまるで打ちたての刀身のように熱くて、硬くて。ずきずきと欲望の刃を突きつけられているようだ。

乳房から下りていった右手はお尻から太腿のラインを這いまわり、やがて内腿へと達した。まだ直接触れられてもいない。それなのに期待に研ぎ澄まされた肌は恐ろしく敏感で、刻まれた指紋すら感じるようだった。すれすれの場所を指がかすめるたびに、すっかり温かくなった私の洞はとろりとした蜜を次々と吐き出していく。

月の明るさに耐え切れず、私は顔を背けた。けれど、彼の膝が固く閉じた腿を割ろうとしたとき

――。

「ミサト」

グラウデンは吐息交じりに私を呼んだ。

昏くけぶった青灰色の瞳と視線がぶつかる。その瞬間に指が脚の間にぬるりと差し込まれ、太い腕にしがみついた。

「んっ……あ……っ」

自分で思っていたよりも、そこはしとどに濡れていた。芳醇な蜜を纏った指が、ゆっくりと、囁くような圧力で熟れた果肉を擦り上げる。そのたびにびりびりと全身を甘いわななきが走り、くちゃり、と湿った音が洩れた。

私はもう喘いでいた。それをちくちくとひげの当たる唇が覆い、吐息は行き場を失う。感覚の鋭くなった小さな突起の上を、無骨な指が滑るように下りていき、また上がり。淫らな愛撫と激しい口づけを同時に受けながら、私は悶えまくった。

はあ、はあ、と狂おしげな息を吐きながら、ああ、ミサト、とグラウデンは呟いた。

「俺は……お前が――」

そこまで言って彼は急に口をつぐんだ。言葉をのみ込んだことを悟られたくないのか、私の胸に顔を伏せてこっちを見ない。

「……なに？　言って」

くしゃくしゃになった髪に指を突っ込んで抱きかかえると、彼は私の手の中で何度か首を横に振った。何も言わない。まさか泣いてるんじゃ、と頭を放した瞬間、膨張した胎内にぬるりと指が滑り込んできて、私は弓のように仰け反った。

「あっ……あ、あっ……！」

内側の壁を、最初から強く圧迫するように擦られた。初めはゆっくりと探り探り。けれどお腹の裏側の天井を捉えると、刺激はそこばかりに集中した。音を立てて捏ね回されるにつれ、腰は甘く、膝はガクガクと震え、蜜洞が勝手に指を締めつける。

もう喘ぎが止まらなかった。顎は反り、腰が自然と高く上がり、思考が途切れがちになっていく。

太腿に強く押しつけられた硬いものは、指の動きとシンクロするように蠢いた。その先端からは粘っこい情欲の雫がだらだらと溢れ、私の肌をしたたかに濡らす。彼は歯を食いしばり、喉の奥から呻きに似た声を洩らした。苦しげな表情はまるで何かと闘っているよう。私の片方の脚を持ち上げては入り口の近くをつつき、切ないため息を何度も洩らした。

私は感じていた。狂おしいほどに滾る彼の気持ちを。衝動に胸逸らせていることを。抑え切れないほどの情熱の息吹を。それが分かっただけで、私は帝国へ行くことができる。あなたと過ごしたひと月を過去のものにすることができる――。

逃がすことのできない快感は次々と胎内に籠り、蓄積されていった。やがて昇り詰めるとき、心の中で叫んだ。一生を賭けて、私はあなたのものだと。たとえ言葉に出さなくても、真に身体を繋げなくても、秘められた思いはきっと伝わる。欲望の刃を突き立てることなく納めたあなたがそう示してくれたように。

＊

翌日。

夕日が地平線の向こうに沈みゆく頃、私たちはトゥィアーク山を越えた。麓に程近い国境手前の森で最後の休憩を取り、川の水で身体を清め、白いドレスに着替えた。

鏡に映る自分を眺めて、何度もため息をついた。今はまだ紛れもなく吉川美里。髪をアップにして化粧をしたら、ファルバード王国第四王女セレスティアとなる。

これを花嫁のドレスだと思いたかった。見知らぬ国の王妃となろうとも、心の夫はグラウデンただひとり。だからセレスティアの仮面を被る前にもう一度、と彼の前に姿を見せた。

木の根元に静かに腰を下ろしていた彼は、草を踏む音が聞こえるなり立ち上がった。

「見違えたぞ」

目を細めつつ、グラウデンは静かに言った。彼も今や金モールの輝く紺色の軍服に身を包まれていた。久しぶりにひげをさっぱり剃り落とし、髪をきっちりと撫でつけ、その立ち姿は見違えるように凛々しい。

ゆっくりと近づいた私の手を取り、森の外へといざなった。

満月から七日が経ち、下弦を失った月がファルバード城の方角に現れていた。どこかに獣の遠吠えが響き、渡り鳥の一団が山のねぐらへと急ぎ飛んでいく。

「ミサト」

彼は私を胸に掻き抱いた。苦しいほどにきつく抱きしめ、髪の中に差し込んだ指でくしゃくしゃと撫でまわす。

「……お前には辛い思いをさせる。己の非力さをこれほど呪ったことはないぞ」

悪いと思いながらも、その言い方にはつい口元が緩んでしまった。グラウデンの不器用さを知ってしまった私には、ストイックさを前面に押し出したこんな発言も女心を掻き立てられるひとつの要素なのだ。

「なんでもひとりで背負い込もうとするのね」

「……何が言いたい？」

「あなたは自分の幸せについて考えたことがあるのかなあ、って」

しばしの間があった。彼はゆっくりと瞬きを繰り返し、深く考えた末に眉根を寄せて険しい顔を見せた。

「国が平和であることが俺の幸せだ」

「そう……。ならば私も幸せだわ。王国の平和のためにこの身を役立てることができるんだもの。それであなたが幸せになってくれるなら――」

いきなり唇を封じられ、言葉は奪われた。息も絶え絶えになるほど熱く激しく唇を求められて、これで本当に最後なんだと悟った。涙は流さないと決めてたからどうにかして堪えたい。けれど、けれど。

たったひと粒だけ、温かい雫が頰を転げ落ちた。

――グラウデン、あなたが好き。どうしようもないくらいに。

喉元まで出かかった言葉をなんとかのみ込んだ。気持ちを伝えたとして一体なんになるだろう。

私たちは憂国の同志に過ぎない。それに、壁はすぐそこまで迫っているというのに――。

この気持ちはしまったまま私は嫁ごう。あなたは国を守らなきゃならない。そして私はあなたを守りたいの。

唇が離れても、じっとグラウデンの顔を見詰めていた。私を惹きつけて止まなかったブルーグレーの瞳を覗き込むと、何か言いたいことでもあるのかと、彼は問いかけるように見詰め返してきた。

……ううん。今はただあなたを見ていたいの。これから先何十年経っても、あなたの顔を決して忘れないように。

「ファルバード王国騎士団長、グラウデンだ。王女殿下お輿入れのため参った」

レ帝国の離宮の門で、彼は威厳たっぷりに低い声を張った。

グラウデンの声を聞くのは小一時間ぶりくらいだろうか。トゥィアーク山と西で連なるチョクヤッド山の中腹に離宮が見えてからこっち、途端に表情を硬くしてむっつりと黙っていたから。

グラウデンに負けないくらいに身体の大きな衛士は、胡散臭いものでも見るように私たちを眺め、手渡された親書を改めた。彼は重たげな一重瞼の奥からグラウデンに鋭い一瞥を寄越した。

「何故近衛隊の兵がお連れにならないのだ」

衛士は離宮の中からやってきた上官と思しき人物に親書を手渡すと、ぐい、と胸を反らした。

グラウデンもまた、負けじと背筋を伸ばし顎まで伸ばす始末。

「我々はまだ同盟を結んだわけではないからな。近衛隊の不在を狙って国王陛下の暗殺など企まれては困るからだ」

　思わず後ろから彼のブーツの踵を蹴った。ポコン、と音がして肩章からチャッピーが飛び上がる。

　――こらこらグラウデン、私たちは和平のために来たんだから！

　門の両側に立つ衛士はふたりとも屈強な戦士という感じだし、のっけから一触即発とあっちゃ今後の私の立ち位置にも悪影響を及ぼしかねない。無言で胸を突き合わせて睨み合うふたりを前に、早く審議が終わらないかとハラハラしながら待っていた。

　親書を読んでいた上官が顔を上げた。

「よし、通していいぞ」

　指示を出された衛士に促されて門を潜ろうとすると、後ろでグラウデンだけが止められた。

「申し訳ないが通れるのは王女殿下だけだ。このあと身体を清め、身に着けるものは全て帝国の製品に替えてもらう。離宮から先、入れるのは帝国のモノとヒトだけ、ということだ」

　どこからかラッパのような音がけたたましく鳴り響き、バタバタと現れた数名の兵士たちが半ば罪人のように私を取り囲んだ。振り返るとグラウデンは、衛士たちの腕に身体を押し戻されながらも歯を食いしばり抵抗を試みている。

「グラウデン！」

　ニッ、と不敵に微笑んでみせた。

「私は大丈夫よ。武運を祈ってて！」

　その言葉に色めき立った男たちが、無理やりに私を引っ立てた。振り返ろうとするも頭から何から、全てを押さえつけられていて身動きが取れない。

門の近くからはしばらく押し問答する声や揉み合う音が聞こえていた。やがて鉄製の門が乱暴に閉まる音がして静かになる。すると今度はファルバード国歌の旋律に乗せた軍歌が、朗々とした声で歌われるのが聞こえてきた。

『いざ立てよ　血に逸りしもののふよ
聖なる旗ひるがえし　共に鬨(とき)の声上げよ
見よ　神は今我らの前に降り立ちて
己の猛(たけ)り奮う者と　共に闘わん
おお　勇ましき祖国の翼に栄光を』

……そう。私はこの美しい第二の祖国のために、私にしかできないことをする。

兵士に押さえつけられて離宮の扉を潜りながら唇を噛みしめた。自分に正直になるとすれば、本当は帝国へ行くのは王国のためじゃない。何よりグラウデン、あなたのために。国の平和があなたの幸せなら、私は喜んでこの身を捧げよう。

さようなら、グラウデン。たったひと月の間だったけど、あなたと過ごしたあの部屋の空気を、あなたの匂いを忘れない。今も、これからもずっと、心はあなただけのもの。

大陸に平和がもたらされたなら、これからはどうか自分の幸せのために生きていって――。

幕間　荒地に咲いた一輪の花（グラウデン視点）

バン、と両の手で、サヴァンは調理台を思いきり叩いた。

「俺はあの子が不憫でならんのだ！　……くそう、なんでディアナなんだ。よりにもよって、あんなに気立てのいい娘を……！」

力なく椅子に座り、もつれたひげを擦り上げた手で彼は頭を抱えた。

政略結婚に関する一連の事柄についてサヴァンの口から直接何かを聞いたのは初めてだが、彼のように温和な男がここまで激高するということは、この考えは今に始まったことではないのだろう。俺が不在にしているとき、サヴァンにはよく話し相手になってもらっているとミサトの口からも聞いた。同じ料理人という立場といい、彼女にとってサヴァンは王宮内では俺の次に近しい人間なのかもしれない。

酒瓶の栓を開け、互いのグラスに注ぎ足した。

「あいつを先に返したと思ったらそんな話か。……ならば、他の娘だったらいいと言うのか。そうではないだろう」

サヴァンは素早く顔を上げ、黒々と太い眉を吊り上げた。腰を浮かせて向かいから勢いよく迫ってくる。

「……だけどな！　城の人間にあんなにも馴染んでる子をわけの分からん国に嫁がせるだなんて――くそっ」

彼は酒をグッとあおると再び座り、猛禽(もうきん)のような目を向けた。

「……あんた、あの子に惚れてるだろう。他の奴らの目は欺けても昔馴染みの俺だけはごまかせんぞ」

ぜいぜいと肩で息をするサヴァンを、ギロリ、と睨みつけた。だが、俺が何も言わずにいると彼は再び立ち上がった。

「どうなんだ！」

「俺があいつをどう思っていようと関係ない。事はもう動いてしまっているのだからな」

「同じ部屋で暮らして、ひとつのベッドで寝て……！　それなのによくそんなことが言えるな、えぇっ!?」

サヴァンは調理台を回り込んできて俺に摑みかかった。

ランタンの明かりの中、必死の形相に瞳が揺れている。今にも泣き出しそうな友の手を静かに払った。

「俺はひとりの男である前に軍人なんだ。色恋で迷う気持ちなど、とうに捨てた」

「鬼か、あんたは！　本当に鬼になっちまったんだなッ……！」

＊

「団長殿、公爵軍は三分の一ほどの兵を残して川の向こうまで退きました。次のご指示を」

「そうか。では小隊を五つ残して他の者は今のうちに休んでおくよう指示してくれ。隊の選定はお前に任せる」

「御意。……時に団長殿、失礼ながらあなた様もたいそうお疲れのご様子。よろしければここはわたくしにお任せになり、お休みになられてはいかがでしょう。動きがあり次第お知らせいたしますゆえ」

副官のザハールは堅物の上、女のようによく気がつく男だ。団では俺に一番近い人間で七年も一緒にいるというのに、未だにやたらとへりくだった口を利く。

「そんな風に見えたか。団長ともあろう者がこんなことではいかんな」

「いえ。最近は特にお忙しくされておられたご様子。……悪鬼と呼ばれた団長殿もさすがにもう若くはないということでしょう」

思わず苦笑いが浮かんだ。

「お前にしては珍しく不躾な口を利くな」

「お気に障りましたならばどうかお許しを」

ザハールは深々と敬礼をした。

サマグール砦の北側の砲塔へは斜路を馬で登ることができる。そこからファルバード城の方角を眺めても手前の丘陵に深い森があって尖塔すら見えない。それなのに俺は、遥か北の方に目を向けたまま動くこともできなかった。

もう二日も前のことだというのに——。

伝令が来る前に触れた肌の柔らかさが手に沁みついて離れなかった。濡れ羽のような黒い髪も、力のある漆黒の瞳も。薔薇色の頬も、瑞々(みずみず)しい夏の果実のような唇も、滑らかな肩も……全てが俺を悩ませる。

離れているほどに思慕は深く、濃くなっていく。これが本当に俺なのかと、自分でも俄(にわ)かには信じがたいほどだ。人に恋する気持ちなど、爵位も家も過去すらも捨てたとき、一緒に捨てたと思っていたのに。

たったひとりの弟であるイライアスの悪行を止められなかったせいで、南へ下った奴は大陸の東の秩序を大きく乱した。先代ノッティ公の暗殺、リグレイ公との闇取引、公爵連合への武器横流し。挙句の果てに、王家に忠誠を誓っていたはずのバラクロフ家までがイライアスに唆され、公爵連合側に寝返ってしまった。全ての責任を自分が引っ被ろうと死に物狂いになっていた俺は、サヴァンの言う通り鬼だったかもしれない。

……だが、お前と出会ったあの晩から何かが変わった。

連れてきた夜にでも逃げ出すかと思っていたお前は思いのほか気丈で、恐れぬ者などいない俺に向かって感情を隠しもしなかった。ぷりぷりと怒ってみたかと思うと次の瞬間には天真爛漫に笑ってみせた。無防備に肌をさらけ出し、甘えてもくる。ひとつのベッドをともにしながらどうにもできないというのは辛く、だが、むずがゆくなるほど甘い時でもあった。

こんな感情はとうに枯れたはずだった。だが、お前を思うだけで胸に紅(あか)い火が灯(とも)るのだ。愛など忘れた、俺の心にも……。

行軍からの帰路、熱に浮かされた自分を心の中で戒めつつも、楽しみで仕方がなかった。お前はどんな顔で俺を出迎えるだろう。お前と何を話そう。お前はどんな手料理を俺に食わせるだろうかと、まるで十代の少年のように心が華やいだ。

「団長殿。何か楽しいことでも？」

ザハールは馬を並べて尋ねてくる。

「女のことを考えていたのだ。太陽のように強く、月のように優しい女だ」

「はて。団長殿に思い人がいらしたとは初耳です」

丘陵の向こうに俺は目を馳せた。

「……思っても手の届かぬ女だ」

帰り着いたとき、お前は浴場にいた。

国を憂い、俺の話に涙し、ともに闘おうとするお前がいじらしくて……堪らず唇を乞うた。

拒まれると思っていた。しかしお前は行軍で疲れ切った俺を包み込むように受け入れて――。

至福の時だった。しっとりと柔らかく、慈愛に満ちた唇は一瞬にして俺を虜（とりこ）にし、果てなき慕情を植えつけた。

それからだ。お前のことが本気で欲しくて堪らなくなったのは。

一線を越えそうになるたびに己を罵った。馬鹿な、殿下の身代わりにと自らが連れてきた娘だぞ？と。お前も俺も、計画を動かす駒のひとつに過ぎない。感情を捨てなければ、非情にならなければ全ては水泡に帰すのだと自戒するしかなかった。

……それだけに、渓谷での夜、お前の気持ちを知ったときは己の愚かしさに身を切られる思いだった。若い女が請われもせずにあんな姿で男の前に立つなど、そうそうできることではない。お前はそこまで思い詰めていたのか、そこまで俺を思ってくれるのかと、気づいてやれなかった自分が心底情けなく、反対に心躍るようでもあった。お前はずっと待っていた。本気で手を伸ばせば、いつでも手が届く距離にあったのだ。

碧(あお)く神秘に煌めく水の中、お前は俺のために美しい肢体を投げ出した。全てをさらけ出し、俺のために身体を開いた。だが、妖しく悶えるお前を前にどうすることもできなかった。ただ自分の欲望を抑えるのに精一杯で、気の利いた言葉のひとつも囁いてやれず。

喘ぎの中、お前は焦がれた眼差しで俺を見た。まるで、どうして抱いてくれないのかと無言での責め苦を受けているようだった。

だが、しかし――。

身を繋げてしまったら、手放すことなどどうしてできようか。

俺たちは世界を動かす駒。使命に生き、使命に死にゆく儚(はかな)い生を歩む者。

手放さねばならぬ。そのために俺はお前と出会い、初めから別れるさだめにあったのだから――。

＊

馬の歩を止め、闇を睨んだ。互いの国を隔てる壁はすでに後方へと去り、東に聳える山から下ろす風にひょうひょうと唸りを上げている。

風の慟哭の中に、今も聞こえる気がした。捨て身で敵陣に切り込んでいく戦女神のような笑みを浮かべ、『私は大丈夫』と気丈に叫ぶお前の最後の言葉が。

……俺は一体、何をしているんだ？

これほどまでに愛した女を不幸にして、自分自身の安寧などあり得るのだろうか。何かの犠牲の上に成り立つ幸福があったとしても、それは愛しい女の人生を踏み台にしたものでは決してない。

寧ろ、愛した女を幸せにすることこそが男にとっての幸せではないのか……？

心を研ぎ澄ませば、胸の鼓動が聞こえる。この漲る生への執着はそのままお前への渇望ではないのか。

――お前が他の誰かのものになることなど、許せるだろうか？

――他の男に抱かれるお前の姿を想像し、正気でいられるだろうか？

答えは否。お前の髪一本から爪の先まで、全ては俺のものであり、俺はお前のものだ。やはり俺は間違っていた……！

「はあっ！」

衝動を抑え切れず、馬の頭を勢いよく返した。今来た道を南に逸れながら森の中を駆け戻る。

ミサト――。

今こそ俺は正直になろう。お前を愛している。かつてこれほどまでに誰かを恋うたことなどないくらいに。自分でも不思議なほどに胸は熱く、滾る思いは大陸を隔てる壁など容易に融かしてしまうほどだ。

お前のためならば悪魔にも抱かれよう。たとえこの身が滅びようとも……！

「ともに行くぞ、レンフロ！」

壁の南端に衛士すら立たない切り立った断崖があるという。俺は悪路に向かい、全速力で馬を駆った。ファルバード城への帰路とは逆の方向へと。

第四幕　バディ

帝国領へ入ってから早くも十日あまりが過ぎた。その間に女官が何度も私の身体を調べにやってきては、内診のたびにこう尋ねる。

「……失礼ですがセレスティア王女殿下、本当に殿方とのご経験は……？」

「『ご経験』とはなんのことかしら？　一体殿方と何を経験するの……？」

そのたびに私は、馬鹿みたいに大きく開けた目をパチクリして、精一杯カマトトぶってみせる。

女官は明らかに疑っているようだった。アジア人みたいな切れ長の目をじとりと細めつつ、必要最低限の敬意以外は全て取っ払った口調で私に話した。もしもこれ以上何かを問われても自分は何も分からない、処女膜について説明されても乗馬が趣味であることを理由に『いつの間にか膜は破れてた』ということにするしかないと腹を括った。もちろん、バイドゥル王に対しても同じ対応だ。

怯んじゃいけない。上手くやり過ごすこと、それが私の使命なんだから！

料理で帝国の人の心を掴む――そんな私の意気込みは帝国領へ入ってものの五分で打ち砕かれた。

グラウデンと別れてから二日ほど離宮に足止めを食らい、そこから王城へと旅立つ間、私はほとんど囚人扱いだった。城に着いても夫となるはずの王とは対面もなく、半地下みたいな薄暗い部屋に軟禁状態。自由に出歩くことも許されなければ、厨房がどこにあるのかも知らなかった。唯一の癒しといえば、お世話係の少年フレグとの会話だけ。……これが一国の王女に対する扱いなのだとしたらちょっと酷くはありませんかね。ま、所詮こっちだってニセモノだけど。

帝国に来てからも私は毎日グラウデンのことを考えて過ごした。日差しを受けて金色に輝く髪、美しく煌めくガラスのような瞳、野性的でセクシーな口元。漲る生命力を蓄えた太陽神のような彼の姿を思っては、この薄暗い牢獄のような部屋で恋焦がれるばかりだった。ベッドに入って目に浮かぶのは渓谷の夜に彼が見せた逞しい肉体。あのときついに我慢し切ったグラウデンと、もしもひとつになれていたらどれほど素敵だっただろう。そのことを考えるたびに身体は熱く、やり場のない思いと欲求に打ち震えた。

もう彼とのことは終わったのだ。過去のことにしなければ——そう自分に言い聞かせても簡単にはできるものじゃない。忘れてしまうよりは遥かにいい、それだけだった。

＊

生理が来て終わると途端に緊張感に襲われた。私が処女でないことがバレたら首が飛んだりするのかしら。それより前に、私がセレスティアでないことがバレたりしたら……？

その日、フレグは庭園で摘んだらしい花束を持って私の前に現れた。もじもじと俯いたまま黙っていて顔を上げない。

「おはようフレグ。……どうしたの？」

おずおずと差し出された花を受け取った。ありがとう、と言って顔を覗き込むとフレグは泣いていた。

「王女殿下」

澄んだ緑の瞳からぽろぽろと真珠のような涙が次々と転げ落ちてくる。

「……今日でお別れなのですね」

「え？」

「王女殿下は今夜国王陛下の元に渡られると、さっき陛下の侍女たちが話していました。僕、とっても寂しいです」

「フレグ」

陽だまりの匂いのする華奢な身体を、ぎゅっと抱きしめた。

……いよいよだ。いよいよその日がやってきたと思った。


「禊（みそぎ）の準備が整いました。どうぞお出ましを」

初めて見る若い女官がやってきたのは日もとっぷりと暮れた夜のことだった。

人気のない、真っ赤な絨毯張りの廊下を歩く。王宮の中はファルバードのそれとはまったく雰囲気が違い、壁も天井も派手な金色に塗られていて趣味が悪かった。

……ああ、生きた心地がしない。いくらグラウデンのためとはいえ、顔も見たことのない、七十三歳にもなるお爺ちゃんに抱かれるだなんて考えただけで震えが走る。側室が何十人もいるということは未だお盛んなのか。それとも王自身はマグロで、女の方が心づくしの奉仕を強いられるということなのか。

随分長い距離を移動したと思う。けれど、迎えに来た女官は無言で前を歩き続けた。

「あの……国王陛下はどちらにいらっしゃるの？」

「陛下は最上階にてすでにお待ちでございます。王女殿下のお渡りをそれは楽しみにされておいででございましたよ。さあ、浴場に着きました」

開かれた扉の向こうにはゴテゴテと金細工の装飾が施された広間があった。その先には透かし彫りの仕切りがあって、金キラの浴室が覗き見える。

「お召し物を失礼いたします」

浴室手前の広間で、女官がスクワットのようなお辞儀を見せた。

「自分でできるわ」

帝国のドレスはファルバードと違ってやたらと露出が多い。大きく開いた襟ぐりからは胸が飛び出てしまいそうだし、背中もお尻の割れ目が見えそうなくらいに開いている。ファルバードでは間違いなく娼婦扱いされるデザインだ。

全裸になった私は浴室へと案内された。顔を上げた途端にあまりの眩しさに目を眇(すが)める。

そこは仕切りの向こうから透けて見えた通り、やたらと派手派手しい場所だった。浴槽はおろか、壁も、床も、天井も金一色で、広い洗い場の壁際にはこれまた金でできた寝台のようなものまである。まるで悪趣味な成金が巨額の費用を投じて作らせたみたい。

「こちらに横におなり下さい」

女官は寝台に向かって手を差し出した。と、横たわった途端にいきなり手ぬぐいか何かを顔に被される。シャンプーでもするのかと思ったけれど。

「ひああああっ」

ぬたり、とお腹に何かが載せられたと思ったら、そこを拠点として刷毛(はけ)のようなものが身体の上を滑り出した。

「動かないで下さい」

「はうっ！　……そんなこと言われたって――一体何をしてるの⁉」

「体毛を溶かす薬を施しております」

「たっ、体毛を⁉　あひぃっ、ひぁ、あっ……！」

……こっ、これは何かのプレイなんだろうか？　目隠しされて刷毛で愛撫される私が身悶えする様子を、バイドゥル王が隣の個室から覗いてハアハア――って、昔の風俗か！

女官が操る刷毛はアンダーヘアーにまで達した。ということはもしかして。

「ちょっ、そんなところまで――」

「動いてはいけません。それから、おみ足を広げて下さいますか」

「ええっ」

げっ、それだけは勘弁！　いくら相手が女の人でもオマタおっぴろげて見せるだなんて、それだけはないわ。

固く脚を閉じていたら、女官が温度のない事務的な声を上げた。

「時間を置きすぎると薬液が皮膚を溶かしてしまいます。セレスティア様、お早くなさいませ」

な、なさいませって！　しかし皮膚が溶けるだなんてとんでもない。仕方なくおずおずと脚を広げた。

「あ、あんまり見ないでね」

「わたくしは王室の女性皆様の体毛をこうして処理しております。そのあたりはあまりお気になさいませんよう」

「……あのー。帝国の女性は皆こうして毛をツルツルにするものなの？」

「はい。夜伽(よとぎ)の前の禊の一部でございます」

身体の表面が終わったら、腹這いになって裏側も処理された。その後、髪と身体と、女官が隅々まで洗ってくれる。

作業が進むにしたがって私の心は暗い気持ちに侵されていった。バイドゥル王——御年七十三歳にして絶倫（予想）——はもう準備万端でいそいそとベッドに待ち構えていて、ナントカドリンク的な強壮剤をぐびぐびと飲み干しているかもしれない。ああ恐ろしい。そして嫌だ。この歳で現役のお爺ちゃんとは一体どんな人でどんなプレイをするのか——。

こんなことならやっぱり無理やりにでもグラウデンに一度抱かれておくんだった。そうすれば、私の内部を満たすものが彼のものだと想像してその場を乗り切ることができたのに。……仕方がない。神様が私たちを引き合わせた理由は恋人になるためなんかじゃなく、王国に平和をもたらすためだったんだから。

禊が終わって浴室の前にあった広間に戻ってきた。ああ、なんかもうクタクタだ。薬液のせいか身体中の皮膚が薄い膜を一枚被ったようにぼわんとするし、オマタがスースーするし。鏡の前に立って愕然とした。十数年来のつき合いだった真ん中の茂みは失われ、代わりに懐かしい小さな割れ目がお目見えしてる。

……人生初のパイパンだよ。ツルリンコだよ。おいおいおい……。

女官は私の髪をセットし化粧を施した。もちろん最後のメイクは無理やりに道具を奪い取って私自身がやったけど。

「さあ、両手を広げて下さい」

白く染色された革製の複雑な形のベルトのようなものを女官が持ってきた。されるがままに装着するにしたがい、それがSMの女王様が着ける、胸用の拘束具のようなものだということが分かる。当然、胸を隠すためのものではない。

「な、何これ」

むぎゅうっ、とベルトで締めつけられた私のバストは牛のオッパイみたいに前に飛び出した。

「陛下より、これを着けるようにとのお達しなのです。少し窮屈かもしれませんが辛抱なさって下さい」

「はあ!?　……あいたた！」

ピッチピチのボディスーツでも装着するが如く、女官はベルトの脇に手を突っ込んで強烈な力でおっぱいを鷲掴んだ。前に引っ張り出され、寄せに寄せられたバストの先がツンと張り詰める。

ベルトは首輪と一体型だったらしく、胸を更に上に引っ張り上げながら首に嵌められた。下半身には割れ目もお尻も丸出しのパンツを穿かされ、後ろに回された両手に手錠が掛けられる。最後に肩から下を覆うシフォンのケープみたいなもの——派手にシースルー——を被されて準備が整った。

「とてもお美しくあられます。セレスティア王女殿下」

「……そうね、ありがとう」

もうため息交じりだった。王様は緊縛パイパン好きのまさかのド変態ジジィ……っはあ。

浴場を出たのは二時間も経った頃だろうか。廊下に出るともうひとり別の女官が待ち構えていて、私に一礼すると行動に加わった。

女官、私、女官の順番で一列に並んで廊下を歩きながら、心臓が今にも破裂しそうだった。階段を上がって廊下を進み、また階段を上り、廊下を歩き。奥へ奥へと進むにしたがって内装がどんどん煌びやかさを増していったからだ。

「あ、あの、もしかして陛下は女性を痛めつけたり、逆に痛めつけられる趣味とかがおありなの……?」

「さあ、わたくしもよく存じ上げません。何しろ即位されてから今日が初めてのお勤めになりますので。さ、着きました」

廊下の突き当たりには宝石の散りばめられた豪華絢爛な装飾の施された扉があった。あとで合流した女官が脇にある鐘の紐を引くと、カランカランと高い音が鳴る。

「セレスティア王女殿下お渡りでございます」

その言葉を合図に女官がふたりがかりで扉を押した。けれど私は、膝がガクガク震えてしまって一歩も踏み出せなかった。するとふたりの女官が私の両脇を抱え、力づくで部屋の中に押し込んだ。

扉は後ろですぐに閉まり、ひとり取り残されてしまう。

はわわ。ちょっと、いきなりひとりなのね⁉　いきなり……！

部屋の中は明るかった廊下とは対照的に暗くてよく見えない。物音ひとつしない静まり返った闇に、自分の鼓動だけが響くよう。

落ち着け。落ち着くのよ、美里――。

大丈夫、私は処女じゃないんだから多分大抵のことは痛くないし経験済みのはず。それに好かれたい相手でもないんだから感じてるふりをする必要もない。じっと耐えてればそのうち終わる。どうせ年寄りなんだもの、ひと晩に何回もってことも絶対にないわ。ああでも――。

やっぱり怖い……！　好きでもない、見ず知らずの、しかもお爺ちゃんに抱かれるだなんてーッッ！

薄暗い部屋に段々と目が慣れてきた頃、視界の端で白いカーテンのようなものがふわりと動くのが見えた。……違う、窓じゃない。あれは天蓋つきベッドのカーテンだわ。

「あなたにお会いできるのを心待ちにしておりました」

突然闇の中から響いた男の声に飛び上がるほど驚いた。心臓はいよいよはち切れそうに膨らみ切って割れ鐘のようにがなり立てる。

「はっ、あのっ、あの……は、初めまして、わわわわたくしッ――」

……あれ？

ちょっと待てよ。七十三歳のお爺ちゃんの割には澄んだ声。これが本当にバイドゥル王なの？

そのとき、ベッドを囲むたっぷりしたオーガンジーの隙間から手が覗き、かき分けられたカーテンの中から大柄な男が現れた。

すっくと立った背丈はそのベッドの大きさに見合うほど高く、まるでレスラーのような筋肉量。張り詰めた瑞々しい肌はどう見ても高齢者のそれではない。だけど私が驚いたのはその特徴的な髪の色だ。壁に据えられたランプの明かりに照らされたのは、無造作に後ろに撫でつけられた炎のように燃え盛る赤い髪。この人はまさか、まさか――。

「エ、エ・ムオ王太子っ……!?」

「いかにも。覚えていて下さったとは光栄です、セレスティア王女殿下。尤も、わたくしも今は王太子ではありませんが」

腰から下に上質なシルクを纏ったエ・ムオは、涼しげな笑みを浮かべて近づいてきた。漆黒の瞳を備えた切れ長の目は、鷹のように鋭く切れ上がり力強い。一見冷たそうな印象を受ける一重瞼といい、しっかりした顎といい、骨格や顔の造りは日本人のそれに近かった。長めの癖毛から続く赤いひげはもみあげから顎まで輪郭をぐるりと一周し、スタイリッシュに刈られている。

……はっ。冷静に観察なんかしてる場合じゃない、自分は今とんでもない格好をしてるんだった。

身体を横に向けて正面から見える範囲を最小限に抑える。くそう、この手が……！　後ろ手に拘束するだなんて、あんた一体どんな趣味してんのよ！

「わ、わたくしの輿入れ先はてっきりバイドゥル王だと――」

「父王は先日崩御され、わたくしが内々に即位しました。もう二十日ほど経ちましょうか」

はあっ⁉　バイドゥル王、いつの間にか亡くなってたってか！

……二十日？　二十日前というと、グラウデンと帝国へ向かってる途中の話だ。もしかして離宮に足止めを食らったのも内政がゴタゴタしていたせいだったんだろうか。

「でっ、では未だ喪が明けていらっしゃらないのでしょう。渡りはまた落ち着いた頃にでも」

くるりと背を向けて扉を肩で押そうとした。けれど。

……ぐぐぐ、あ、開かないっ。

気づいたらエ・ムオはすぐ後ろまで迫っていた。ギラリと煌めく黒い瞳に覗き込まれ、ひっ、と息を吸い込む。

「殿下、この扉は押しても開きません。中から引きませんと」

「で、ではあなたが開けて下さらない？　わたくし、両手がこんなだから」

その手をエ・ムオはがしりと握った。

「殿下、そんなにつれないことを仰らずに」

彼は至近距離まで顔を近づけると、とろりとした目つきで見詰めてきた。

「……ああ、こんなことを言ってはいけないが、父王にセレスティア殿の縁談が来たときには気が狂いそうになりました。二年前、『壁』際でお会いした日から美しく可憐(かれん)なあなたのことを一日たりとも忘れたことなどなかったのにと。今夜お会いできると聞いて、どんなにか心躍ったことでしょう。……しかしすっかりふくよかになられて驚きました。やはり女性はこうでないと」

ガハッ……。ふくよかとか！　それは言っちゃならんことだぞ、エ・ムオ王太子、いや、国王陛下。

しかし政略結婚の相手がバイドゥル王でなく、エ・ムオだったなんて青天の霹靂だ。しかもエ・ムオとセレスティアがまさかの相思相愛だったとは。……はっ。もしかして彼は、セレスティアをバイドゥル王に渡してなるものかと、自ら父親殺しを？

「どうかなさいましたか」

エ・ムオは心配そうな顔で私の目を覗き込んだ。

「い、いいえ」

もしも彼が父親を殺していたとしても、私に向けられたこの真摯な瞳は嘘をついてるとは思えない。心からセレスティアを慕っているのは間違いないということか——。

「さあ、褥に」

……そうと知ったら私だっておいそれとこの男に一夜を預けるわけにはいかない。政略結婚というのは個人の感情なんか排除した国と国との駆け引き以外の何ものでもないけど、少なくとも私とセレスティアの間には無視することのできない個人的な絆があるのだから。

セレスティアの声が聞こえる。

『覚えておいて、ディアナ。あなたはわたくしのたったひとりの親友なのです』

ええ、もちろん忘れてなんかいないわ。

あの日、木漏れ日の満ちた森で、あなたは頬を薔薇色に染めながら夢見がちな瞳でエ・ムオとの出会いを語ってくれた。グラウデンに惹かれて揺れる私の気持ちを『手に取るように分かる』と言った。あのときのあなたは王女なんかじゃない、淡い恋に胸躍らせるひとりの普通の女の子だった。その唇から恥じらいながら語られたのは、自由な恋愛など許されない立場にあるあなたのやるせない胸の内……。それを知った上でエ・ムオに抱かれてしまったら、私は自分を許せなくなるだろう。親友の恋人を寝取る最低最悪の女だと、自分を罵りながら一生を過ごすなんて。

態度は柔らかいけれど、エ・ムオはやる気に満ちていた。肩を強く摑まれてベッドの方向に押され、絨毯の上を汗ばんだ足の裏が滑っていく。とうとう天蓋のカーテンが目の前に迫り、歯を食いしばって抵抗した。

「そう硬くならないで、愛しい方」

耳に息が掛かる。ふぁさり、と床にシルクの落ちる音がして、ほとんど生身のお尻にピタリと温かいものが当たった。

——っひいいい!!

だめだだめだ、ここに入っていいのはやっぱりグラウデンだけ！　あんたにはセレスティアっていう思い人がいて、本物のセレスティアはあんたが好きで、私にはグラウデンしかいないんだからあ！　……きっとこの人なら事情を話せば分かってくれるわ。うん、子宮で大丈夫だと感じた。だから言う、言うぞおっ！

「だめぇえええ！」

私の大声にドン引きしたのか、エ・ムオは両手を肩から離した。

「無理！　無理だから！　ホンットに無理だから！」

——あああ、言ってしまった。

睨みつけてくるのは鋭い刃のような目だ。まるで氷みたいに冷たく強張った表情で、私を見下ろしてくる。

「……両国の橋渡しをしに来られたのではないのか」

「だ、だって私、本当はセレスティアなんかじゃないんだもん。あなたのお后様になるような身分でもないし、立場でもないのっ！」

「なに？　偽者……だと？　ファルバードめ、騙したのか……！」

「ちょっと待って、最後まで話を聞いてほしいの！　……確かに私はセレスティアじゃないわ。そのことは謝るけど、これには深い事情があって――。けど、今から私が言うことは絶対に嘘じゃない。本物のセレスティア王女は一度しか会ったことのないあなたに今でも恋焦がれてる。あなたと同じ気持ちでいるの。そして彼女のいるファルバードは、あなたの助けを今か今かと待っているわ……！」

捲し立ててる最中、目を丸くしてみたり、眉根を寄せて訝ってみたりと、エ・ムオの表情は目まぐるしく変わった。私の言うことを聞きながらベッドの頭の方に擢り足で移動していったかと思うと、マットレスの中に手を突っ込んだ。

「ね、お願い。ここはひとつ周りの目を欺いて、今日は無事、事が済んだことにしよう。そして私に少し時間をちょうだい。一度ファルバードに戻ってセレスティアに事情を説明して、改めて本物と結婚ができるように手筈を――ひいいっっ！」

マットレスから引き抜かれたエ・ムオの手には鈍色に光る剣が握られていた。彼は私の方に切っ先を向け、じりじりとにじり寄ってきた。

「そんな馬鹿げた話を俄かに信用できるものか。お前は何者なのだ。目的はなんだ。セレスティア殿の顔をした暗殺者なのか？　どうなんだ！」

「ち、違うっ！　私は単なるセレスティアのそっくりさんで宮廷の料理人なのよう！　ちょっ、待って、話せば分かる！　話せば分かるからぁ――――!!」

ガシャ――――ン、と闇をつんざくド派手な音がしたのはそのときだ。窓のある方向に目をやった瞬間に、ドカンッ、と再び大きな音がして何かが目の前に転がってきた。

黒い塊に見えたそれは人だった。腰の物を抜く音と同時に身体を伸ばし、私とエ・ムオとの間に立ちはだかる。

「本当に殿下がそう言ったのだな」

「グッ、グラウデンッ!?」

目の前にいるのは二週間前に別れた愛しい男だった。ただし鮮やかだった紺色の軍服は薄汚れ、髪はくしゃくしゃ、離宮の門を叩いたときの凛々しい姿は見る影もない。……ああ、何がなんだか分からない。これは夢？　それとも私はもう死んでいて、憐れに思った神様が最後に幻影を見せてくれているんだろうか。

「俺が知らぬ間にお前と王女殿下はとんでもなく近い仲になっていたらしい。初めからそのことを知っていれば別の作戦が打ち立てられていたものを。――――ミサト、無事か？」

チラリ、と半分ほど振り返ったグラウデンの、鋭い視線に思わずクラッとした。

はわわ。今撃ち抜かれた……！　ピンチのときには必ず守る――――その約束通り助けに来てくれるおっさんは私にとって白馬に乗った王子様。お触りが過ぎようがエロかろうが、ダーティだろうがあざとかろうが、やっぱりカッコイイヒーローだ。ああ、この高い肩。広い背中。今すぐにでも抱きつきたいのに、両手が塞がってるだなんてーっ！

「ファルバード騎士団長か。我が寝所に土足で踏み入るとは、それなりの覚悟あってのことであろうな」

「ああ、もちろんだ。貴様が剣を向けたのは俺が命に代えても守りたい女なのでな」

言いながら、チラッチラッとグラウデンはエ・ムオの股間に目をやった。そして勝ち誇ったようにふんぞり返る。……分かった、分かったから。あんたの方がデカいって！

赤髪の王はベッド脇に伸びた紐を引っ張り、けたたましく鐘を鳴らした。

「曲者(くせもの)だ、出合え！　誰かおらぬか！」

「あー、親衛隊なら呼んでも来ないぞ。全員おねんね中だからな。たったひとりにやられるとは、数に物を言わせて訓練を怠っていたと見える」

「あれを全部倒しただと……!?」

「ああ。剣は使っていないからそのうち目を覚ます者もいるだろう。我が国と同盟を結んだ暁には接近戦の稽古をつけてやってもいい」

全裸のエ・ムオは、ふん、と鼻を鳴らして剣を構えた。

「たわけたことを。偽りの花嫁で我を愚弄しておきながら同盟だけは欲しいと言うのか。寝言は寝て言うがいい」

言い終わるや否や、エ・ムオはグラウデンに向かって一直線に飛びかかってきた。

「下がっていろ、ミサト」

おっさんはゆるりとした動作で間合いを測ると、斜め下から素早く大剣を振り上げた。派手な金属音とともに暗闇に火花を散らして、エ・ムオの剣が弾かれる。グラウデンはそのまま絨毯を強く蹴り、がらあきになった裸の脇へと素早く突きを繰り出した。

若き王はすんでのところで身を翻した。横を潜り抜けるグラウデンの頭に剣を振り下ろす。

「ひっ……！」

思わず目をつぶった。すると、どっ、と重い物が倒れる音がして恐る恐る目を開けた。倒れてたのはエ・ムオの方だ。何がどうなったのか分からないけど、グラウデンは無事らしい。エ・ムオもすぐに立ち上がったけれど、やたらと大きな声を張り上げながら鬼のように迫るグラウデンに少し気圧されているようだ。

「どうした、引いてばかりでは劣勢になるだけだぞ。打ってこい！」

おっさんは何故か楽しそうだ。若手団員に稽古をつけているときのように目はきらきらと輝き、顔全体が生き生きとしてる。それに対してエ・ムオは防戦一方。矢継ぎ早に繰り出される鋭い閃き（ひらめき）を捌くことに精一杯で攻撃を出せずにいる。

素人目だけど、エ・ムオも剣の技術は相当高いと思う。グラウデンの剣をことごとく避け、跳ねのけていくのも身のこなしが軽くなければできないことだ。ただ、おっさんが圧倒的に強すぎた。同じように分厚い筋肉を身に着けたふたりだけど、実戦で鍛えた技術と判断力、勝負の勘というものが明暗を分けているように見えた。

剣と剣とがぶつかり、お互いの力で弾き合った。ふたりの間に再び間合いができ、剣を構えたまま睨み合う。

「親衛隊の連中よりも筋がいいな。同盟の暁には俺が直々に稽古を――」

「断るッ……！」

エ・ムオの返答にグラウデンの口角が、ニッ、と上がった。

はあっ、と声を上げながらグラウデンが先に仕掛けた。走ってくおっさんを迎え撃つように、エ・ムオも走り出す。

と、おっさんは何故かふたりがかち合う位置よりも大分手前で剣を大きく振るった。

「なっ……」

エ・ムオの顔を白いものが覆った。グラウデンの剣に切り裂かれた天蓋のカーテンがふわりと宙を舞い、そこへちょうど走ってきたエ・ムオの顔に被さったのだ。

慌ててカーテンをどけたときにはグラウデンは目の前から姿を消していた。

「どこだ！　卑怯だぞ」

グラウデンを捜してエ・ムオは必死に左右を見回す。すると突然、彼の頭の上から何かが降ってきた。おっさんがいたのはベッドの天蓋の上。音もなくジャンプしたグラウデンは落ちてきた重力でエ・ムオの剣を叩き落とし、そのまま彼の背後から喉元に刃を突きつけた。

「剣を捨てろ。降伏を示せば命は助けてやる。貴様が死ねば我が国の王女殿下が悲しむからな」

エ・ムオは一気に戦意喪失した。汗だくの顔に赤い髪を張りつけ、激しい呼吸に大きく胸を上下させている。剣を突きつけたグラウデンの胸に背中を預けているようにも見えた。

「あの……」

隠れていた物陰から、私はそろそろと姿を現した。

「エ・ムオ国王陛下、とにかく一か月待ってほしいの。さっき話したように絶対に悪いようにはしないから。私と、それからセレスティアを信じて待っていて。その代わり。――もしも一か月の間にファルバードに悪さをしたら、あんたが緊縛好きのドエロでド変態だってこと、セレスティアにばらすから……！」

エ・ムオを解放したグラウデンが駆け寄ってきて扉を開けた。その間に私は後ろをチラチラと振り返って見たけど、敗れた王様は放心したまま絨毯にへたり込んでピクリとも動かなかった。

廊下に出てすぐに私たちは走り出した。城の内部は複雑に入り組んでいて迷ってしまいそうだから、女官に連れてこられた道を戻ることにする。

「あいつに何かされたのか？　変態じみたことを」

「ううん、何もされてないわ。だけど新婚初夜に十七歳の――エセだけど――他国から嫁いできた王女をパイパンにして、こんな格好させるなんて間違いなく変態でしょ。だから言ってやったの！……って、走りにくい！」

「ま、確かにそうかもしれん。因みに……俺的にはオッケーだ」

グラウデンの視線は、ボン、と飛び出したバストと下半身に交互に注がれた。せめてどっちかだけでも隠したいところだけど、両手が後ろ手に拘束されたままじゃそれも無理で。おっさんは走りながらもチラチラとこっちばかり見てる。

「ちょっと、見ないでっ」

「そんな格好を見せられて見るなと言う方が無理だ。……しかし非常にけしからん格好だな。大事なことだからもう一度言うが、俺的にはオッケーだ」

「分かったから前見て！　ほら、追っ手がやってきた！」

立ち止まったグラウデンは私の腰に手を掛けるとまるで米俵のようにひょいと肩に担いだ。

「ぎゃっ」

ちょっ、グラウデン、その格好はまずいって！　これはあれだ。時代劇で当て身を食らって気絶した女の人が、悪い男の肩に担がれてかどわかされるっていう……この体勢、前から見たらアソコが全部丸見えじゃないかっ。……うう、もうお嫁に行けないぃ。

下草を失ったそこが、風を切ってスースーする。案の定、前から近づいてきたガチャガチャと鳴り響く甲冑の音が次々と止まった。次いで、どよめきとも歓声ともつかない男たちの熱い声。

見える、見えるよ……。この変態露出拘束パンツによって強調されたツルリンコオマタに釘づけになってる野獣どもの荒ぶった顔が――。

「いやあああああああああ」

ジタバタしても、私を抱えて走るグラウデンの腕はびくともしない。

「なかなかいい眺めだ。しかも……いい匂いだな」

「降ろして……！　自分で走れるから！」

「狭いところでウロチョロされては間違えて切ってしまうかもしれんからな。お前の尻を他の男に見られるのは癪に障るが背に腹は代えられん、しばらく我慢してろ」

グラウデンの脇の下から覗いてみると、兵士たちはすぐ目の前に迫ってた。

「おおおお」と雄叫びを上げながら、グラウデンは複数の兵士の中に斬り込んでいった。そして次々と倒れる男たちを飛び越えながらひた走る。廊下の突き当たりを左へ曲がると、前からだけでなく後ろからも兵はどんどん現れた。

「グラウデン、後ろからも来てる！」

「ああ、任せとけ」

前を薙ぎ払ったら、後ろを振り返って叩き斬り。剣だけでなく、たまに足も出る。それでも帝国の兵士は一体どれだけいるのか、あとからあとから湧いてきてキリがなさそうだ。

私も一丁参戦するか、と肩の上で身体を反らしてみた。そしてウインク！　……いや、だめだ。慣れないせいで両方の目を同時につぶってしまう。するともぞもぞと動いたせいかシフォンのケープが下に引っ張られ、ナマ乳がボロン、と飛び出した。

「いやああっ」

おおお――っ、と後ろから近づいてきてた兵士たちからどよめきが上がった。突然の出血サービスに大興奮、目は弧を描き、鼻の下は伸び切って、もうグラウデンの背中なんか見ちゃいない。

ようし、こうなったらなんでもありだ！　――と開き直って、下手なウインクをかましながら舌なめずりなんかしてみせた。

「なんだか楽しそうじゃないか。え？　……そらっ！　はぁっ！」

余裕ありげに話しかけておきながらきっちり敵は成敗してく。

「まあね。身体を張るのもたまには悪くないわ」

「……なあ、俺たちはいいバディだ。そうは思わんか？」

そう聞こえたと思ったら、お尻にチュッとキスがきた。

「ひゃっ！　……そうね、これもきっと神様の巡り合わせ……グラウデン、後ろに三人！　ふたりが剣、ひとりがメイス――しゃがんで……！」

がくん、と視界が下がった瞬間に頭の上を鋭い刃が通り過ぎた。そのまま景色が半回転したと思ったら、後ろで男たちの呻き声が。

「すごい！　やったわ、グラウデン！」

「お前のお陰だ」

彼の言う通り、私たちは本当にいいバディかもしれない。私とグラウデンとは、それぞれが失われた片目であり、片腕であり、片脚でもある。大空を羽ばたく鳥だって、片方の翼だけでは飛べない。ひとりでいちゃだめなんだ、私たちはいつだってふたりでいないと……！

すでに階段をいくつも下った。そのたびに廊下は広くなり、空気の中の木と土の匂いが濃くなっていく。地上はもうすぐ。あとちょっとでやっと自由の身になれる、軟禁生活に別れを告げられる。

「まずい、出口を見失った」

「ええっ！」

右へ行っては曲がり角を覗き、左へ戻っては扉を片っ端から開け、その間にもどこからか兵士はわんさか湧いてくる。

「グラウデン、あそこはっ？」

月の光が差し込む一角を指差した。依然私を担いだままのグラウデンがそこを目指して猛ダッシュする。

たどり着いたのは舞踏会でも開かれそうなだだっ広い部屋だった。その先にある広大な庭園を一望できる大きなバルコニーには涼やかな青い風が吹いている。

「ここは……二階か」

グラウデンは小さく舌打ちをした。

「ねえ、とりあえず私を降ろさない？　そうしたらカーテンを引きちぎって繋げて、地上に下りるとかできるんじゃない？」

「だが時間が――」

いたぞ！　と男の声が聞こえ、広間にどっと兵士たちがなだれ込んできた。床に降りる機会を失った私はまたグラウデンの肩の上で振り回されることになる。……うう、グラウデンが頑張ってるのに悪いけど、もうそろそろ限界だわ。肩章が擦れてお腹がヒリヒリする上に頭に血が上ってガンガンするし、逆に手は冷たく痺れてる。オエッとなりそうよ、オエッと。

今度の一団はこれまた数が尋常じゃなかった。相変わらず彼らの腕はへっぽこだけど、廊下と違って広いから周りをすぐに取り囲まれてしまう。さすがのグラウデンも人の波に押されて、広間の中程からバルコニーへとじりじりと押されていった。

「……っ！　ミサト、飛び降りるぞ。覚悟しろ」

バルコニーの方をチラリと見ながらグラウデンは言った。

「ええっ、なんて⁉　今なんか変なこと言った！　ていうか、聞こえてない、何も聞こえなかったっ！」

おっさんは敵を一気に薙ぎ払うとバルコニーの手摺りへ向かって駆け出した。そして指を唇に当てて闇の中に笛の音を轟かせると、私の身体もろとも宙に身を躍らせた。

「あああああああああああああああああああああ」

景色がスローモーションになる。

石の壁も。庭園の樹木も。月も。

何もかもが上を下へと流れていく。

……ああ、とうとう私は死ぬのね。人生は短かったけれど、最後は激しくも熱い、充実した二か月を過ごせたわ。今この瞬間に一緒にいるのがグラウデン、あなたでよかっ――。

「ぐへええええっっ‼」

どすっ、とお腹に衝撃があり、別の意味で涙が迸(ほとばし)った。

「よくやった、レンフロ！」

何がなんだか分からないけれど、気づけばレンフロの背中の上だ。私は走る馬に揺られながらやっとグラウデンの肩から下ろされ、激しく咳き込んだ。

「手荒にして悪かったな」

「……もう、レンフロを呼んだならそう言って。死ぬかと思ったじゃない！」

「余裕がなくてすまんな。とりあえず――漏れてはいないようだぞ？」

ガードがなくなり敏感になった秘部を、つい、と指先が撫で上げた。

「ぎゃっ。ちびったとは言ってない！」

ゲラゲラと笑ってから、グラウデンは私を優しく抱き寄せた。

……汗と埃の匂いがすごい。けれどそれすらも私のためだと思うと、感謝の思いと彼を愛しいと思う気持ちしか湧いてこなかった。

「ああ、グラウデン……。助けに来てくれてありがとう。本当にありがとう。あなたが来てくれなかったら私、本当に死んでたかもしれない」

安心した途端、涙がぽろぽろと溢れてきた。

手綱を器用にさばきながらも、彼は私の顎を持ち上げ口づけを寄越してきた。

……よかった。エ・ムオに何もされなくて。やはり私の唇は、胸は、身体は、全てグラウデンただひとりのためにある。なんといっても私の半身は、元はあなたのものだから。


「そろそろ巻いたか」

「うん。見えなくなった」

王城を出てからもおびただしい数の帝国兵がしつこく馬で追いかけてきていた。

百五十キロ分の人間を乗せて走るレンフロの脚力は並大抵じゃない。追尾してくる馬を一頭、また一頭と引き離し、ついには最後まで食らいついていた栗毛の馬をも遠い彼方へと追いやった。

グラウデンはそれでも念のためしばらく疾走を続け、やがて山道に入るとスピードを落とした。

帝国へ入るときに使った離宮を通るルートとはかけ離れた、大分南寄りの道を行くらしい。


「ああ、生き返った……！」

沢の近くにレンフロを繋ぎ、荷物の奥から取り出した短刀で拘束具を切ってもらった。やっと解放されたときにはもう肩の関節がどうにかなりそうだった。腕はだるいし胸は汗で擦れてヒリヒリするし、あちこちが真っ赤になってる。

「なんだもったいない」

ニヤニヤしながら言うグラウデンをジロリとねめつけた。どうしてこっちの男たちは誰も彼も緊縛好きなんだろう。

山の中はとても静かだった。小さな沢を流れるささやかな水音の他は、優しく囁く木々の葉擦れの音と虫の鳴き声だけ。絶叫マシーンのように激しかったついさっきまでが嘘みたいだった。

グラウデンは荷物からブランケットを出して私の身体に掛けてくれた。そしてもう一枚を草の上に敷いて胡坐をかき、私を膝に乗せた。すかさず飛んできたチャッピーがケープの胸元にすっと潜り込む。

「こんなところで休んでて大丈夫なの？　帝国兵が私たちを捜し回ってないかしら」

チャッピーをモフモフしながら尋ねてみた。

「ここは帝国領であって帝国領ではない白色地帯なのだ。西大陸には未だに誰の持ち物ともつかぬ土地がごろごろしているらしくてな。そういう地域は暗黙の了解で不可侵域になっているのだ。

……と、地元の住民が教えてくれた」

「ねえ、ちょっと聞いてもいい？」

「なんだ」

「私と離宮で別れてから、あなた一体どこで何してたの？」

「難しい質問をするな。しかも目が悪戯っぽいぞ」

物欲しそうな目を向けて、彼は私の唇に指を伸ばした。

「茶化さないでちゃんと話して。もう隠し事をしたりはぐらかさないと約束してほしいの。ね、なんであんなにいいタイミングで助けに来られたの？」

「それを俺に言わせるのか？……分かった。今夜は俺も素直になろう。実はな、お前と別れたあとどうにも気になって国には帰れなかったのだ」

「え……？　一度もファルバードに帰ってないの？　二週間もの間？」

「ああ。王国へは今しばらく帝国に留（とど）まると急使をやっておいた。お前が誰かに取られるのを遠くの空から想像することなど考えられなくてな」

グラウデンは少し照れたように笑った。

……やだ。そんな。

全身がカッと熱くなった。あんなに使命に燃えてた彼が結局は私から離れることができなかったなんて。きゅうっと胸を締めつける思いをどうにもできなくて、汗の匂いの浸み込んだ胸に顔を擦りつけた。

「城の天井裏はカビ臭くてなあ。狭い上に、ネズミの糞（ふん）だの死骸だの蜘蛛（くも）の巣だのが――」

「ぎゃあっ！」

この軍服で屋根裏這い回ってたってか！　どうりで臭うわけだ……！　離れようとしたら却ってグッ、と抱きすくめられた。お……おふっ。

「お前に月のものが来ている間には渡りはないだろうから、街へ出て情報を収集したりもした。バイドゥルが死んだことは街の者も知らなかったから、大枚叩いて情報を買ったりもした。しかしエ・ムオが王女殿下に対して特別な思いを抱いていたということは寝耳に水だったな」

「そうね。それは本当にびっくりしたわ。でもどちらかと言うと嬉しいびっくりだった。セレスティア、一体どんな顔するかしら？」

彼女にはなんとしてもエ・ムオと正式な婚姻関係を結んでもらって、できればこのまま全てが上手くいくといい。もしも帝国が戦争なんて仕掛けてきたら身体を張ってまで逃げ切ってきた意味がなくなっちゃうもの。だけど、エ・ムオみたいな人ならきっと分かってくれると思う。たった一度しか会ったことのないセレスティアを二年も思い続けていたんだもの。よく考えていい結論を導き出してくれるに違いない。いや、そう思ってないと……。

髪が後ろに撫でつけられ、自然と上を向いた視界に青い目が飛び込んできた。慈しむような瞳で、グラウデンは私をただじっと見詰めてる。

「……どうしたの？」

「改めてお前の勇気には驚かされてな。自分の命までをも顧みないとは、本物の狩猟の女神でもこうまで勇ましくはないと思うぞ。お前が男だったら部下に欲しいくらいだ」

「褒めてるのかどうか微妙な言いぐさといったところね」

「感謝しているんだ、お前に。それから、運命に。これから大陸の中でまたひと波乱あるかもしれんが、お前を無事取り戻せたことをひと先ず神に感謝せねばなるまい。……そして神をも凌ぐ勇気を持ったお前なら、もうひとつ残された試練にも耐えられると思ってな」

……え？

彼はいつになく真面目な顔だ。揺るぎない強い瞳を覗き込んでいたら、胸にもやもやと黒い雲が湧き起こった。試練だなんて大げさな言い方をしなければならないことってなんだろう。それは私が聞いたら泣き出してしまうほど辛いことなんだろうか。

「……なに？　なんの話？」

「もうすぐ満月だろう」

見上げた空にはレモンのような月が煌々と輝いてる。

「うん、そうね。月がもう大分明るい……」

……嫌だ、グラウデン。それ以上続きを言ってほしくない。聞きたくない。

だから彼の唇が動いたとき、思わず胸に顔を押しつけた。

「向こうに帰る方法が分かった」

――その瞬間、ぎゅっ、と目をつぶった。

どくん、と心臓が波打ち、唇から、足の指先までが血を失ったように凍りつく。もう二度と離れない、これからは行軍にだって一緒に着いていくとまで積み重ねてた希望が音を立てて崩れていった。

……どうしてあなたにはそんなことが言えるの？　ひとつの身体にやっと収まったもう片方の翼は、私と同じようには思ってくれないの？

軍服にじわりと浸み込んでいく涙に彼は気づいたみたいだった。私の顔を持ち上げて頬を何度も撫でさすった。

「ひと月だ、ミサト。ひと月経ったら迎えに行く。それくらい待てるだろう？　お前には心配しているだろう家族を安心させてやらなければならないという仕事がある。そしてここから先は俺たちの仕事なんだ。お前が身体を張って築いてくれた礎を無駄にしたくない」

「本当にひと月？　ひと月で迎えに来てくれるの？　嘘ついちゃいけないんだよ⁉」

「それは――」

彼は苦しそうに首を振った。

「分からない。もしかしてふた月、いや、何がどうなるか俺にも分からん。だがお前を失うことなどもはや考えられんのだ。国が安定したら必ず迎えに行くから待っていてほしい」

「いやだあ、グラウデン……いやだあ、いやだあ！　そんなのいやだあああ……っ！」

わがままを言っているのは分かってた。私が何を言ったってグラウデンの気持ちは変わらないということも。

だからこそ私は、力の限り泣いた。もう彼の前で泣くのはこれが最後。この先、離れている間に彼が思い出す私の顔が泣き顔だったら悲しいから。

＊

「グラちゃん！　それにディアナ!?　……いやだ、アンタってばなんて格好してんのよお」

「今は何も聞かずに中へ入れてくれ。それから、風呂にも入りたい」

「まあまあ、王宮はすぐそこだっていうのに」

「馬も俺たちも限界なのだ。しまいにはレンフロを引いて歩いてきたくらいだ」

ほぼ満月と変わらないくらいに月が満ちた深夜、私たちはやっとファルバード城へとたどり着いた。街を取り囲む城壁の南端でレンフロはついに動かなくなり、仕方なく近くにあった王立農場の水道ポンプのところに置いてきた。入り組んだ城壁には軍幹部しか知らない小さな門があって、そこを私たちはかいくぐり、文字通り這うようにしてアナベルさんのお店の裏口のドアを叩いたのだ。

アナベルさんはグラウデンの言う通り、何も聞かずに私たちを中に入れてくれた。すでに夜着に着替えていた彼女は寝る直前だったらしく、裏口にはランタンの明かりすらない。彼女がお風呂の用意をしてくれている間、私たちは暗い廊下に取り残された。

アナベルさんが浴室へ消えてすぐに始まった口づけは、闇に紛れていつになく淫靡な味がした。合わせた唇の隙間から湿った吐息が洩れ、絡み合う唾液はすでにどちらのものとも分からない。口の中、深く差し込まれた舌に上顎まで撫でられて、私も夢中で彼を貪った。

生身のお腹に硬くなったものを擦りつけながら、グラウデンは息を荒くした。耳をくすぐっていた指先は身体の凹凸に沿って徐々に素肌を下り、胸の丸みをすくい上げる。激しく揉みしだいたかと思うと両方の頂に同時に指を伸ばした。

「は……っ、あっ、あんっ」

今夜のグラウデンは最初から遠慮なんかしない。もう我慢しなくちゃならない理由もなくなり、興奮を抑え切れなくなったみたいだ。夢中で身体を求められるのが嬉しくて身震いまで起きる。

そう、私たちはファルバード城への道すがら、レンフロに揺られている間も、森で休んでいるときも、ピタリとくっついたままひとときも離れなかった。グラウデンの指は絶えず私の身体をまさぐり続け、絡め取られた舌と唇は元は別のものだということを忘れたよう。旅の道中私の身体が乾くことはなく、彼のそこもまた、荒ぶる滾りを涸れさせることはなかった。

ひとしきり弄ばれ、硬くなった乳房の突起が唇の中に吸い込まれた。途端に腰に力が入らなくなり、石の壁に背中を預けた。

「あ……まだ洗っても、ないのに」

「お前の身体に汚いところなどあるものか」

舌先と唇とが、敏感になった先端を何度も啄んだ。甘やかな期待が背筋を駆け上がるたび、剝き出しの秘部に露が下りていく。

アナベルさんは廊下にいる私たちの方を見向きもせず、わざとらしく音を立てて仕事場の方へと消えていった。その音を聞くなり、グラウデンは私のブランケットを剝ぎ取った。自らも荒々しくブーツを放り投げ、今度は再び私の唇を翻弄しながら軍服の釦を外しにかかる。顕わになった彼の身体はすでに大分熱に浮かされていて。硬く張り詰めたものを突きつけながら、ますます息を荒くしては、私の髪をぐしゃぐしゃとかき回した。

お風呂を借りて、グラウデンにお姫様抱っこされて二階へと上がってきた。客間、とグラウデンが呼んだ部屋には王宮にある彼のベッドと同じような大きさのベッドがあり、整然とメイキングされている。枕はしっかりふたつ置かれていた。

私をベッドに下ろしながら、「アナベルの奴」とグラウデンは笑いながら洩らした。ランタンの置かれた枕元のナイトテーブルから小さな瓶を取り上げて眺めてる。

「それなあに？」

「望まぬ妊娠を回避する薬だ」

ドキン、と心臓が撥ねた。いよいよ『その時』が目前に迫ってきたことを実感して怖(おじ)けそうになる。

瓶の蓋を捻ってグラウデンは中身をあおった。そして私に覆いかぶさり唇を押しつけると、トロりとした液体を喉に流し込んでくる。そのまましばらく口内を犯したのちに首筋に口づけを落とし、くしゅくしゅと髪をかき回しつつ耳元で囁いた。

「ああ、ミサト……お前が愛しくて堪らない。よくぞ戻ってきてくれた、俺の手の中に」

低くまろやかな声がこそばゆい。湿った吐息を纏った唇が首筋を滑るように這いまわり、ぞわりとした波が腰を次々に襲った。閉じていたはずの脚はいつの間にか膝で割られ、すでに熱い欲望の塊が蜜口をリズミカルに撫でている。捏ねられたふたりの露が、くちゅり、くちゅり、と淫らな音を奏でた。

と、急に彼に伝えなければならないことがあるのを思い出した。とてもとても、大事なこと。

「あん、は……あっ……あのね、私あなたにひとつ謝らなきゃならないことがあるの……」

「なんだ？　……ああ、だがなんとなく分かるぞ。自分は処女じゃないとか、そんなことだろう」

「知ってたの……？」

彼は半分うっとりしながら苦笑した。

「あんな生娘がいるものか」

あんな、が何を指すのか。思い返しているうちに恥ずかしさのあまり頬が燃えた。毎日のお触りに対する反応、彼の裸を目にしたときの視線、エルァ・トゥィアーキリ渓谷での夜――多分どれを取っても清らかな乙女には程遠かったろう。最初から知ってて政略結婚の身代わりにするとは……。まあ、今となってはどうでもいいことだけど。

「ごめんね、グラウデン。……いろいろと」

「どうして謝るんだ……俺が一度でもお前に処女であることを求めたか？」

「あふっ。……う、ううん。……そうじゃない、けど」

だって、この国の女は結婚するまで純潔を貫くって話だから。あなたに初めてをあげられなくて申し訳なく思ってるの。

「まあ、世の中上手くできているということだ」

「は？」

「お前が生娘だったら、到底俺のことなど受け入れられなかっただろうからな」

突然摑まれた手が『握ってみろ』とばかりに、ズシリと重く硬いものの場所にあてがわれた。それがあまりにも人並み外れた大きさだったから、つい手元を見下ろしてみる。

こ、こんなのって――。

「ヒトじゃないっ！」

「あ？」

ま、禍々しいっ……！　こんなところまで筋肉でできているのかと思うほど硬く筋張ったそれは、人間のものとは思えないくらいに巨大だ。天を衝く勢いでにそそり立った先端は赤く張り詰め、どくりと脈打つと同時に透明の液体を吐き出す様子はそれ自身が生きた淫魔のよう。さっきお風呂で見たときはこんな大きさじゃなかった。エルァ・トゥィアーキリ渓谷でも……！

「やっぱりダメよ、グラウデン。私自信ないっ」

背を向けてベッドから下りようとした。

「まあそう煽るな。俺をこれ以上焚きつけてどうするつもりだ」

「はっ!?　なんでそういう考えになる――ゃっ」

半ば無理やり、うつ伏せのままベッドに両手首を押さえつけられた。太腿に体重が掛かったと思ったら、背中に優しくキスが落とされる。

「ひっ！　あっ。……あうッ……」

背筋の窪(くぼ)みに沿って。脇腹から肩甲骨、脇の下へと何度も唇が這い、こそばゆくともどうにもできないもどかしさが揺さぶりをかけてくる。……ああ、焚きつけられたのは私の方かもしれない。全身性感帯と化した身体を恨めしく思いながらも、もっと感じさせてほしくて、もっと悶えさせてほしくて、もじもじと身を捩らせるばかりだ。

逃げ出そうとしてからものの数秒後には観念した。肩口に息を感じて薄っすらと目を開けてみる。

「きれいだ、ミサト」

グラウデンは宝物を眺めるような目で私を見てる。月の光に照らされて、ガラスの瞳が奥まで透けて見えた。

「……月の女神より？」

「俺にとってはお前が月の女神だ。誰よりも美しい」

そのまま身体を表に返され、彼は私の脚を持ち上げた。膝の内側に口づけして、脚の間に顔を沈めていく。

「い、いや」

近くで見られるのはものすごく恥ずかしかった。しかも薬液によってツルツルにされた下草は一週間経っても生えてこず、私のそこは幼女のようだ。彼は腿の内側をチュッと吸った。たったそれだけで、びくん、と下半身は撥ね、背中は弓のように仰け反った。

音を立てて落とされる口づけの場所は徐々に深く、際どくなり、けれど核心には触れずに私を焦らした。忍び寄る甘い期待に待ち切れないと花びらが震える。こんな至近距離では蜜を吐き出す様子まで見えてしまうんじゃないかと、恥ずかしくて堪らなかった。

膝の裏側を両手で押され、蜜口が天井を向いた。

「あ、だめっ」

恥じらいのあまり膝を閉じてしまいそうになる。それを無理やりこじ開けて、花弁の間を舌がなぞった。

「あ……んッ――！」

大きな声を上げてしまいそうになり、思わず唇を噛んだ。

痺れるような甘い刺激を与えながらも、強烈なもどかしさを残して舌は退いた。細く立てた舌先で、谷間を下から上へと。何度も何度も同じストロークが重ねられる。快感を逃したくても折られた背中ではそれもできない。次々に訪れるあとを引く刺激が、次第に私を高めていった。

「はあっ、はっ……。やっ……見、ないで……っ」

気付けば脚の間から青い目がじっと見下ろしてる。欲望と愛情と、衝動に濡れた夕暮れ時の雲のような目だ。

「お前のことを見ていたいのだ。……俺に侵されて、乱れるお前が見たい」

「いっ……いや……あ、あっ」

耐えがたい羞恥に煽られ、感覚の鋭くなった花芽は灼けつくような痺れを蓄えた。そこへ更に蜜口をくすぐってた指が滑り込んできて、二度、三度と内壁をしたたかに抉る。それだけで私は一気に昇り詰めた。歯を食いしばり、叫び出したいほどの快楽を抑えようとグラウデンの肩に爪を立てる。びくり、びくりと撥ね続ける身体を愛おしそうに指が撫でまわすけれど、まるで全身の神経が剝き出しになったようでそれすらも耐えがたい。

優しい水面にたゆたおうとする私を、グラウデンは当然赦してくれなかった。増やした指を膨張した胎内にもう一度捻じ込むと、中を捏ねながら胸の頂を弄り回した。すぐにまた、むずがゆいほどの大きな波が襲ってくる――。

お尻を伝うものがなんの露なのかも分からなかった。立て続けに頂上を味わわされた身体は早く彼を感じたくて悲鳴すら上げてる。それでもなお私の身体を開かせようとしてるグラウデンの手を止めた。

「いいのか？」

自分から誘ったのが恥ずかしくて、黙って頷いた。

私の脚を下ろしたグラウデンが覆いかぶさってくる。はらり、と前髪がひと房、汗ばんだ額に艶めかしく掛かった。

「痛かったら言ってくれ。すぐに止めるから」

「うん……」

ピタリと温かい塊が強く押し当てられた。だけど自分から欲しがったくせに、緊張に固まった私の身体は一向に開いていかない。

「力を抜け、ミサト。リラァーックスだ」

ふうーっ、とグラウデンは両手を広げて深呼吸してみせた。まるで新人を優しく指導する上官のように力が抜ける。何度か一緒にゆっくりと息を合わせ、もう一度チャレンジしてみた。

「う……」

ゆっくりと、ゆっくりと、けれど強い意志で先端が捻じ込まれてきた。

強烈な圧迫感。それから、みしみしと骨盤を広げる音。隘路をかき分けて押し進んでくる灼熱の塊に私の身体は今にも壊れてしまいそうで、気づけば手が勝手に逞しい腕をすがってた。

怖くない、と諭すように彼は私を抱きしめた。幼子をあやすみたいに腕の中に抱え、そして髪を撫で、まっすぐに見詰めながら押し入ってくる。奥までたどり着いたとき、安堵の涙が溢れそうになって慌ててのみ込んだ。

やっと繋がれた――グラウデンの眉が悦びに震える。それを見たら、渓谷での切ない夜も、帝国での二週間の孤独も、命を奪われるかもしれない恐怖も、みんなみんな一瞬で拭い去られる気がした。

ミサト。ミサト。

動き出した彼は何度も呟いた。ゆっくりと腰をくねらせながら、痛くないかと繰り返し聞いてくる。大丈夫だと返す言葉がまともに声にならなくて、ただ頷いて答えた。

「は……、あ……、あっ、あっ」

中を押し広げながら進みつ戻りつする塊は、焦らすように私を責め続けた。暗闇を支配するのは、ぬちゃり、ぬちゃり、と恥ずかしくなるほどの淫らな音だ。硬く引き締まった先端が神経の集中した場所を通り過ぎるたびに心地よい波が身体を通り抜ける。……ああ、今にもとろけてしまいそう。まろみを帯びた快感に全身を委ねていると、底の見えない幸せの中に堕ちていくのを感じる。けれ

ど、同時にもどかしくもある。私がどうしようもなくなってしまうところが分かってるくせに、焦らす一方で一気に核心を突こうとはしないからだ。

「ず……るい……」

「何がだ」

彼はとびきり艶っぽく唇の端を上げた。と思ったら顔が胸に覆いかぶさってきて、唇が頂に吸いついた。同時に期待していた場所に一気攻勢が始まり、恐ろしいほどの快感が身体を貫いていく。胸を襲うこそばゆい刺激と蜜洞を往復するむずがゆい刺激とが一本の線で繋がり、私の身体を際限なく引き上げる。

「やっ、あ、あっ、んっ……んんっ……！」

気持ちよさが止まらない。高まっていく快感のボルテージに耐えようと唇を強く引き結んだ。はあはあと喘ぎながら、グラウデンは意地の悪そうな笑みを浮かべた。

「どうしてそんなに、大人しいんだ。普段は、あんなに威勢がいいくせに……ッ」

「こういう、のは……っ、恥ずかしいのっ」

「声を我慢するな。もっと、お前の声が聞きたい……ッ。……そうか、これでは足りない、んだな？」

洞の中の熱い塊が一気にスピードを増した。

「――んああっ、ああっ……！　だ、だめっ……下に聞こえちゃうっ。外にまで聞こえちゃうっ」

「他のことを考えるな。……俺だけを、見てろ」

眉間に力を籠めて、グラウデンは猛々しく腰を振り続けた。

全身の全ての神経がその場所に集まっていく。来るべき時に向けて、感覚が絞られていく。もう嬌声しか出ない。ああ、そろそろだ。そろそろ私は。

「お、おい、そんなに締めるな……っはッ」

「だっ、てっ……。ああっ、ああっ、あ、あ、あ……んんんんっっ――」

視界が一瞬真っ白になって、全身が爆発的な幸福感に包まれた。瞬間、胎内にある彼自身も大きく膨らんで、キューッと締まっていく壁にその身をうねらせる。

「く、う、ミサトッ……」

「は、あっ、あっ……グラウデンッ――」

愛する男が私の中で息づいている――それはなんて幸せなことだろう。

鋼鉄のように硬く、マグマのように熱く膨れ上がった猛獣が最後に激しく暴れ回った。お互いの全てが混ざり合って、強く締まった私の内部はしっかりと彼を咥え込んで放さない。どくり、どくり、と力強く撥ね続けて、欲望と恋の悦びとがない交ぜになったものが一滴残らず私の中に注がれる。

ふた月前のあの日、突然訪れたグラウデンとの出会い、彼のベッドで夜ごと繰り返された衣越しの触れ合い、ふたりだけの旅路。二か月に亘る彼と過ごした日々が次々に思い出され、そして弾け飛んだ――。

静かな時が訪れ、私はグラウデンの顎に手を伸ばした。ざらざらとしたひげの感触を味わいながら、陶酔の波間に漂い続ける。

彼は少し気の抜けた顔をしたまま、私の頬を優しく撫でた。

「情けない。お前の達する顔が美しすぎて我慢ができなかった」

「グラウデン……」

ふーっ、と息を吐いて、彼は私の身体に優しく覆いかぶさった。

「五分くれ。いや、三分。そうすれば復活する」

「ええっ」

うなじにキスをされた気がして目が覚めた。窓の外にはグラウデンの瞳の色そっくりな雲がたなびき、もう朝が近いことを知らせている。

……背中が温かい。今は重なったスプーンのようにふたり繋がっていて、膨張した場所には依然として熱いままの彼を感じる。お腹に置かれた手を握ってみたけど反応はなかった。背中にちくちくと当たる口元からは穏やかな一定のリズムが――。

ちょっとおかしくて、クスリと笑った。彼はどうやら半分眠りながら私を抱いているらしい。あれだけ疲れ切って逃げてきたことを思えば、こうまでして私を抱こうとすることの方が信じられないけれど。

愛されてることを実感して、嬉しくて嬉しくて堪らなかった。グラウデンが後ろで眠ってると思ったら気が抜けて、不意に熱いものが込み上げてきてしまう。

そのとき、身体に回された腕に力が籠り、強く抱きしめられた。

「……ミサト、お前を愛している。これからもずっと、お前だけを愛し続ける。いいよな?」

胸を揺さぶる甘い言葉に、血の奔流が全身を駆け巡った。口を開いたら大声を上げて泣いてしまいそうで、唇を噛みしめたまま何度も頷いた。

*

大聖堂の鐘が鳴る前に、私たちは下へ下りて朝湯を浴びた。一緒に入るとまたお前を抱きたくなる――と、あり得ないことをグラウデンが言うから別々に。脱衣スペースには夜のうちに新しい手ぬぐいが用意されていて、アナベルさんの気の利きっぷりに驚かされた。

「もう、あんたたちふたりともうるさかったあ！　ムラムラして寝つけなかったわよお」

開口一番、私たちふたりを見るなりアナベルさんはのたまった。身体を隠すものが手ぬぐい一枚しかないから、なんだかものすごくばつが悪い。

「俺は騒がしくしてないぞ。この女がひとりではしたない声を上げていたのだ」

「んなっ」

この女とか……！　ベッドの中ではあんなに甘く、何度も何度も私の名前を呼んでたくせに。愛してる、愛してるぞミサト！　なんて言ってたくせに。

……だけど。

このおっさんの不器用さを知っているのは私だけだと思うと妙な優越感を感じてしまう。本当は私のことを好きで好きで堪らないグラウデン。ふたりきりのときだけ、甘い言葉をくれるグラウデン。私だけに本当の姿を見せるグラウデン。むう……愛おしすぎてニヤニヤしちゃうな。

「まあまあ、ごちそうさま。もうのろけ話はお腹いっぱいだから、早くお城に帰んなさい。はい、ドレス。裸同然の格好で街をウロウロされちゃ、寄ってきた男たちがみーんなグラちゃんに切られて街から男がいなくなっちゃう」

アナベルさんは大げさにぐるりと目を回して私にドレスを渡した。ふんわりシフォンがドリーミィな、とてもゆったりしたデザインだ。彼女に抱きついて頬にキスをした。

「ありがとう、アナベルさん！　大好きよ！」

「やあだ、女のキスはお断り！　どうせ昨日は眠れなかったからドレス作ってたってだけの話よ。急ごしらえだからシンプルなものになっちゃったけど。あ、それはそうとグラちゃん」

と、アナベルさんはグラウデンに向き直った。

「ろ・う・ほ・う、朗報よ！　例の件、バッチリ成功したわ。貴族たちのサロンで『帝国と同盟を結んだファルバードが公爵連合を討つ準備をしてる』って片っ端から嘘の情報をばら撒いてやったの。そしたらもう貴族たちは上を下へのしっちゃかめっちゃかよ！　リグレイ公とノッティ公についてた貴族が一斉に『王家との仲を取り戻してくれ』ってバラクロフ公に泣きついたってわけ。

──あ、バラクロフの使者は昨日到着して、夜からぶっ通しで今も会議中よ」

「なに!?　そうか、でかしたぞアナベル！」

グラウデンがアナベルを抱きしめる。ばさばさと盛りすぎた睫毛をしばたいた彼女が、私を警戒するように見た。

「やだグラちゃん、ディアナにぶっ殺されちゃう！」

……こっ、殺さないわよっ！　人聞きの悪い！

置いてきたレンフロを取りに行くより早いと、馬屋で手頃な一頭を借りて王宮へ飛ばした。ちょうど宮廷に上がる奉公人たちと時間が重なり、すれ違う街の人たちが手を叩いて囃し立てる。

「みんなグラウデンがお城を空けてたことを知ってるのかしら。勇者の帰還を讃えてるみたい」

腕の間で後ろを振り返った。形のいい薄い唇の端がニンマリと持ち上がる。

「違うな。こんな朝っぱらから女を乗せて街なかを駆る者などいないからだ。みんな俺が街の宿屋でお前と一夜をともにして寝坊したと思っているのだろう」

「えっ。……やだ」

熱くなった頬を、街を抜ける早朝の爽やかな風が撫でていった。

……肌が気怠い。ついさっきまでベッドにいただなんて信じられないけど、今も体の中に残る熱があれは夢なんかじゃないと教えてくれる。王宮はもう目と鼻の先だ。それなのに身体はまだ、艶めかしいまどろみの中に取り残されてるように感じた。

王宮の会議室に着いたのはちょうど彼らの話がひと段落ついたときだった。開け放たれた扉の向こうからは談笑する懐かしい声が聞こえてくる。

部屋の脇に立っていた衛士が中へ声を掛けようとするのをグラウデンが制止した。彼が扉をノックすると同時に、私もおずおずと脇から顔を覗かせてみる。すると、白いドレスの人物が遠くで息をのむのが見えた。口元と胸とを交互に押さえ、歓喜と驚きの表情を浮かべてる。

……あれは、セレスティア？

王女は感極まった様子で走ってやってきた。そして、私がよろめくほどの勢いで抱きつくなり、わーっと泣き出した。

「ディアナ！　ディアナ、ディアナ……！　帰ってきてくれたのね！」

「セレ――」

え？　……ぽよ？

思わずセレスティアの身体をまさぐった。何これ。

無理やり引き剝がして彼女を見てみると、尖ってたはずの顎は丸みを帯び、プリマのように浮き出てた鎖骨は隆起したものに大分埋まってる。短い袖から出た二の腕は若い女の子特有のむっちり感が――。

こ……これは……どうしてこうなった⁉

声も出せずにいたら、セレスティアは自分からそのことを説明してくれた。

「わたくし、あなたがいなくなったのが寂しくて寂しくて、それを紛らわそうと一日じゅう食べてばかりいたの。サヴァンが作ってくれるあなたの食事が懐かしくて、おいしくてね。……そうしたらいつの間にかこんな体に」

ぷっくりとまあるい頰は白いドレスに映える桜色だ。まさかあの痩せぎすで、バタバタと倒れまくってたセレスティアがこんなに健康そうな姿になるなんて。エ・ムオには一か月待ってと言ったけれど、これならばすぐにでも帝国へ向かってもらっても大丈夫そう。……そうか、帝国へ発つ前に厨房に置いていったレシピノートを役に立ててくれたのね。ありがとう、サヴァン。

「まったく、今頃帰ってきおって。一国の軍隊の長たる務めをなんだと思っているのだ」

少し離れたところから不機嫌そうな声が聞こえてきた。振り向いてみれば近衛隊長のリグリットだ。将軍ひげの先を弄りながら信楽焼の狸のようなお腹をグラウデンに突きつける。

「今しばらく帝国に残るゆえこの件は俺に任せてほしいと急使を寄越したではないか。大体俺の部下はどこかの隊の奴らと違って優秀だからな。団長ひとりが抜けたところで何も問題はない」

「……貴様、人を貶めて自らを正当化するとは――」

「もういい、説教ならあとでたっぷり聞いてやる。俺たちには大事なことを伝えなければならない使命があるのだ」

あっ、そうだった。再会を喜んでる場合じゃないわ。

「セレスティア、今すぐレ帝国に行って。輿入れ先は王様じゃなくて王太子だったの。あなたを待ってるわ」

「えっ」

すっかり健康体になったセレスティアの頬がぽうっと染まる。

「そういうことだ、チェイン。もう一度親書を持って帝国へ飛ばしてくれないか。なんならこのまま王女殿下をお連れになっても構わない」

グラウデンが向いた方向を見ると、あれからどうしただろうと心配していたチェインがいて息をのんだ。右腕を庇うような動きは見せているけど他は最後に見た彼そのもの。顔色もいいし、痩せてもいない。……ああ、よかった。本当に。

チェインは私を見て軽く頭を下げると、秀麗な細眉を寄せて戸惑った表情を浮かべた。

「おふたりとも、もう少しお話を詳しく聞かせていただけませんか。騎士団長殿から一度急使が遣わされたきり我々にはなんの情報ももたらされず、やきもきしていたところです」

チェインの言葉を受けて、隣にいたリグリットが味方を得たようにふんぞり返った。

「その通りだ。大体、バラクロフ家との盟約すら取りつけたばかりで話が急すぎる。物事というものはきちんと順を踏んでだな――」

ずい、とお腹で迫ってくる彼にグラウデンが冷たい一瞥を放った。

「うるせえ、ジジィは引っ込んでろ」

「ジ……！」

リグリットはユデダコみたいに真っ赤になった。それを見てプッと噴き出す王女とチェイン。

……まったくグラウデンてば、たまに子供みたいにやんちゃになる。リグリットとほんの数歳しか変わらないくせに。

会議の席に着いた私たちは旅立ってからの経緯を事細かに説明した。チェインとイライアスとの決闘のあと、グラウデンが追いついてイライアスを倒したこと、その後予定通りの日時に帝国領へと入ったものの、離宮に足止めを食らい二週間目にやっと帝国王に会えたこと。その帝国王が、バイドゥルでなくエ・ムオだったことと、私がセレスティアでないことがバレて殺されそうになったところをグラウデンに助けられた話。などなど。

バラクロフ家が王国に再び寝返った経緯はアナベルさんから聞いた通りだった。

人気デザイナーである彼女はファルバード全域の貴婦人たちの支持も厚く、あちこちのサロンに引っ張りだこだ。アナベルさんが井戸端会議の場で『大陸の強者レ帝国とファルバードが一緒に攻めてくる』との嘘の情報をリークすれば、女性の噂話だからあっという間に広がる。それを聞いた公爵連合側についていた貴族たちが、なんとかしてくれと泣きついたのがバラクロフだ。帝国とファルバードに同盟を組まれては公爵連合に勝ち目はない、リグレイ家とノッティ家のことを見限る代わりに、バラクロフ家には王家との親交を復活してもらい、我々弱小貴族を守ってほしい、とのことなのだ。

かくしてバラクロフ家は再び王家を守る忠実な僕に戻ろうとファルバードへやってきた。このあと両家は正式に書類を取り交わし、王位継承権者のシャイローを城に呼び寄せ帝王学を学ばせつつ、摂政としてチェインを立てる手筈になっているらしい。

初恋の相手であるエ・ムオに思われていたと知り、セレスティアはみんなの前で頬を赤らめた。それならば、と全員が――リグリットは渋々だけど――賛同してセレスティアの正式な輿入れを帝国へ打診することで会議は幕を下ろした。

「ところで、国王陛下のお加減はいかが？」

出されたお茶をひと口啜ってセレスティアに尋ねた。病床のファルバード王に私が謁見を許されたことはなく、一度もお目通りが叶ったことはない。セレスティアが嫁いでしまったら次の王位継承権者は二歳のシャイローになるから、私としても心配だ。

「国王陛下は……いらっしゃいません」

セレスティアは静かに言った。

「え?」

「もう半年も前にお隠れあそばされたのです」

びっくりしてただ口を押さえることしかできなかった。グラウデンは毎朝中庭の鐘が鳴ると国王陛下の謁見だと言って出掛けていった。厨房の人たちもみんな、陛下専用のお食事だと言って柔らかくのどごしのいいものを毎日こしらえてた。それなのに……みんなで私を騙してたの?

「それだけ、本当に危機的状況だったのです。このことを知っているのはここにいる王室の幹部だけ。一般の国民はもちろん、城で働く者たちも陛下は病床に伏せていらっしゃるだけでご存命だと今も信じているでしょう。バラクロフ家という盾を失った王室は突けば崩れる砂の牙城……それを一緒に救ってくれたディアナ、あなたには深く感謝しています」

セレスティアは立ち上がり、深々と私にお辞儀をした。次いでチェインが敬礼する。リグリットも、その後ろに控える近衛隊も、バラクロフの使者も。

困惑してグラウデンを見ると、最後に彼もまた、私に向かって敬礼した。

……やめて。やめてよ——。

堪らなくなって会議室を飛び出した。そのまま廊下を走って突き当たりにあるバルコニーの扉を勢いよく開けた。

眼下には青々と波打つ緑が見下ろせる。その中にぽつりぽつりと散らばっているのは、季節変わりでまばらになったリモチーヌの白や赤の水玉模様。高い場所を涼やかに通り抜ける風が落ち着かない心を優しく癒していく。

――グラウデン、あなたにはみんなと一緒に頭を下げてほしくなかった。私は王国のためじゃなく、あなたのために任務を遂行したのよ。あなたと一緒にひとつになって、国の危機を救ったの。それなのにあなたまでが王国の重臣として私に感謝をしたら、結ばれた心が一気に離れたようで寂しく思えるじゃない。

はー……。

だめだ。やっぱり私、感傷的になってる。もう最後まで絶対に泣かない、そう決めたのに。

「ミサト」

突然声がして後ろから抱きしめられた。

熱い腕。逞しい腕。今日でお別れになる腕。壊れそうなほど強く背中を包み、頬をざらざらとひげが擦った。

「俺だけは分かっている。お前は国のためではなく、俺のために一緒に闘ってくれたのだと」

振り返ってとびきりの笑顔を見せようとした。けれど、その気持ちに反してどんどん顔が歪んでく。

「……笑えてないぞ?」

「だって。……だってだって」

「泣きたいときは泣いてもいいんだ」

「泣かないっ。もう泣かないって決めたのっ」

「じゃあ笑え」

「ううひひひ」

失礼なくらいに笑われた。

「無理に笑おうとするな。笑っていようが泣いていようがお前はお前だ。どんなお前も俺は愛している」

「う、う、う……」

硬い胸にすがりついて、わあわあと子供みたいに私は泣いた。

*

「だあから、このふたりってばお風呂でズッコンズッコンヤリまくってハメたまま二階へ上がって、朝までギシギシアンアンうるさいのなんのって！　まるでサーカスよ、サーカス！　ベッドが壊れるっつーの。アタシは天井が抜けて頭に降ってくるかと思ったわよッ」

「ちょっとアナベルさん、いい加減なこと言わないで。それに下品すぎる！　チェインが困ってるじゃない」

「いいのよ、このカタブツ男だって毎晩毎晩女の裸思い浮かべてカタいブツをシコシコやってんだから。あら、でも右手が不自由で困るわねえ、今は左でやってんの？　え？　どうなの？」

「あ。いや。え。ちょっと。それは」

アナベルさんに押し倒されそうな勢いで迫られて、チェインはたじたじだ。例によって顔が真っ赤。

噂の片割れのおっさんはというと、いくらみんなにからかわれようともグラス片手に楽しそうにお酒も入ってるから寧ろ赤黒い。

笑ってるだけだ。

「グラウデン、あなたもちゃんと訂正してくれないと。これからずっと言われ続けるじゃない」

「大丈夫だ。お前以外はアナベルと古いつき合いだから、コイツが吹かして話すことくらい知ってるさ。それよりお前ももっと飲め。酔えば小さなことが気にならなくなるぞ」

「……はいはい、分かりました」

渡されたグラスをぐいっ、とあおると周りから歓声が上がった。喉を下りていく熱い塊が……ぐうう。灼けそうにキツイ。

「なあおい団長さんよ、今夜くらいはディアナを俺に貸してくれないか。このひと月、俺がどんな気持ちでいたと思う？　娘を嫁に取られる男親の心境ってもんを痛いほど知ったぜ」

宴会が始まってから——いや、私に再会してから泣き通しのサヴァンはすでに大分でき上がってる。鼻を啜りながらむぎゅうっと抱きしめてくるたびに、もさもさしたひげが鼻に入ってくしゃみが出そう。

もう夜も遅いのに、宴会にはセレスティアも出席してた。この国には未成年にも飲酒の法律が課せられておらず、彼女も割とイケるクチなのだということが分かった。大して顔色も変えずに黙々と飲んでいたけれど、ついに会話に割って入ってきた。

「ねえ、寂しかったのはサヴァンだけじゃないわよ。だってリグリットったら、ディアナが置いていった小鹿をなんて呼んでたと思う？」

みんなが一斉に「レディアナ！」と叫んだ。続けて、いかにリグリットが小鹿をかわいがっていたかという話が、物真似交じりにあちこちで語られる。隅っこでひとり飲んでいたリグリットがプリプリ怒りながら近づいてきた。

「違う、レディアだ！　古代ルスミア語で小鹿の意味の――」

憤慨するリグリットの肩をサヴァンが強く抱いた。今夜は誰にでも顔をくっつけてスリスリしてくる酔っぱらいに苦虫オジサンも引き気味だ。

「まあまあ、ひとりでしみったれてないで、こっちへ来て一緒に飲めと殿下は仰っているんだよ。今夜は寂しい者同士、ともに飲み明かそうじゃないか、なあ！」

「う……ま、まあ仕方がない。今夜はめでたい席だしな」

リグリットが不器用に笑ってみせて、みんなは笑った。

……みんな、みんな、素敵な人たち。私は本当にファルバードのみんなが大好きだ。

馬鹿騒ぎの喧騒から抜け出して、昼間グラウデンに抱きしめられたバルコニーにいた。姿が消えたことに気づいた彼がすぐに追いついて、ふわりと肩を抱かれた。

藍を流した空には、青白い月が螺鈿(らでん)の如く輝いている。その周りには、銀砂を撒いたような幾多の星たち。瞬くにつれ、残り少ない時を連れて行く。

「美しい月だ。お前のように」

見上げれば月の雫に濡れた瞳。吸い寄せられて口づけを交わした。

「……本当にこのまま行くのか？」

「うん。みんなに泣かれたら気持ちが揺らぐから」

ふっ、とグラウデンは笑い、何も言わずに私を固く抱きしめた。

「私はもう大丈夫よ。さあ、元の世界に送って。チャッピーの霊力が高まってるうちに」

彼は私を放し、数度ゆっくりと瞬きをした。そして「分かった」と言うと開いた手の上にチャッピーを載せた。ほんのりと輝きを帯びた毛の塊が、ふるふると小刻みに震え出す。

「……その昔、スピリットは選ばれし民にのみ神が与えるものだった。ゆえに、かつては特別近しい他人とスピリットを共有することもあったらしくてな。帝国では結婚を誓った男女が変わらぬ愛の証として、形式だけではあるが未だに互いのスピリットを共有することがあるそうだ」

「共有……どうすればそういうことができるの？」

「互いの真の名を交換するのだ」

「真の名」

「ああ。この世界では皆本当の名を名乗る習慣がない。名とは自らの存在を表す神聖なもの。命の宿りしもの。この世に生を受けたときに最初につけた名は誰にも知られることなく隠し通さねばならない。人は皆自由に決めた通り名で一生を過ごすのだ」

「そう。それを私に教えてくれるなんて嬉しいわ。……けれど、あなたの本当の名前を知ったときが、お別れのときってわけね」

「そういうわけだ」

そして儀式は執り行われた。

……呆気なかった。夜になり、月が上ったあたりから落ち着きを失くしていたチャッピーが、その瞬間に激しく瞬き出した。私と、グラウデンとの間にチラチラとクリスタルの結晶のような粒が生まれては消え、生まれては消え。スパークを起こしながら光の塊を大きくしていく。

光の向こうに、グラウデンの微笑みが見えた。

――大丈夫、すぐに迎えに行くから待っていてくれ。

光は私の身体を包んだ。愛しい男の顔も段々と薄らいで、やがて輪郭が光と同化して、伸ばした指はもう絡むこともなく……意識が遠のくのを感じながら白い波間に漂った。

……グリーデヴァル・エルムドア・エ・バラクロフ――それが彼の本当の名前だった。

終幕　我が善き片羽

「美里ー、どこ行くの？　もうすぐご飯よー」

「姉貴は外だよ。また月でも見に行ったんじゃねえの？　そのうちホントにお迎えが来たりしてなあ」

ゲームのＢＧＭをバックに、げらげらと笑う隆也の声が外まで聞こえる。自分をかぐや姫と勘違いしてるのか、いや、そんなキャラじゃねえな、とか。……勝手なこと言ってるわ。

今夜は満月だ。季節は移ってしまったけれど、空にはぽっかりとあの夜と同じ美しい光が浮かんでる。あの夜、とはこの場所で初めてグラウデンと出会った、三か月前のことだ。

こっちの世界に戻ってから一か月が経った。

あの晩目を覚ましたのは彼と出会った道路の脇の空き地の中だった。草は短く刈られていて、虫の鳴き声から察するにこちらはどうやら夏の終わり。時間が動いてなければいいと思っていたけど、やっぱり物事はそう上手くはいかないわけで。けれど、これからの身の振り方を考えるよりも、グラウデンと離れてしまったことが本当に悲しくて、辛くて、切なくて。地面に額を擦りつけて馬鹿みたいに泣きじゃくった。

突然戻った私をお母さんと隆也は死人を見るような目で見た。這いつくばって泣いた顔は泥だらけ。しかもこっちじゃコスプレか何かでしか着ないようなドレスを着て、したたかに酔っぱらってたから。

玄関前にへたり込むお母さんの顔を、立ったまま呆然と見詰めた。

「お願い、警察にだけは言わないで」

「そんなこと言ったって、もう捜索願いも出しちゃってるわよ……」

「あり得ねえだろ、ゾンビみたいな格好で帰ってきて！　二か月も家空けて……！」

ふたりともすごい顔してる。

「じゃ、宇宙人に連れ去られたってことで」

はあ？　ってふたりは言うけど、半分本当のような話なんだから仕方がない。信じてもらえないだろうと思った異界の話は案の定隆也に一笑に付され、美里はおかしくなってしまったとお母さんは泣いた。疲れ切っていた私は薄汚れた姿のままでその晩は泣きながら眠ってしまった。

次の日からはしばらくが怒濤（どとう）の日々だった。私がふらりと戻ってきたという噂は瞬く間に町内を駆け巡り、近所じゅうから入れ代わり立ち代わり人が訪れた。そのたびにみんなに謝って、嘘の言い訳をして、お礼を言って。警察にも行ったし病院でいろんな検査も受けた。

私を訴えると言っていた料理教室のオバサマは、先生にお門違いを責められたのと、私が行方不明になったことに責任を感じて訴えを取り下げたらしい。それでも、先生にお詫びとお礼を言って教室は辞めた。理由は仕事が嫌になったからというわけじゃない。今は来るべきときに向けてこの世界にある料理を片っ端から頭に叩き込んでおきたいの。膨大な数のレシピ本を段ボールに詰めて向こうに持っていくなんて、きっとできやしないから。

夜空に浮かぶ今年一番の名月をアスファルトに立って見上げていた。雫でも落ちてきそうなくらいに濡れて瑞々しい。

……まだたったひと月。だけれど、ひと月は私にとって気が遠くなるほど長かった。先のことは分からないとあなたは言っていたから、急いじゃいけないことは分かってる。

それでも。

ファルバードの美しい自然、青灰色の瞳を持つ逞しい男とふたりで救った王国の危機を、いくら話しても信じてもらえないのは辛かった。そのうちに私の方にまで、あれはやっぱり夢だろうか、私の妄想だったんじゃないかと疑う気持ちが芽生えてきて悲しくなる。

あの星のどこかにあなたはきっといる。けれど、それはここからじゃ手の届かない、どこまで行っても繋がらない大地。いくら記憶と思い出があっても、長い時が過ぎるうちにふたりで過ごした日々が現実のものじゃないように思えてきても不思議じゃない。

――グラウデン、早く私を迎えに来て。

夜空に向かって祈ってみても、月は冷たく微笑みかけるだけだ。そろそろ家に戻らないと。お母さんが心配して、明日こそ心療内科に行こうとまた泣き出すかもしれない。

そのとき。

空き地の中から、キュッ、とチャッピーが鳴く声がしたような気がした。振り返った頬を、さあっ、と秋の風が撫でていく。

……気のせいか。

夜鷹か、虫か。またまばらに伸びてきた草の中には動くものひとつ見えない。

まだたったひと月。今はまだその時じゃないのかもしれない。彼を信じて待つしかないと踵を返し、顔だけは草むらに残しつつ歩き出したときだった。

空き地の真ん中にチラチラと明滅する光が現れた。

目を凝らして見ていると光のひと粒ひと粒が段々と明るく大きくなり、やがて繋がって白い輪になった。現れたおぼろげな輪郭は次第に濃く、聳える山のような体軀をかたどる。

「あ……、あ……！」

知らぬ間に草の上に駆け出した。

光の中、猛る獅子のように金色にたなびく髪、青くけぶるガラスのような瞳と野性的でセクシーな口元。鮮やかな紺色の軍服に金モール輝かせ、たくさんの勲章を胸に煌めかせたあの人は——。

眩いばかりの光の中から、大きな手がスッと差し出された。

「神は理由なくして人と人とを巡り合わせない。——ミサト、お前を迎えに来た」

「グラウデン……！」

手を摑んだと同時に強く引かれ、懐かしい匂いのする胸の中に落ちた。

頰に触れる硬く引き締まった分厚い胸。

力強い鼓動。

草原を吹き抜ける青い風の香り。

そして、温かく包み込む大きな腕。

あなたの存在そのものが、濃密なひとときを過ごしたあの場所へと私を引き戻す。風渡る穢れない空の下、小さく可憐な白い花を散らした、緑濃き大地へと。

苦しいほどに強く抱きしめて、グラウデンは私の顎をゆっくりと持ち上げた。紺碧(こんぺき)の夜空を流した瞳に、星の瞬きが輝いている。

「ああ……ミサト。お前に会えない間、俺がどんなに辛い思いをしていたか、お前には分かるまいな」

「グラウデン」

引き締まった大きな背中に力いっぱい腕を伸ばした。

「たった今、同じことを言おうとしたと言ったら、信じてくれる？」

無精ひげに覆われた唇が、にっ、と広がり、白い歯が零れた。彼は私の髪に両手を差し入れて、額に、鼻に、頬に。そして最後に唇に優しく口づけた。

もう何もいらない。何も言えない。ありがとう、迎えに来てくれて――。


道路に向かってゆっくりと歩きながら、グラウデンはこのひと月にあったことをいろいろと話してくれた。帝国との同盟を無事取りつけたこと、セレスティアの輿入れの日は三か月後に正式に決まったこと、リグレイ公とノッティ公の裁判が始まったこと、などなどなど。事は全て丸く収まったけど、この一か月は東奔西走であまり寝てないんだとか。

「とにかくお前に会いたい一心だった。過労死するかと思ったが、もうあとひと月先まで待てぬと、馬車馬のように働いたのだ」

確かに少しお疲れ気味の顔を歪めて、彼は自嘲気味に笑った。その肩には力を使い果たしてしょぼくれてるチャッピーの姿が。まだグラウデンの方が元気そうに見える。

「ねえ、グラウデン。私、あなたが迎えに来てくれたら王国でやろうと思ってたことがあるの」

「へえ。なんだ？」

「城下町に小さな料理店を開きたいの。お店の名前ももう決めてあるのよ」

ちょうど道路に着いて側溝を跨いだ。

「『女王様のレシピ』――レ帝国の王妃になり損ねた私が作る、ファルバード王女が愛したレシピのお店よ。きっと繁盛すると思うの」

見上げた瞬間に彼はにこりと微笑んだ。

「いい名前だな。……王妃になり損ねた、か。王妃とはいかないが、お前にはそれに近い椅子が用意されているぞ」

「なあに？　それ。もう政略結婚の身代わりは懲り懲りよ」

「今回の功績を称えて王女殿下が新たに爵位を下さったのだ。領地も拝領した。お前はグラウデン公爵夫人となるのだ」

「ええっ」

彼は私の手を取って突然道路に跪いた。空いている方の手を胸に当ててわざとらしく咳払いをする。

「ファルバード王国騎士団長にしてグラウデン公爵、グリーデヴァル・エルムドア・エ・バラクロフ。我は今一度天地神明に誓う。生涯を賭けて汝を愛し、また、汝を守る忠実な騎士となることを。

……ミサト、俺の妻になってくれるな？」

強烈な引力を持ったブルーグレーの瞳がまっすぐに見上げてくる。手品のように広げてみせた手の中には、目も眩むような美しい宝石が光り輝いていて――。

胸が激しく震えて急に息苦しくなった。ああ、突然の出来事に心臓が止まりそう……！

「……ねえ、公爵様は側室とかをもうける？」

立ち上がったグラウデンは闇の中に高らかな笑い声を響かせた。私の首にとんでもなく豪華な、セレブでもしないような首飾りを着けてくれる。

「ファルバードは元より一夫多妻制ではないぞ。そんな不安そうな顔をするな。お前だけだ、ミサト。俺はお前だけを一生愛す」

「私みたいなじゃじゃ馬でも？」

「ああ」

「勇ましすぎる女でも？」

「じゃじゃ馬で勇ましすぎて、とてつもなく大きな愛情を持ったお前に惚れ込んだのだ。もう二度と放しはしない」

「ああ、グラウデン……」

鍛え抜かれた胸に顔を埋めた。

「あなたに一生着いていくわ」

それ以上は言葉もなかった。ただ幸せすぎて、止めどなく溢れる歓びの涙を拭うことしかできなくて。

彼は私の顎をそっと持ち上げた。夜空に冴える月をバックに、今にして思えば、初めて見たときから私を魅了して止まなかったブルーグレーの瞳で見詰めてくる。そして月さえとろけてしまいそうな、甘い甘い口づけをくれた。

私たちの物語は、寧ろここからが始まりなんだろう。私たちはふたりでひとつのバディ。ひとつの身体を共有する二枚の翼で、ファルバードの大空を駆けていく。

「目も眩むような美しさだ。俺は閉じる瞼を失ったのか？」

透きとおる瞳をきらきらと輝かせて、グラウデンは両手を広げておどけてみせた。帝国へ発つ直前に仕上がったオフショルダーのドレスは露出が多すぎて、ファルバードじゃとても着られないようなデザインだ。彼はウエスト部分に手を回して、うっとりした目つきで唇を寄せてくる。

「だめ。もうお化粧も済ませちゃったんだから。……あんっ」

顔を背けたら首筋にキスが落とされた。柔らかな唇が鎖骨へと落ち、うなじに吸いつき、そして耳元へと這い上がっていく。髪をアップにしたせいで今日はそのあたりがとりわけ無防備だ。そろそろ時間も迫っているから、やめてほしいのだけれど。

鋼のような胸をそっと押して、彼に背中を向けた。

「ねえ、コルセット、見えてない？　口紅は？　ずれてないよね」

「ああ、大丈夫だ。とてもきれいだぞ。大きな声では言えないが、王后陛下が霞（かす）んでしまいそうだ」

褒めてくれるのは嬉しいけど、今日ばかりは言っちゃいけない冗談だ。ちょっと睨みつけたら、彼は肩を竦めて唇の端を持ち上げた。結局私も噴き出してしまい、ふたりで顔を見合わせて笑った。

私たちは今日、セレスティアのお披露目を兼ねたレ帝国の晩餐会に来ている。国王の親族を集めた非公式な催しながら、新たに同盟を締結したファルバードの貴族——というよりも、新婦友人——を代表して、私たち夫婦が招かれたのだ。長旅でよれよれになっていたグラウデンも、お風呂で汚れを落とし、髪をきれいに撫でつけたせいで今夜は見違えるように凛々しい。軍服の襟を摘んで身なりを整えると、ニヤニヤしながら肘を突き出してきた。

「さあ、そろそろ会が始まる時間だ。行こうか、公爵夫人」

「ええ、閣下」

帝国の中西部に位置するハマル山脈に日が隠れる頃、晩餐会が始まった。総勢二百名を超える列席者が豪華な衣装を身に纏い、一堂に会した様子はおとぎ話の世界でしか見たことがないような絢爛さだ。使用人や小姓たちによって順々に席が案内されていくなか、ひときわ美しく光り輝いている今夜の主役に挨拶に向かった。

「本日はお招きいただきまして大変光栄に存じます。王后陛下におかれましてはご機嫌麗しく——」

「もう、ディアナったら。今日は正式な会合ではないのだから堅苦しい挨拶はやめて。ああ……本当に嬉しいわ。あなたに会いたくて堪らなかったの」

今ではすっかりふくよかになったセレスティアが、すっ、と腕を伸ばしてきて、私たちは古い友達のように抱き合った。帝国へ来てから彼女は更に健康的になったようだ。華やぐような笑顔から幸せな日々を送っていることが分かって嬉しくなる。

セレスティアが帝国へ嫁いでから早くもひと月が経過していた。王室の結婚式には気の遠くなるような準備期間が掛かるから、それではとても待ち切れないというエ・ムオの希望により、私がファルバードへ戻ってからふた月後の早朝には、セレスティアは帝国へと旅立っていた。

今日は花嫁らしく、ふわりとしたデザインの純白のドレスに身を包んだ親友の手を取った。

「セレスティア、結婚本当におめでとう。今日は一段ときれいよ」

「ありがとう、ディアナ。あなたこそ、こっちに戻ってからますます美しさに磨きがかかったみたい。一体誰のせいかしら？」

ちらり、と私の隣を見上げる。グラウデンは片方の眉を吊り上げてにんまりと微笑み、その場に片膝を突いてセレスティアの手に口づけた。

「セレスティア王后陛下、このたびはご結婚誠におめでとうございます。お元気そうで安心いたしました。ところで、あなたの心を射止めた幸運の持ち主はどちらに？」

「まあ、騎士団長ったら。国王陛下でしたらそろそろ参りますわ。……あ、ほら、ちょうどあちらに」

セレスティアが視線を馳せた方へ目をやると、広いラウンジの端にぐるりとカーブを描いて設置された大階段から、大柄な男が下りてくるのが見えた。ゴージャスな金刺繍の施された濃緑のフロックコートに大きなフリルのついたシャツ、白いタイツに黒いブーツと、大陸の正装を纏っている。炎のように燃え盛る髪をした男は、帝国の若き王エ・ムオその人だ。彼は小姓のフレグを従えて、敷き詰められた赤い絨毯の上を悠然と歩いてきた。

「やあ、遅くなりまして申し訳ありません。大切なお客様の部屋に飾る花を使用人たちに指示しておりました」

私たちの元に到着するなり、エ・ムオはグラウデンには見向きもせず、目の前に跪いて私の手にキスを寄越した。新妻のセレスティアが隣にいるというのに、不躾なくらいに熱い眼差しで見上げてくる。

「以前にお見かけしたときよりも更に美しくおなりだ。これは……公爵殿が羨ましい」

「は、あ……えーと」

なんと返せばいいのやら、と考えあぐねていると、後ろでわざとらしい咳払いが聞こえた。眉間に不快そうなものを漂わせたグラウデンが、ずい、と前に出てきて私の腰に手を回した。

「おっと、失礼――。ファルバード王国の英雄にしてグラウデン公爵閣下、よくぞお越し下さいました」

「本日はお招きありがとうございます、エ・ムオ国王陛下。……お望みとあらば、早速かねてからの約束通り、剣のお相手つかまつりますが」

と、グラウデンは差し出された手を傍目にも分かるほど強く握り返した。目がまったく笑ってない。対するエ・ムオの顔をちらと見たらば、赤髪の王も同じく、鷹のような目つきでグラウデンを睨みつけている。こ、これは……まさに因縁の対決、早くも一触即発の事態か⁉ と危ぶんだ瞬間、エ・ムオの後ろに隠れていた小姓のフレグが、ひょっこりと顔を覗かせた。

「失礼いたします、国王陛下。お客様にお席をご案内申し上げてもよろしいでしょうか」

さりげなく、且つ大胆に割って入ったフレグの機転に、私とセレスティアは顔を見合わせて笑った。これには大の男ふたりも苦笑いを浮かべるより他になく。お手柄のフレグ少年にこっそりとウインクしてみせた。

晩餐会の間じゅう、グラウデンの周りには王族、中でも軍属の人たちが溢れていて、締結されたばかりの二国間同盟や過去の武勇伝に花が咲いている様子だった。相手がオジサマならば特に言うことはない、と安心して食事を楽しんでいた私だったけれど――。

会も後半になりお茶やドルチェの時間になるとすっかり事情が変わった。入れ代わり立ち代わり訪れる貴婦人方が、彼を取り囲んで独身男のように扱い始めたからだ。積極的なご婦人に至っては、さりげなく彼の胸にタッチしてみたり、必要以上に身体を寄せてみたりと、私のことなんかそっちのけで盛り上がる始末。

……そりゃ、私の夫は魅力的な男性ですよ。国交がなかったから、ファルバードの男が珍しい、というのも理解できる。だけどだけど、こちとら新婚なわけですよ！　せめて、私を交えて話をするとかですねえ……！

むうう、解せないっ。

ポツン、とひとり蚊帳の外でお茶を啜っていたら、空席になっていたグラウデンの反対隣に誰かが腰を下ろした。顔を上げてみれば、国王のエ・ムオだ。頬杖をついて私の顔をとっくりと眺めながら、彼はケーキに添えられたチェリーを口に放り込んだ。この男に見られるとどうも落ち着かない。早いとこ何か言わなければ。

「あ、あの、セレスティアはどちらに？」

「身支度を直しに席を離れました。じきに戻ってくるでしょう」

と、うっとりと目を閉じて、スプーンに載せた蜂蜜のジュレを味わった。

「ああ、そう……ですか。えーと、ところで。王族の方がこんなにいらっしゃるなんて驚きましたわ。まるで国じゅうの貴族を集めたみたいで――」

「我が国は一夫多妻制ですから、親族が多いのですよ。ところで――」

突然に生温かい感触が手を襲った。ひっ、と短い悲鳴を上げて見下ろせば、テーブルの下で自分の手がエ・ムオのそれにしっかりと握られている。

「ディアナ様。あなたと一度ゆっくりお話がしたいと思っていたのです。ファルバードのことをお聞かせ願えませんか？」

ぐい、と突然顔を近づけられてトラウマスイッチが入りそうになった。助けを求めようとグラウデンを振り返れば、こちらの状況に気づいた彼の目が途端に吊り上がるのが見えた。一瞬鬼のような形相をしたけれど、周りの声に引き戻されて半分引きつったような笑顔を作っている。

実際、エ・ムオが尋ねてきたのは、ファルバードの食事とか、暮らしとか、流行っているペットなんかの他愛もない話だ。だけど、手は握ったままだし、目つきと口調がやたらと耽美(たんび)的で傍から見たらきっとそんな話をしているようには思えない。グラウデンは周りの声ににこやかに応じつつも、私の方が気になる様子でチラチラとこちらをけん制してくる。……ううう、私だって、変われるものなら席を変わりたい！　だけど、知ってる人なんて皆無の、しかも王族相手に一体何を話せばいいっていうの？　日本のごく普通の家庭に育った、普通の女の子の私が！

距離感ゼロでぐいぐいと近づいてくるエ・ムオの圧力に、どうにも落ち着かなくて半分泣きそうになった頃、突然隣の席がざわついた。残念がるご婦人方のため息に見向きもせず、席を立ったグラウデンが私の肩を抱いた。

「失礼、妻の顔色があまり良くないようだ。先に部屋に戻らせていただきます」

割って入られたエ・ムオは、ほんの一瞬だけ不愉快そうな表情を浮かべた。けれど、すぐに心配そうな顔になって言った。

「……分かりました。残念ですが、公爵夫人のお身体の方が心配だ。宮廷医を呼びますか？」

「いや、それには及ばない。後程ご挨拶に伺います。では」

むっつりと黙ったままのグラウデンに、腰を強く抱かれて薄暗い廊下を歩いていた。客間へ続く広い廊下には庭園からの月明かりが差し込んでいて、賑やかな宴会場とは別世界のように静まり返っている。何も言わず、ただ前を向いて歩いていた彼は突然に私の身体を引っ張り、林立する円柱のひとつに背中を押しつけた。そして、両手で荒々しく顎を持ち上げると激しく唇を押しつけてきた。

「ん、んんっ――」

閉じた歯の間を割って、舌が力づくで入ってきた。いきなり奥深くまで捻じ込みながら、慌ただしく捲り上げたドレスの中に下半身を擦りつけてくる。軍服のパンツを隔てても分かるほど、中心が猛り狂っていた。彼は私の口内を犯したままドレスの中に手を突っ込み、腿の内側に指を伸ばしてきた。

「あっ、ん……だ、だめっ……」

こんな場所で、と腰を引いたけれど、強引に捻じ込まれた指は秘めやかな場所を容易く捉えた。

気持ちとは裏腹にキスだけで濡れていたらしく、私のそこは忍び込んだ異物をもう受け入れている。指は繰り返しゆっくりと前後左右に蠢いた。硬くなった花芯を弄ばれるにつけ、甘くもどかしい痺れが背中を駆け上がっていく。

「う、……んん、う」

青い瞳に絡め取られたまま、とろけるような愛撫は続いた。次第に呼吸が浅くなり、脚が震えて支えがないと立っていることすら儘ならない。耐え切れず太い腕にすがりつけば、彼は狂おしいような目つきで私を見た。やがて、膨れ上がった入り口に指先が突きつけられて、ため息と同時に胎内に侵入してきた。

「やめ、て……あ、あ——」

思わず目を閉じ天を仰いだ。知り尽くした指が私の望むままに律動を始め、充血した壁をゆっくりと行き来する。太腿に擦りつけられる彼の中心が熱くて、硬くて、まるで彼自身に胎内を犯されているようだ。蜜を捏ねる淫らな音ばかりが足元から立ちのぼる。外だけで十分に高められていた私は、お腹の裏側を数度撫でられただけで一気に昇り詰めた。

「あっ、あっ、はっ、んんっ——」

大きな声を上げそうになって唇に手を当てた。全身がわなわなと震え、逞しい胸に倒れ込んだ。抱き留められ、長い間至福の波に揉まれたあとでやっと顔を上げてみれば、少し落ち着いた様子の青い瞳と視線がぶつかった。

彼は無言で、濃い睫毛の向こうからただじっと見詰め返してくる。無表情。だけど、何か言いたそう。

「……まだ、怖い顔してる」

「そうか？」

と、僅かに眉を上げげた。お腹の中に何かを隠し持っているときの仕草だ。

「とりあえず、あなたのライバルには何もされてないわ。手を握られた以外は」

私がそう言うとグラウデンは、ふっ、と突然噴き出した。すぐに抱きすくめられて顔は見えなくなったけど、クスクスという笑い声とともに体が小刻みに震えてる。なんだかホッとした。だって、宴会場を飛び出してきてからこっち、彼はひと言も口を利かずに不機嫌そうな顔をしてたから。

グラウデンは柱に肘を預けて、空いている手の親指で私の唇を優しくなぞった。もう怒ってなんかいず、いつもの穏やかな顔つきに戻っている。

「嫉妬しているように見えたか？」

「まあね」

「そうか。ならばみっともないところを見せたな」

と、私の前に屈み込んだ。ひょい、と体が浮いて、次の瞬間には逞しい腕の中に抱き上げられた。太い首に腕を絡ませ、無精ひげの目立つ頬に唇を寄せて囁いた。

「そうでもないわよ。あなたが妬いてくれるなんて嬉しいもの。で、どんな気分だった？」

歩きながら、そうだな、とグラウデンは茶目っ気たっぷりに何度か目を瞬いた。

「目の前に運ばれてきたうまそうな料理を、隣に座った見知らぬ男に掻っ攫われた、ってとこだな。しかもそこは俺の馴染みの店なんだ」

「ふうん。……で、椅子に縛りつけられたあなたは、大好物を食い荒らされる様子を眺めていることしかできなかった、ってわけね」

「そう。俺が注文したのに、だ」

「サイテーね」

「ああ、サイテーだ」

しばらくの間ののち、ふたり同時に笑った。引き寄せられるようにどちらからともなく唇を重ねる。

そこはちょうど客室の前で、彼は私を抱き上げたまま扉を潜った。部屋の中では、そこここに生けられた花が優雅な香りを放っていて、目を閉じると夜の庭園にいるようだ。月の光が注ぐベッドに優しく下ろされ、また唇を重ねた。

彼の唇はしっとりと熱く、仄かに帝国のワインの香りがした。柔らかい果実をもぎ取るように、優しく繰り返し啄んでいたけれど。絡み合う吐息が熱を帯びるにしたがって深くなり、あっという間に燃え上がった。

差し入れられた舌を夢中で追い求めた。舌先で上顎をくすぐり、歯列をなぞり、舌下を舐り。ひとしきり貪り尽くしたのち、すっかり息を荒くしたグラウデンが唇を離して言った。

「……今日一日、ずっとお前を抱きたかった」

欲望に焦がれた瞳が揺れている。まっすぐに私の目を覗き込んだまま、ドレスのホックに指を掛けた。

「ずっと、って、いつから？」

「……ん。意地の悪い質問だな」

ちょっと恨めしそうな顔を見せて、彼は私の首筋に口づけを落とした。小鳥が囀るような音を立てながら上がってきて、耳たぶを唇で弄んでくる。

「ふ……くすぐったい」

「俺をからかった罰だ」

そう言って彼は、クスクスと笑いながら耳の輪郭に舌を這わせた。同時に、剝き出しになった脇腹と背中を指先でなぞってくるからこそばゆくて堪らない。けれどそれも、すぐに快感に変わった。腰から上がってきた手が胸の膨らみを捉え、そっと頂に触れたから。

「あ……は……」

優しくて淫らな指は、膨らみを味わうように撫でさすり、そして時々焦らすように先端をかすめた。そのたびに私の全身はがたがたと震え、下半身に露を下ろしていく。唇からは絶え間なく吐息が零れ落ちた。指先の動きが徐々に熱っぽくなるから、余計に。

「ね、……グラウ、デン」

「なんだ」

「私、本当はね――あんっ」

愛撫に耐え切れず太い腕にすがりついた。瞬間、腰をきつく抱きよせられて逞しい肉体の中に落ちていく。

屹立したグラウデンの中心が、蜜口を優しく突いた。濡れそぼった場所をゆっくりと捏ねながら、透きとおる瞳でじいっと見詰めてくる。何も話さない。けれど、その目は穏やかで、愛している、お前が欲しい、という無言の言葉が伝わってくるようだ。

一瞬笑みを浮かべるように目を細めると、彼は胸に覆いかぶさり突起を口に含んだ。甘やかな痺れが身体を突き抜けて、蜜洞がキュッ、と締まる。

「やっ……あっ、あ、あんっ……」

もう喘ぎが止まらなかった。右の胸を舌と唇で翻弄され、左を指で愛撫され、執拗に捏ね回される下半身からはふしだらな蜜が滔々と溢れ出てくる。

硬く張った先端は時折入り口に引っかかり、焦らすように愛撫を続けた。彼が欲しくて無意識のうちに腰が揺れてしまう。逃しようのない疼きをなんとかしたくて、切ない気持ちばかりが募っていく。

「ん、んっ……、グラウデン……本当は私も、ずっとこうして……ほしかったの」

喘ぎ喘ぎ言うと、彼は顔を上げて満たされたように微笑んだ。私の唇を音を立てて吸い、はち切れそうになった硬い先端を蜜口に押しつけてきた。吐息が燃えるように熱い。それでも、私を傷つけないようゆっくりと侵入してくる。

「あ、あ、あ……」

隘路をめきめきと押し広げながら入ってきた塊は、最奥の壁に甘い刺激を与えて止まった。程なくして、その場所から僅かな距離を往復し、奥を優しく衝き始める。穏やかで、繊細なリズム。まだ始まったばかりだというのに、気が遠くなるような至福の波にとろけてしまいそう。

「なあ、知ってるか」

と、グラウデン。陶酔から引き戻され目を開けてみれば、トロリとした青灰色の雫が降り注ぐ。

「あ、はあ……なに、を?」

「夫婦というものはな。……離れていても、絶えず、同じことを考えているものらしい」

口調は甘く、吐息交じりだ。こんなときに突然何を言い出すのやら。

「……そう、なの？」

「ああ。実際、俺が食いたいものを、お前が……作って、待っているときが何度もあった」

「あ、ん……ん。知らなかった」

「だから、お前が俺に……抱かれたがっているのも、分かっていたんだぞ」

「ああっ……。あっ、はあっ……やんっっ」

乳房を弄る手が離れ、体の凹凸に沿って下りていった。それが脚の間の敏感な部分に触れた途端、一気にボルテージが跳ね上がった。灼けつく花芽に指紋までが突き刺さるよう。

内部をうねる欲望の塊は、私の唇から迸る喘ぎに合わせて徐々にストロークを大きくしていった。中を衝きながら外へも愛撫を加えるなんて反則だ。尖った感覚がひと息に燃え上がり、内壁の感度も恐ろしいほど鋭くなる。それなのに、乳房の中心までを舌で犯されてどうにもならなくなった。

すぐに一度目の波がやってきた。全身を襲う、持て余すほどの快楽に思考が散り散りになり、身体がガクガクと震えた。重厚な背中に爪を立てて、叫びにも近い喘ぎを放ちながら達した。

長い陶酔の狭間にのまれる私を、グラウデンは力強く抱き起こした。身体は繋がったまま。膨張した胎内で滾り続ける熱い刀身が、窮屈そうに悲鳴を上げている。密着して抱き合うように座り、狂おしそうに私を見詰めたまま、彼は腰を揺らし続けた。

「もっとだ。……もっと顔をよく見せてくれ」

「はあん、あ、ああ……んっ――」

未だ酩酊状態の私の唇を、グラウデンは激しく奪った。最初から深く合わせて舌を捻じ込み、欲望に任せて粘膜という粘膜を犯してくる。温かな唾液が舌先からつらつらと流れ込んできては、喘ぎに乾いた私の喉を潤した。もう息も絶え絶えだった。それでも、愛する男に本能のまま求め続けられるのは、心が震えるほど嬉しい。

濃厚な口づけは執拗なまでに続いた。同時に、猛り狂う中心に内壁をかき回されて、唇を合わせたまま、また昇り詰めた。長時間に亘って愛され続けるのは慣れてるはずなのに、長旅に疲れているせいかクラクラする。

「私……もう、だめ」

「何を言っている。お前が五回につき、俺が一回だ」

「はっ……？」

そんなルールがいつできたのか、と思い起こすけれど、考える間も与えずに彼は洞内を貫き続けた。私の弱いところを一瞬で探り当てて、職人のように細かい場所をじりじりと抉り続ける。程なくして、また大きなうねりが襲ってきた。

「あああん、あっ、あ――」

身を捩りながら甘い仕打ちに必死に耐えるけど、もう腰が立たない。逞しい肉体に倒れ込みそうになるのを優しく抱えられ、今度はうつ伏せの体勢に寝かされた。力強く腰を引っ張られ、猫が伸びをするようにお尻を突き出すと、濡れそぼった谷間を舌先がすーっ、と舐め下ろした。

「ひっ、やっ、ああんっ。……だめっ、だっ……ああっ」

お尻をがしりと抱えて、灼熱の礫となった花芽をグラウデンは容赦なく責めた。舌を尖らせ、触れる程度の圧力で繰り返し舐るから、またすぐにどうしようもない気持ちになる。再び天上への階段を上り切ったあとで、熱い身体が背中に圧し掛かってきた。

燃えるような鋼の切っ先が、期待に震える花びらを強引にこじ開けた。濡れた音をさせながらひと息に滑り込んできて、熟れ切った果肉をしたたかに踏みにじっていく。

「はあっ……！　あ、ああ、ん……んッ」

もう自分の身体を支えられなくて、シーツに力なく突っ伏した。優しく律動を繰り返しながら、髪に、頬に、耳に、彼はいろんなところにキスを落としてくる。

「あ、あ……素晴らしいな。遠い異国の地で……お前とひとつになれるとは」

荒々しい吐息にまみれた言葉は半分も声になっていない。それでも、耳元で囁かれる低音は官能を揺さぶり、心を震わせ、わけもなく泣きたい気持ちにさせられる。やっぱり私にはグラウデンしかいない。その熱い思いには理由なんてなく、彼のどこが好きかなんてあげつらうのも馬鹿馬鹿しくて。重ねられた大きな手を、ただ強く握りしめた。

最後はふたり一緒に昇り詰めて、気を失ったように折り重なったまま時が流れた。辛うじて動いているのは絡み合った指先だけ。じっとしていたらこのまま眠ってしまいそうだ。

髪を優しく梳かれて薄っすらと目を開けた。月の光を宿した青灰色の瞳が満足気に、それでいて、とても複雑そうに揺れている。

「愛している。どうしてこんなにもお前のことが愛しいのか、不思議に思うくらいだ」

と、私の頭を大事そうに抱え込んで頬ずりしてきた。ひげのちくちくがこそばゆい。堪らず身を竦めると今度は、ぎゅむうっ、と息が詰まるほど抱きしめてくる。逞しい腕の中から慌てて逃れ、その顔を悪戯っぽく見上げた。

「私も同じ気持ちよ、グラウデン。だって、夫婦は常に同じことを考えてるんだもの。……だから正直に言うわ。あなたが帝国のご婦人方に囲まれてるとき、私ものすごく頭にきてたの。引っ叩いてやろうと思ったくらい」

私の言ったことを、彼はしばらく咀嚼しているようだった。けれど、急に噴き出すと腕枕をした手で髪をくしゃくしゃと撫でてきた。

「お前の言う通りだな。よくぞあの場で奴をぶん殴らなかったと自分を褒めてやりたいくらいだ。……まったく、自分がこんなに嫉妬深い男だとは思わなかったぞ」

くつくつと、自嘲的な笑みを浮かべた彼を、かわいい、と思ってしまったのは内緒だ。ジェラシーとはどういうものなのか、私を愛したことで知ったのなら、ちょっと嬉しい。

彼はベッドに半ば起き上がって、私の鼻先に音を立てて口づけをした。

「さて、休憩時間は終了だ。一緒に湯でも使って、そこでそのまま愛し合おう。更に風呂から上がって三戦目。……まさかこれで終わりとは思ってないよな?」

「えっ」

にやり、と不敵に微笑むグラウデンに、赤ちゃんのように抱きかかえられてバスルームへ連行された。はっ、まさかの朝までコース?　こんな疲れた日に、これ以上身体が持ちませんてば……!

＊

晩餐会からひと月ほど経ったある日、仕事から帰ったグラウデンが大きな荷物を抱えて部屋に戻ってきた。彼がテーブルに置いた白木の木箱は美しく、表面にレ帝国の紋章が彫られている。

「お帰りなさい。それなあに？」

「分からん。ついさっき、帝国からの使者が国王からの親書とこいつを持って訪ねてきたらしいのだ。彼奴め、まさか毒でも送りつけてきたんじゃなかろうな」

慌ただしく口づけを寄越すと、彼は軍服も脱がずに早速荷物の開封に取りかかった。箱に添えられていた親書にはザッと目を通しただけで私に手渡し、自分は木箱に打ちつけられた蓋を短刀でこじ開け始めた。

受け取った手紙に目を落とした。知らない言語でもスラスラと読めるのはチャッピーがいてくれるお陰だ。

『ファルバード王国騎士団長グラウデン公爵閣下、並びに奥方様

先日はお忙しいなか、遠路はるばるお越し下さいまして誠にありがとうございました。また、素晴らしいお祝いの品物をいただきましてありがとうございます。

レ帝国王　エ・ムオ』

書きかけのような手紙だけれど、これで終わりらしい。と思ったら、その下にもう一枚紙が重ね

てあって、見覚えのあるきれいな文字が並んでいる。セレスティアからのようだ。

『親愛なるディアナ

先日は晩餐会に来てくれてありがとう。あなたに会えたのがとても嬉しく、素晴らしいひとときとなりました。

ところで、そのときにわたくしの夫が大変失礼なことをしでかし、心から申し訳なく思っています。あなた方ご夫妻も結婚したばかりだというのに、ディアナに色目を使い、騎士団長を怒らせるだなんて、一国の王として恥ずかしい限りです。あれからわたくし、彼のことを叱りつけたのよ。ですが、遠くから眺めているだけでその場で対処できなかったわたくしも同罪ね、本当にごめんなさい。

(彼の女性好きには困ります。一夫多妻制の国だから仕方ないことなのかもしれないけれど)

どうかこれに懲りずにたびたび会いに来て。あなた方ご夫妻ならいつでも大歓迎よ。

あなたの親友、セレスティア』

追伸　木箱の中身は国王陛下からのお詫びの品です。

手紙を閉じて、ぷっ、と噴き出した。というより、読んでいる最中からニヤニヤが止まらなかった。竹を割ったような彼女の性格は帝国へ行ってからも健在のようで、かの大国の王をも一刀両断する頼もしさだ。妹のように感じていた彼女を心配もしていたけれど、僅か二か月で夫婦の手綱を握るまでになったとはさすがだ。

ところで、お詫びの品って一体なんだろう。格闘中のグラウデンを振り返ってみると、どうやら蓋が取り外せた様子。箱の中にあったメッセージカードのようなものを拾い上げて読んでみた。

「お詫びになるか分かりませんが、おふたりの夜伽の際にお役に立てれば幸いでございます……ん？」

こっ、これは――。

箱の内側の純白のシルクを開けてみれば、中から現れたのはどこかで見たことのあるシロモノだ。忘れようにも忘れられない、ＳＭの女王様仕様の拘束ベルトと除毛キット。身代わりとなってエ・ムオの寝所を訪れる際にさせられた、あられもない自分の姿が目に浮かぶようだ。あのときのものとは違い、拘束ベルトは煽情的な赤色をしていてエナメル調に仕上げてある。

こんなものを一国の王が真面目な顔をして贈ってきただなんて、馬鹿馬鹿しくてもはや笑える。カラカラと笑いながら顔を上げた。

「どこかの変態国王じゃあるまいし、こんなもの使うわけないじゃない。ねえ、グラウデン」

ところが、目の前の青い瞳は私の方には目もくれず、ゆっくりと掲げつつある拘束ベルトに釘づけだ。次の瞬間には目をぎらぎらと輝かせて、ずい、と迫ってきた。

「今からだ。今すぐにだッ、ミサト！」

ひいっ！　……でた、目が野獣っっ!!

――というわけで、んふー、んふー、と鼻の穴を広げて追いかけ回すケダモノにあっさりと捕まり、浴場で除毛プレイが始まったのが一時間前。散々刷毛で啼かされた挙句、今は真っ赤な拘束ベルトを身に着け、生まれたてのようなツルツルお肌でベッドで愛されています。

「うう、あっ、は……んん、ああん……！」

「ああ……とんでもなく燃えるな……！　ああ見えてなかなか奴も趣味がいい。薬がなくなったら送ってもらおう」

な、なんですってええ!?

夕飯も食べずに始まった愛の営みは、月が高くなるまで延々と続いた。夜空には悦びの数だけ星が瞬いていて、私たちの愛を未来永劫祝福しているのである。

女王様のレシピ～異界の騎士と囚われの花嫁～

著者　ととりとわ

2016年7月5日　初版発行

発行人　芳賀紀子

発行所　株式会社Ｊパブリッシング
〒101-0051　東京都千代田区神田神保町2丁目7
芳賀書店ビル6Ｆ
TEL 03-4332-5141　FAX03-4332-5318

製版　サンシン企画

印刷所　中央精版印刷株式会社

定価はカバーに表示してあります。
万一、乱丁・落丁本がございましたら小社までお送り下さい。

ISBN：978-4-908757-06-8
Printed in JAPAN